노도부대 전설

노도부대 전설

저자 김용우

서문(序文)

　대한민국에선 군대 얘기는 밥상머리 금기다. 꼰대들의 전형적인 자화자찬이라며 남녀노소 기피 1호 얘기다. 너무나 뻔해서다. 줄빠따에 원산폭격을 입에 물면 마누라는 물론 며느리, 아들놈도 도리도리한다. 마누라는 30년 넘게 들었다고 아들놈은 군대 입대 전부터 들었다며 5파운드 곡괭이를 먼저 꺼내 창밖에다 던져 버렸다. 어디 그뿐이랴. 친구 놈과 술자리 빠따만 내뱉으면 81mm 똥포(박격포) 청소대로 맞았다며 되받아쳐 왔다. 비참하다 하여 군대 얘기는 공중화장실에서도 내뱉지 말아야 한다. 혼자 주절거려도 옆 칸 반응이 화장지에 말려 날아든다.

　"야, 인마. 나는 쌍8년 군번이야."

　헷갈린다. 단기 4288년인지, 서기 1988년인지가 말이다.

2025년 현재 대한민국에서 군대를 다녀온 사람은 1천만 명이 넘는다. 수류탄 1개씩만 까발린다면 1천만 개 이상이 동시에 폭발한다. 그래서 더더욱 금기다.

현실이 이럴진대 군대 얘기를 내뱉지 못해 안달 난 꼰대가 있다. 1952년생이니까 쌍8년도엔 끼지도 못했는데 그 시절을 군화로 짓밟으면서 이바구에 여념이 없었다. 자그마치 35년째였다. 내세운 필명이 사이비에 가까웠지만 게거품을 물었다. 군대 명찰부터가 모가지(毛加枝)라 해서였다. 모가지든 바가지든 가지가지 한다면서 입 다물라 했다. 참 지나온 세월이 무상하기만 했다. 인생이 무상하다면서 뒤돌아볼 줄 아는 놈은 숟가락을 놓아도 누가 말리지 않는다. 2012년 환갑을 맞이했더니 인생 무상함이 덧니 앞에 붙었다. 숟가락을 놓기 전에 볼펜을 쥐었다. 모가지 3년의 군대 일상을 토해 내지 않고 숟가락을 놓는다면 눈을 못 감을 것 같아서?

지뢰밭 세상을 발목 하나 삐끗 않고 살아왔다는 게 신기했다. 이름이 좋아서 마음이 너그러워서는 아니었다. 노도부대가 팔을 잡아 주어서였다. 새로운 길은 창의성에서 찾아보려고 마음먹었다. 꼭짓점에 다다른 결론은 주둥이가 아닌 소설이나 써 볼까였다.

　주위에선 드디어 숟가락을 내던질 때가 도래했음을 암시해 왔다. 국민학교 4년 중퇴에, 컴맹에, 한글 맞춤법도 모르는 그야말로 무지렁이라서 그랬다. 파란만장의 60년 삶에는 오로지 돈에만 얽매여 문학 같은 건 염두에 두지도 않았다. 그랬을지언정 뱉어 낸 허언에 썩은 칼이라도 빼 들어야만 했다. 원고지를 앞에 놓고 삐뚤빼뚤 37만 자를 갈겨 봤다. 나는 입으로 컴퓨터 알바생은 손가락으로 기형적 책 두 권을 완성해 냈다. 출간엔 징그러운 돈이 앞을 가로막았다. 재정 권력자이면서 동반자인 마누라 앞에서 삼배구고두례 5백만 원을 구걸했다. 3개월 기한에 은행이자 복리 담보의 달달한 제안이었다. 결과는 3개월 노역으로 반성문 작성으로 때웠다. 쓰는 놈이 있으면 사서 읽는 놈이 있어야 마땅한 이치인데. 다만 이치를 발로 차 버린 놈들이 미웠다.

　세상이 매정하다면서 홀로 아리랑만 뇌까릴 순 없었다. 정신일도 컴퓨터 타자기부터 배워 나갔다. 일취월장 간덩이가 배 밖에서 부풀었다. 노도부대를 필두로 3권의 책을 더 써냈다. 2천만 원 채무 신용 불량자로 내몰렸다. 신용 불량이 무서운 건 아니었다. 고놈의 딱지가 더 무서웠다. 실패가 많을수록 어머니가 많다 하여 파란 꿈을 꾸어 봤다. 1천만 명이 넘는 구독자가 보장된 진실한 군대 얘기로 또 한 번 쇼부를 쳐 보겠다면서? 오늘도 절치부심이다. 며느리 말에 오염된 손주 눈치를 봐 가며 48년이나 지난 얘기를 꼬깃꼬깃 펼쳐 본다.

1. 이등병들	10
2. 103보충대	20
3. 소양강	38
4. 노도(怒濤)부대	48
5. 10중대 괴물 하사	60
6. 군대는 줄을 잘 서야 한다	83
7. 대암산	101
8. 한계령 유격장	124
9. 독수리 대대 ATT	141
10. 군대 도둑들	159
11. 꼰대들 군대 얘기는 폐기품만은 아니다	176
12. 1식 3찬	192
13. 엉터리 영농병	210
14. 군대는 과정보다 결과에만 주목했다	226
15. 미루나무	255
16. 후기	270

1

이등병들

 2025년 벽두부터 대한민국은 혼란의 혼란을 거듭했다. 지난 연말 12.3 비상계엄령이 발포되어 나라를 수호해야 할 국방부 산하(傘下) 수뇌부들이 줄줄이 수갑을 찼고, 대통령 탄핵 찬반의 민중들은 칼바람 추위에 광장을 가득 메웠다. 이념 논리를 넘어선 정치 극단주의로 나라 근간이 흔들릴 지경이었다. 마치 대한민국이 망해도 상관없다는 듯한 행위에 나는 분노가 치솟았다. 작금의 대한민국은 미국 하와이가 아니기 때문이다. 호시탐탐 적화통일을 염탐하는 북한과 대치해 온 휴전 중인 나라인 것이다. 개개인의 일탈보단 현실을 직시하여 너나없이 정신 좀 차렸으면 한다.

 반도 땅 한 핏줄 후손을 자처해 온 한 나라가 골육상

쟁 전쟁을 치르면서 두 동강이 나 버렸고, 서로가 적대시해 온 반세기 넘는 세월이었다. 일당독재 북한은 아예 동족이 아닌 적대국임을 명시해 왔다. 적대국 발호에는 핵을 내세워 무력 통일을 할 수 있다는 으름장이 함께했다. 그들의 허깨비 망상과 달리 대한민국 국력은 호락호락하지 않았다. 대한민국은 세계 10대 무역국인 반면에 북한은 GDP 1/60의 격차다. 북한이 적대국 엄포에 군사 행동을 함부로 할 수 없었던 것은 세계 5위라는 막강한 군사력도 갖추고 있기 때문이었다. 휴전 이후 수시로 남침 도발을 자행해 왔지만, 대한민국 군대는 흔들림이 없었다. 70년대 초까지 월남전을 경험한 군대였고 징병제가 뒷받침되어 있어서였다.

징병제의 신성한 국방 의무? 대한민국 국민이라면 귀에 딱지가 앉아 있는 말이었다. 남자로 태어나면 필연적으로 받아들여야 했고 반드시 거쳐야만 진정한 사나이라 여겨 왔다. 현시대 의무병 제도는 레버리지라도 있었지만 70세 이상 사람들한테는 무조건 총부터 안겨 왔다. 70년대 군대, 그중 육군 보병 교육사단 복무는 그야말로 처절했다. 열악한 보급품에 육군 정량이라는 600g 배식마저 용두사미와 같은 그런 시절이었다. 48년이나 지난 나의 군대 일상을 지금과 비견하려는 뜻은 아니다. 당시 병영 생활이나 현재 병영 시간이나 기실 큰 차이는 없으리라 여겨서다. 환경은 달라졌다지만 서로가 느끼는 감정의 시간만큼은 거의 유사했을 것이다. 그런즉 그때나 현재나 군대는 군대였다. 그러므로 노병들의 지난했던 날들이 오늘날 군대 초석이 되어 준 것만큼은 부정할 수 없다. 고리타분한 꼰대 넋두리라 여겨도 좋다. 나의 20대나 제군들 20대나 국가를 수호해야 한다는 사명감만큼은 같았을 거라 여기면서, 내가 겪었던 1973년 '모가지' 현실로 되돌아가 본다.

1973년 12월 21일이었다. 논산훈련소 6주 신병 훈련을 끝낸 29연대 훈련병들은 계급장이란 걸 부여받았다. 일직선 작대기 하나를 붙여 주면서 이등병이라 했다. 훈련병이 아닌 이등병들은 연무대역에서 훈련소 소장님 전송을 받았다. 군악대 행진곡이 울려 퍼지는 가운데 W 백을 메고 꼬리도 보이지 않는 열차에 탑승하기 시작했다. 열차 칸마다 배치해 놓은 헌병을 우러러보며 논산이여 안녕을 고했다. 디젤 군용열차까지 꿰~액이면서 논산을 벗어나고자 독촉하는 것만 같았다. 덜커덩거리면서 북쪽을 향해 움직이기 시작했다. 개개인 가정 형편에 앞서 국가

부름을 받고 6주간의 훈련과 배웅은 받았는데, 어디로 가는지는 몰랐다. 목적지를 전혀 알 수 없었던 객실마다 담배 연기만 가득 차 있었다.

모가지는 훈련소 입소 전 수용연대 장정 때부터 놀림을 받았다. 모 씨에다 '가지'라는 이름 때문이었다. 호적에 기재되어 있는 모가지(毛加枝)였지만 기간병들은 '목아지'라며 놀려 댔다. 당시 징집의무병은 논산훈련소 입소 전에 반드시 수용연대를 거쳐야만 했다. 수용연대는 징집병 훈련소 입소 여부를 최종 판단하는 곳이었다. 싸잡아 장정이라 칭했고 온갖 비리의 무소불위 권력을 휘둘렀다. 모가지는 신상명세서 작성 학력란에, 국민학교 4학년 중퇴로 적어 군 입대 기피자로 지목되어 곤혹스러운 14일을 견뎌 내야만 했다. 수용연대 심사는 2~3일 정도였지만 학력을 속였다는 죄명을 뒤집어쓰고 14일 동안 장정으로 취급되어 온갖 사역에 동원되었던, 그때를 곱씹고 있었다.

서대전역에서 잠시 주춤했던 기차는 조치원으로 향했다. 열차 창밖 겨울 들판은 칙칙한 회색빛 무게에 짓눌려 있었다. 동장군 대기에 새하얀 연무가 성엣장을 만들어서 겨울임을 여실히 드러냈다. 살얼음을 안은 도랑마다 된서리만이 겨울 전령인 양 반짝였다. 다가서서 앞발톱만 살

포시 내밀면 유리창이 깨지는 파열음을 토해 낼 것만 같았다. 차창 밖 겨울 풍경을 계속 주시하는 모가지를 바라보던 동기생 박노복이 말해 왔다.

"야! 가지야, 모가지가 비틀어지겠다. 너는 서울이 집이라고 했잖아. 얼마나 더 가야만 서울이냐?"

연무대에서부터 창밖을 주시해 온 모가지는 화랑 담배 한 개비를 꺼내면서 입을 열었다.

"응, 천안역을 지나쳤으니까 한 시간 후면 서울에 도착할 거야."

녀석도 담배 한 개비를 꺼내면서 주절거렸다.

"날씨까지 추워졌는데 계속 북쪽으로 간다면 최전방 부대로 가는 건 아닐까. 남쪽 출신들은 대부분 전방 배치가 된다고 했거든."

군용열차 이등병들은 논산을 벗어났다는 안도감과 차가운 두려움에 버무려 있었다. 군용열차는 12시경에 용산역에 도착했다. 점심 식사 대용 별사탕 건빵이 지급되었고 열차를 분리해 나갔다. 또다시 인원 점검을 끝낸 열차는 기적을 울리면서 출발했다. 모가지 일행을 태운 열차는 서빙고역을 지나쳐 성북역에서 우측 선로로 진입하고 있었다. 하계동 뚝방촌을 지나치면서 꿈에서도 그리워했던 마을 평야가 눈앞에 드러났다. 들떠 버린 모가지는 박노복 어깨를 잡아끌면서 목소리 톤을 높였다.

"노복아! 저기 저 하얀 바위가 보이지? 수락산 채석장이었어. 바로 그 부근이 동생들과 어머님이 계시는 곳이야."

상기되어 있는 모가지 면상을 주시하던 박노복과 이기창이 수락산을 바라보며 그의 어깨를 짓눌렀다. 달리는 열차 시야에서 점점 멀어져 가는 온수동 철거민촌 어머님이 자신을 향해 손짓해 오는 것만 같았다. 군인과 어머니? 군 생활 내내 지워 낼 수 없는 그 이름 어머니, 가슴 밑바닥을 다 도려내어도 아리지 않는 어머니라는 그 이름, 특히나 군에 입대하고부터 더더욱 가슴에 담겨 있는 어머니, 그녀의 환영만 바람에 스치어도 가슴에서부터 뜨거운 눈물이 차오르는 그 이름 어머니, 어머니였다.

열차는 태릉역을 그대로 지나쳐 내달렸다.

"가지야, 우리들은 춘천으로 가는 거냐?"

이기창의 말에 차창 밖에 꽂혀 촉촉하게 젖어 있는 눈을 돌리면서 모가지가 말했다.

"지금 달려가고 있는 기차 머리 방향이 춘천 같아."

춘천역에서 하차한 논산훈련소 이등병들은 인원 점검

부터 받았다. 춘천역은 강원도라서 논산 기온과는 여실히 달랐다. 대기 중인 수송 트럭 위로 탑승하기 시작했다. 시간은 오후 4시가 가까워 가면서 하늘에선 눈발이 날리고 있었다. 춘천 소양대교를 지나친 수송 트럭은 또다시 북쪽을 향하는 것만 같았다. 의암호 상류 소양로를 따라 북진하여 보충대 안으로 향했다. 일명 103보충대(백삼보)라 했다. 임시 편재된 소대 단위 내무반을 배정받고 저녁 시간에 맞춰 식당 배식을 기다렸다. 용산역에서 건빵 한 봉지로 점심을 때운 이후 덜커덩거리는 열차에서 세 시간을 넘긴 터라 창자들이 비어 있었다. 식당 배식구에서 노란 플라스틱 식판에 배식을 받은 이등병들 얼굴이 우거지상으로 변했다. 박노복. 이기창, 김성주, 안방순의 눈동자가 어이없다는 표정이었다. 식판을 들고 식탁에 앉은 안방순이 수통에 꽂아 놓은 반토막 난 USA 수저를 손에 쥐면서 뒤틀린 입을 내밀면서 씨부렁거렸다.

"시발, 이게 뭐야. 이것이 막강한 대한민국 이등병 안방순 저녁 식사란 말이야? 미끄덩거리는 꽁치 국물까지는 좋아. 세 살 먹은 어린애 밥도 이보다는 많겠다. 스푼으로 눌러 버리면 딱 두 숟갈이야. 이걸 빈창자에 넣고서 잠이 오겠냐. 논산훈련소는 밥이 적어 배고파 죽는 줄 알았는데, 거기는 훈련소니까 그렇다지만 여긴 아니잖아. 계급장이 붙어 있는 군인인데 이거는 해도 해도 너무하는 것 아니야."

안방순의 푸념에 박노복이 맞장구를 쳤다.

"어쩔 것이냐. 땅개 일빵빵(100 보직)은 거의가 그렇다는데. 특히 강원도 전방에선 옥수수밭에다 철조망을 쳐 놓는다고 하더라. 배고픈 군인들이 훔쳐 먹어 어쩔 수가 없었나 봐. 그렇더라도 자대로 가면 이보다야 낫겠지."

1973년 대한민국은 정치, 경제가 불안정한 시절이었다. 군사정권의 10월 유신이 선포되어 기존 헌법을 폐지해 가며, 서울 도심에 탱크를 앞세운 유신헌법 긴급조치 비상계엄을 수시로 발동했다. 경제 역시 경부고속도로 완공과 최초의 서울 지하철 공사를 착공하여, 외환 보유고마저 백만 달러에도 미치지 못했다. 더구나 청와대와 삼척, 울진의 무장 공비 침투 사건까지 맞물려 국방비도 소홀히 할 수가 없었다. 또한 국가의 동맥이라 여겼던 중화학공업 육성에 걸음마를 떼기 시작한 단계였던 것이었다. 국가 재정보다 지출이 많아 외환 보유고는 모나코 왕비 몸 치장비보다 못했고 대외 여건마저 녹록지 않았다. 대한민국 자체가 돈이 부족하여 허리띠를 졸라매야만 했다.

국가적 난국에도 국가 안보 우선순위인 육군 보병 식사 정량만큼은 잡곡식 600g씩 정해져 있었다. 어수선한 시국과 맞물린 육군 보병부대들의 부패 비리까지 끊이지 않았다. 부대 비리가 만연했던 것은 사필귀정이었다. 5.16 군사 반란 세력 주체들이 전후방 부대 요직마다 군홧발로 밟고 있어서였다.

  사단마다 달랐고 전방 보병사단 한 끼 식사는 400g에도 미치지 못한 곳이 많았다. 논산훈련소 입소 직전의 수용연대는 교도소 죄수보다 못한 꽁보리밥에 가까운 300g이 되지 않았다. 논산훈련소라 하여 별반 다르지 않았는데, 전방 지역 보충대인 의정부 101 보충대, 춘천 103 보충대는 더욱 악랄했다. 식사 배식 내면엔 부대장이 운영해 온 부대 내 PX 매상을 올리려는 의도가 깔려 있었다. 103 보충대 도착 당시 모가지는 무일푼이었다. 훈련병 시절 600원 봉급을 받았으나 5일을 지탱해 내지 못했다. 하필이면 수용연대 생활을 14일 동안 지속하여 훈련소 입소부터 빈털터리 신세였다. 논산 훈련병 6주 동안 주린 배를 동기생들 크림빵으로 다소나마 채워 왔었다. 600원을 손에 쥐었다지만 사람이라는 허울이 발목을 잡았다. 훈련소 훈련 기간 내내 가끔 얻어먹어야 했던 크림빵 채무가 혓바닥 혹이 되어 있었다. 훈련병 첫 봉급 6백 원은 크림빵 채무로 대체할 수밖에 없었다.

    보충대 저녁 식사를 끝낸 동기생들은 동료 눈치를 살피면서 매점으로 향했다. 빵이나 간식거리를 손에 들고 온 이등병은 단 한 명도 없었다. 무일푼 모가지는 연병장 수도꼭지를 바라봤다. 허기진 배를 맹물로 채웠다. 인간에겐 끼니가 있다는 현실이 가혹하다고 여겼다. 맹물로 배를 부풀려 봐야 오줌보 발광엔 한 시간을 견뎌 내지 못했다. 하긴 맹물로 배를 채울 수만 있다면 대한민국은 예전에 선진국이 되어 있었을 것이다. 취침 시간이 다가올 무렵 훈련소 절친 박노복이 허리춤을 잡고 이끌었다. 보충대 화장실 뒤편에서 손을 내밀어 왔다. 그의 손에는 크림빵이 쥐여 있었다.

2

103보충대

"주목! 주목!! 모두 주목한다. 지금부터 귀관들은 본관 말을 잘 새겨듣길 바란다. 너희들 신상에 관한 말임과 동시에 보직 변경이 가능해서다. 주특기와 연관된 질문이니까 해당이 된다고 여기는 병은 손을 들어라. 알았나!!"

"예."

"복창 소리 봐라? 다들 아침밥 처먹었잖아. 이게 막강하다는 대한민국 이등병들 목소리냐? 죽마저 처먹지 못한 패잔병들 목소리네. 다시 한번 복창한다."

"옛!"

아침 식사가 끝나기 무섭게 연병장에 소대별 4열 종대로 집합하라는 명이었다. 이등병들이 정렬해 있는 단상 앞에 올라 열변을 토해 내는 병장 양어깨의 파란 견장이 위

엄을 드러냈다. 103보충대 행정내무반장이라 했다. 그는 단상 위로 차갑게 몰아치는 소양강 겨울바람 앞에서 전혀 흐트러지지 않는 견고한 자세로 이등병들을 제압해 왔다.

"입대 전까지 사회에서 가위손 했던 놈, 손들어 봐? 손 든 놈들 앞으로? 이것들 봐라. 야! 깎사 놈들만 나오란 말이야. 긁사 놈들은 들어가고. 다음, 마구간에서 말(馬) 길러 본 놈 손들어? 말똥 치운 놈 말고 말발굽 갈아 끼울 줄 아는 놈 말이야. 얼씨구! 야, 인마! 너 박차(拍車)가 뭔지나 알아? 말똥만 치우던 놈들은 원위치하란 말이야. 원위치! 다음, 운전대 잡아 본 놈들 앞으로? 뭐라, 조수 생활을 15년이나 넘도록 해 왔다고? 야, 이 새끼야! 도대체 몇 살 때부터 기름밥을 처먹었다는 거야?"

병장의 일방적인 질문에 이등병들의 무질서한 답변이 뒤엉켜, 소란스러운 103보충대 아침은 5일장 장마당만 같았다. 부산스러움에 귀를 쫑긋 세운 이기창이 모가지를 툭툭 치면서 입놀림을 해 왔다.

"가지야, 저 자식 말이야. 말발굽 갈이에 자신 있다고 했던 놈은 원주에 있다는 1군사령부로 간다고 했거든. 그리고 저 깎사 놈은 춘천 시내에 주둔 중인 부대로 가는 것 같아. 참 부럽다. 너는 주특기가 뭐니?"

대기 보충대에선 새로운 주특기자들을 선별하는 사례가 종종 있는 것 같았다. 논산훈련소에선 주특기자들을 선별하지 않았으므로 모두가 일빵빵(100) 보병이라고만 여겼다.

"나는 별다른 주특기가 없어. 기창이 너는?"

모가지 대답에 머쓱해진 표정의 이기창이 뒷걸음 자세로 말해 왔다.

"나, 나는 미싱사야. 오버로크와 나나이치는 잘 해내는데 미상사는 해당이 없는가 봐. 노복이 너는?"

"나는 농사밖에 몰라."

특기병으로 차출된 녀석들을 부러운 눈으로 바라보던 연병장은 일순간 어수선했다. 허전해진 단상을 바라보고 있었는데 단상을 향해 올라가는 또 한 명의 병장이 나타났다. 그는 양어깨에 힘을 잔뜩 집어넣고서 큰 목소리를 토해 냈다.

"주목, 주목! 사회에서 깨꾸통(구두닦이) 멘 놈들 손들어 봐?"

또 다른 차출이 있는 걸로 여긴 이등병들 눈길이 단상을 향해 집중했다. 이등병 한 명이 재빠르게 거수하면서 내뱉었다.

"옛, 저는 충무로에서 영화배우들 구두만 5년 동안 문질러 왔습니다."

5년간 배우들 구두를 닦아 왔다는 이등병을 찬찬히 바라보던 병장이 재차 언성을 높였다.

"경력이 더 많은 놈은 없어?"

"옛, 저는 광주역 앞에서 7년 동안 깨꾸(구두)만 주물렀습니다."

"다른 놈은….."

"옛, 저는 서울역에서만 15년입니다."

병장은 마음에 들지 않았는지 또다시 목울대를 세웠다.

"또 다른 놈은 없어?"

주위를 살펴봐 가며 마른침을 삼키던 모가지가 거수하면서 큰 목소리로 떠벌렸다.

"옛! 이등병 모가지, 나는 종로통에서 24년 동안 깨꾸만 닦아 왔습니다."

모가지의 우렁찬 목소리에 연병장의 많은 이등병이 모가지를 바라보면서 아연실색한 표정이었고, 박노복, 이기창, 안방순, 김성주는 눈알을 굴려 가면서 손바닥으로 입을 가렸다. 모가지 답변에 병장 얼굴은 알 수 없는 묘한 표정으로 바뀌었다. 쿵! 지진 같은 군화 진동을 울렸다. 단상에서 뛰어내린 병장이 모가지를 향해 손가락을 겨냥하며 목소리 톤을 높였다.

"너, 너 뭐라고 씨부렸어? 인마! 앞으로 나와."

병장 입술이 잔뜩 뒤틀려 있었다. 모가지는 '아차' 했지만 이미 엎질러 놓은 물그릇이나 마찬가지였다. 병장 앞으로 다가선 모가지는 더욱 큰 목소리로 대답했다.

"옛! 이등병 모가지, 부름의 명을 받고서 나왔습니다. 추~우성."

절도 있는 거수경례까지 붙였는데 별 반응 없이 모가지 전면을 뚫어지게 쳐다보던 병장이, 고개를 몇 번 갸우뚱거리다 눈알을 굴리면서 토해 낸 말이었다.

"명찰 이름이 모가지라고? 모가지~라, 참 이상한 놈이네. 그나저나 이 새끼야, 군대가 아무리 구라 천국이라지만 개좆같은 놈아, 지금 네 놈 나이가 몇 살이냐? 24년 전이라면 니 애비 불알에서 씨로 있을 나인데 부랄 속에서 애비 불알만 좆나게 닦고 왔냐? 참말로 입도 안 열린다, 이 싸가지야."

연병장은 순식간에 폭소로 넘쳐 났다. 표정이 환하게 풀린 병장은 재미있다는 듯 웃음을 흘려 내면서 모가지를 보며 말했다.

"그래, 좋다. 암튼 경력이 더 많은 놈이 그래도 낫겠지. 취사반으로 따라와." 하면서 보충대 식당 정문으로 향했다. 그는 103보충대 취사반장이었다. 물기가 많은 취사장이었지만 취사도구들은 잘 정돈되어 있었고, 취사병들은 점심을 준비하느라 분주히 움직이고 있었다. 취사반장은 모가지를 데리고 취사장 후문으로 향했다. 보일러실 앞에서 식용유 깡통 위에 오른발을 올려놓은 자세로 입을 내밀어 왔다.

"야! 아무리 되짚어 봐도 희한한 놈 같아서 그러는데 하필 왜 모가지냐? 달리 보면 목아지 같기도 하고, 왜지?"

"옛! 이등병 모가지."

모가지는 하늘 같은 병장님 앞에서는 부동자세를 취해야 한다고 여겼다.

"이놈아, 말끝마다 관등성명 붙이지 말고 차근차근 잘 알아들을 수 있도록 말을 해. 말로 하란 말이야, 알았어?"

취사반장 얼굴은 10여 분 전보다 너무나 부드러워져 있었다.

"옛, 저의 집안은 3대 독자 집안이었습니다. 아버지까지였습니다. 이런 연유로 말미암아 할아버지께서 제 이름을 직접 지어 주셨는데, 가지를 많이 치라는 뜻이었다고

들었습니다."

 취사반장은 아무런 격의 없다는 표정이었다. 그는 장난기 섞인 얼굴로 변하여 웃음을 흘리면서 말해 왔다.

 "이히히히, 그러니까 말인즉슨 새끼들을 많이 까라는 뜻인데 장가는 갔냐?"

 "아직은 총각입니다."

 "그으래~ 좌우당간에 가지를 많이 칠라치면 기지배 한둘 가지고는 안 될 거 아냐. 그러니까 불알이 탱자보다 잘 여물어 있어야 마땅할 텐데. 으~히히 잘 여물었나 한번 보자."

 취사반장 입놀림에 모가지는 소스라치면서 얼굴을 붉혀 가며 두 손을 펼쳐 고간을 감싸안았다.

 "이거 하는 꼬락서니를 보니까 지금껏 딱지도 못 뗀 놈이네. 인마, 좆은 안 만져. 안 만질 테니까 겁먹지 말고 워커(군화)나 잘 닦아 놔. 너 구두 많이 닦았다고 했잖아. 워커나 구두나 같으니까 말끔하게 닦아 놔, 알았지?"

 "예, 최선을 다하겠습니다."

 "그래, 좋아. 워커는 보일러실에 처박아 놨으니까 잘 닦아 놓으면 돼. 우선 점심부터 먹고 있어. 말표 구두약과 솔, 헝겊부터 가져다줄게."

 점심 식사를 마치고 한낮이 되었건만 날씨가 이상했

다. 우중충한 하늘로 변해 가면서 소양강을 휘감은 추위가 매섭게 혓바닥을 내밀어 왔다. 말로만 들어 왔던 강원도 추위였다. 하늘하늘 내리던 눈들이 강풍에 휘날리면서 점점 굵어지기 시작했다. 영하 기온으로 곤두박질치는 것만 같았다. 입김을 품어 손가락 체온을 올려 봐야 잠시뿐, 3분만 지나면 손가락이 저렸다. 보일러실은 기름 냄새가 진동했지만 그나마 군화 닦는 데는 별 어려움이 없었다. 본격적인 군화 닦기에 몰입했는데 고약한 여건이 함께했다. 취사반장이 넘겨준 군화가 상상을 뛰어넘어 있어서였다. 군화는 목 부분만 남겨 놓고 온통 기름에 찌들대로 찌들어 있었다. 아예 등유 통에다 푹 담가 놓은 행주 같았다. 손가락을 펴 군화 콧등을 만지면 기름이 땀방울만큼이나 군화 표면에서 망울망울 올라왔다. 뒷머리가 무거워지면서 눈앞이 캄캄했다.

일반적인 가죽 구두는(군화도) 구둣솔로 먼지부터 제거한 다음 구두약을 발라 놓고, 검지와 중지에 부드러운 천을 감싸 강약 조절을 계속 반복하면 초보자도 윤택하게 해낼 수 있는 쉬운 작업이었다. 그러나 흙먼지가 아닌 등유 기름에 절어 있다면 차원이 달랐다. 군화 표면에 구두약이 전혀 접촉되지 않을 뿐만 아니라 표면을 덧씌울 방법마저 없었다. 모가지는 어린 시절 서울역에서 구두닦이 생활을 2년 동안 해냈던 유경험자였다. 그들 용어인 '불멕기나 물멕기'도 거침이 없었는데 취사반장 군화만큼은 백약이 무효였다. 영하 10도 가까이 내려가는 강추위였지만 모가지 이마는 땀방울로 흥건했다. 6주 훈련병인 이등병이 태산 같은 말년 병장 심기를 건드려 놓는다면 자살 행위를 자처한 꼴이었다. 살아남으려면 무슨 짓이든 해야만 했다. 발버둥을 쳐 본들 돌파구는 없었다. 아예 군화 가죽을 벗겨 내고 구두약 처방을 해 놓는다고 하더라도 그런 방법으론 5분도 견뎌 내지 못한다. 표면의 기름을 태울 수도 없었다. 군화 한 켤레를 앞에 놓고서 두 시간째 낑낑거리는 모가지 앞으로 취사반장이 얼굴을 내밀어 왔다. 24년 경력을 떠벌려 놓아 어떠한 변명도 필요 없으리라 여긴 모가지는 그저 안절부절못했다. 함구무언 고개를 떨구고 있는 앞에서 취사반장 일성이 쏟아져 나왔다.

"아이고, 24년 경력자님, 대체 워커 한 켤레를 앞에 두고 두 시간이 넘도록 뭐 하는 겁니까? 인마! 솔직히 말해 봐, 24년 경력 사기꾼이 맞지?"

이마와 입술, 면상마저 새카만 구두약 범벅이 되어 버린 모가지는, 구색을 갖추어 할 말이 도저히 떠오르지 않앉다. 당장 취사반장 발길질이 시작될 것 같은 공포감만 엄습해 왔다. 새카맣게 변해 버린 이마 땀방울만 훔치고 있었다. 단두대 앞 죄인 몰골 형상의 모가지를 훑어보던 병장이 실웃음 얼굴로 재차 말해 왔다.

"야, 인마. 이 워커는 기술을 백 년 동안 터득했다는 놈도 깨끗하게 닦아 낼 수 없는 워커야. 왜 그런지 아니, 이놈아? 이 몸이 2년 동안이나 밤이면 밤마다 춘천에 있는 불쌍한 아가씨들을 위해 기름 공양을 할 때마다 신고 다닌 기름 전용 워커야. 그러니까 아무리 개지랄 발광을 해 봐야 이 워커에선 광이 나지 않게 되어 있어, 인마. 이제 곧 저녁 식사 국을 끓이려고 보일러실 불을 지필 거야. 불 앞으로 바싹 다가서서 워커를 손에 끼고 계속 돌려 가면서 두 시간 정도만 성심껏 말리면 그때쯤 구두약이 가죽에 잘 접착된다는 뜻이야. 반드시 주의할 점이 있는데 워커가 차가워지기 전에 구두약을 잔뜩 처발라 놓으란 말이야. 그다음엔 내가 알아서 할 테니까. 잘 새겨들었어?"

취사반장 장광설에 모가지는 아무 말도 할 수 없었다. 아무리 오지랖이 넓을지언정 최소 싸대기에 불꽃 정도는 몇 번 튕길 각오였는데 그의 아량에 눈물이 나올 지경이었다. 엄습해 오는 부끄러움과 미안함, 또는 고마움이 겹

치면서 몸뚱이가 자꾸만 작아져 갔다. 저녁 식사 배식이 끝나 갈 무렵 취사반장이 모가지 앞으로 다가왔다. 정성껏 손질해 놓은 군화를 집어 든 그가 입을 놀렸다.

"자식, 그래도 24년을 날로 처먹지는 않았는데. 24년 솜씨로 인정해 줄게, 인마. 암튼 고생했다. 이 정도면 잘한 거다."

아무리 기름에 절었다 한들 다섯 시간 군화 닦기 작업이었다. 기진한 모가지는 반장을 향해 고마운 미소를 간절히 담아서 머리를 숙였다. 취사반장은 엷은 웃음을 머금어 내면서 모가지를 향해 재차 말해 왔다. 그의 언성은 큰형님이 막냇동생을 대하는 말처럼 들려왔다.

"허허허! 좋아, 이놈아. 고생 많이 했으니까 지금 순간에 네놈이 가장 하고 싶은 말이 있다면 정직하게 털어 내 봐. 이곳에서 내가 해 줄 수 있는 것이 있다면 다 들어줄 테니까."

취사반장 말에 콧등이 시큰거려 왔다. 모가지는 한동안 눈만 껌벅이면서 조심스럽게 더듬거리면서 입을 열었다.

"저, 저… 반, 반장님, 저….'"

"인마, 뜸 많이 들인다고 밥 좋아지지 않아. 확 쏟아 내 봐."

"예. 저, 저 실은 배가 터지도록 밥 한번 먹게 해 주십시오."

더듬더듬 뱉어 낸 말은 모가지의 진심이었다. 수용연대부터 논산훈련소, 이곳에 당도할 때까지 단 1분도 배가 고프지 않은 날이 없었다. 날마다 배고픔을 겪어 보지 않은 사람은 그 깊이를 모른다. 특히 군 장비에 무거운 M~1 소총을 쥐고서 뛰어야 하는 스물세 살 청년의 배고픔을 어찌 말로 표현하겠는가? 말을 토해 낸 모가지는 수치심에 고개를 푹 숙이고만 있었다. 눈을 동그랗게 굴리던 취사반장은 모가지를 앞세워 취사장 안으로 들어갔다. 취사장 스팀 식판 진열장에 밥이 가득 담겨 있는 식판 하나가 눈에 띄었다.

"모가지?"

"옛, 이등병 모가지."

"너 말이야. 저 식판 하나 다 조질 수 있어?"

네모반듯한 식판에 보리가 섞인 밥이 가득 담겨 있었다. 모가지는 마른침을 꿀꺽꿀꺽 삼켜 가며 눈알을 굴려 가면서 큰 목소리를 토해 냈다.

"옛! 반장님, 밥 한 톨 남기지 않고 다 먹겠습니다."

취사반장은 어이없다는 표정이었다. 양 눈동자마저 풀

린 모양새로 변해 가고 있었다. 옆에서 식판만 쪼아보고 있는 모가지를 바라보면서 일괄했다.

"야, 인마. 아무리 보충대라지만 저 식판 하나가 70명분 밥이야. 저 많은 밥을 너 혼자 다 처먹어 치운다고?"

반장의 반문에 모가지는 망설임 없이 대답했다.

"옛, 무조건 다 먹겠습니다."

취사반장은 할 말이 없었다. 자신도 논산훈련소 훈련병들의 배고픔은 잘 알고 있었다. 그렇다지만 저 녀석 뱃속에는 대체 무엇이 들었는지 알 수가 없었다. 이제 갓 이등병이 하늘 같은 병장 앞에서 거침없이 토해 내는 말이 그랬고, 군기가 바싹 들어 있는 것 같으면서 겁 없어 보이는 행동에는 약간 모자란 것 같기도 했다. 한편으론 묘한 감정의 울림이 가슴에서 꿈틀거렸다. 얼마나 주렸으면 저런 걸까 하는 생각에 미치자 애증이 교차되었다. 여러 생각에 앞서 그는 면상 표정을 엄하게 만들어 놓고 싸늘한 목소리로 다그쳐 봤다.

"너 다 못 먹어 치우면 뒷감당할 자신 있어?"

"옛, 이등병 모가지. 시간만 충분하다면 다 먹어 치울 수 있습니다. 젓가락으로 한 알씩 한 알씩 집어 먹으면 더 많아 봐야 문제없습니다. 하지만 시간이 부족하여 미제

왕스푼으로 퍼먹겠습니다."

취사반장은 웃고야 말았다. 수줍은 척, 어눌한 척, 군기가 바싹 들어 있는 졸병임을 자처하면서도 할 짓은 다 하는 것만 같아서였다. 자신이 겪었던 이등병 시절과 견줘 보면 격세지감이 느껴졌지만 밉지는 않았다. 또한 얼마나 굶주렸으면 저럴까 하는 생각에 바께쓰에다 통닭 한 마리와 김치 통을 내주었다. 녀석이 차렷 자세의 거수경례에 충성을 붙여 가며, "감사히 먹겠습니다." 해 왔다. 취사반장은 헛웃음이 나왔다. "천천히 먹어, 인마."를 내뱉고서 공간 배려심에 내무반을 향했는데, 녀석의 질문에 번뜩이는 먼가가 스쳤다.

"저, 반장님… 시, 실은 저보다 더 배고픈 애들 3명이 있는데 그놈들 다 부르면 안 될까요?"

취사반장은 뒷머리로 돌멩이가 날아오는 느낌이었지만 뒤돌아보지 않았다. "네 맘대로 해, 인마."만 남겨 두고 걸음을 재촉했다.

식용유 빈 깡통 네 개를 식판에 둘러놓고서 걸터앉은 모가지와 박노복, 이기창, 김성주는 손잡이가 잘려 나간 USA 큰 스푼을 쥐었다. 앞에 놓인 네모난 스팀 식판 귀퉁이를 파고들기 시작했다. 정신없는 수저질 삼매경에 빠져 버린 김성주를 바라보던 박노복의 입놀림이었다.

"야, 성주야. 모가지도 천천히 먹는데 너는 가지가 한 번 뜰 때마다 두 번씩 퍼 나르면 되겠냐? 조금씩 양보해 가면서 먹자."

"알았어."

밥알을 튀겨 가며 대답하던 김성주는 이기창을 곁눈질해 가면서 어정쩡한 말로 다그쳤다.

"야! 기창아, 나도 천천히 먹고 있잖아."

열려 있는 취사장 뒷문에선 귀신 울음소리를 머금은 소양강 강바람과 함께 굵어진 눈발들이 하얀 인광을 드러내며 너풀너풀 춤을 추었다. 취사장의 저녁 온기마저 사라져 버려 싸늘한 밤공기는 점점 차가워만 졌다. 수저질을 쉼 없이 해 대는 네 명의 이등병 이마에는 땀방울이 송골송골 맺혔다. 밥 수저를 손에 쥔 지 30분이 넘어가고 있었다. 과연 70인분 식판 밥은 대단했다. 넷이는 턱없이 부족할 것 같았던 식판 스팀 밥은, 아무리 많은 삽질(수저)을 해 본들 도대체 끝자락이 드러나지 않았다. 스팀 압력으로 단단히 뭉쳐진 밥은 숟갈로 파 놓으면 한 숟갈이 서너 숟갈로 변했다. 숟가락 위에 김치를 얹기 무섭게 입으로 향했던 손들이 바께쓰 닭국물을 퍼 나르는 손들로 변해

갔다. 밥 수저 손들이 주춤주춤하기 시작했다. 버클(혁대) 핀까지 풀어 놓은 배들이 부풀어 올라 숨 쉬는 것마저 쉽지가 않았다. 농군 태생이라서 대식가였다던 박노복이 깨작깨작하기 시작했다. 배고픔에 지친 육신들이 배부름에 지쳤지만, 서로를 바라보면서 "이젠 그만 먹자."라는 말은 차마 입에 담지 못했다. 강바람에 윙윙거리던 눈보라가 취사장 뒷문을 가로질러 네 사람 얼굴로 다가왔어도 모두가 외면했다. 숟가락을 놓은 모가지가 입을 열었다.

"야, 나는 포기할래. 이젠 때려죽인다고 해도 더는 못 먹겠어."

그의 말에 세 사람은 '휴' 한숨을 쏟아 내면서 일어서려 했건만 옆으로 나뒹굴어야만 했다. 모가지 역시 일어서기가 장난이 아니었다. 배들이 너무나 부풀어 올라 숨 쉬기마저 불편했다. 네 명의 이등병은 엉덩이를 끌면서 비스듬히 눕기도 해 가며 겨우겨우 밖으로 나왔다. 영하 10도 아래로 내려간 눈밭은 몸을 굴리면 뿌드득거렸다. 몸뚱이마다 뿜어내는 열기와 가쁜 숨소리만이 설원에 혼재되었다. 어스름히 펼쳐 있는 소양강은 그사이에 깊은 잠에 빠져들었는지 주위는 적막강산이었다. 배를 움켜잡은 네 명의 이등병은 멧돼지 같은 거친 숨만 내쉬었다. 박노복이 숨 가쁜 말을 토해 냈다.

"야, 가지야. 논산훈련소에서 떠도는 말에는 대한민국 육군 정량은 600g이라고 했거든. 600g 밥이면 배고프지 않다고 했는데 우리들은 맨날 배고픔에 시달려야만 하는 이유가 뭔지 아니?"

옆으로 비스듬히 누운 모가지 역시 훈련소 배고픔에 많은 의문을 품고 있었다.

"나도 그 이유를 도대체가 모르겠어. 육군 정량이면 8시간 훈련이 아무리 빡세 봐야 배가 고프지는 않다고 기관병들이 그랬거든. 높은 놈들이 쌀을 다 잘라먹어서 그렇다는 말이 떠도는 걸 보면 그 때문일 거야."

계속 가쁜 숨을 쉬고 있던 이기창이 거들어 왔다.

"앞으로 계속 배고프면 어떡하지? 자대는 그나마 낫다고 했는데 겪어 봐야만 답이 나오겠지만. 시브럴, 계급장 있는 군인인데 설마 굶겨 죽이지는 않겠지."

인생살이에 있어서 어떤 행운은 생각지 못했던 곳에 숨어 있다고 했다. 삼시 세끼 중 저녁밥 한 끼를 행운에 빗댄다면 너무 비약적인 말일 수는 있다. 하지만 논산훈련소에서부터 배를 곯아 왔던 창자들이라면 뜻밖의 행운일 수 있었다. 모가지는 103보충대 취사반장이 한없이 고마웠다. 군대 이야기에서 배고픔에 관한 얘기는 쌍팔년도 잔해물처럼 여겼다. 군대를 다녀온 사람들은 쌍8년도를 입에 물었는데 그 연도를 꿰차고 있는 사람은 많지 않았다. 쌍8년은 정확히 1955년 단기를 말했다. 1973년이었지만 쌍팔년도에 못지않은 군대가 있었다. 논산훈련소와 보충대, 그리고 2사단 교육연대들이었다. 삶과 생존의 차이는 엄연히 다르다. 삶은 영유하지만 생존이란 힘이 원천인 것이다. 매번의 일상이 힘든 움직임의 반복이라면 빵은 필수라 한들 무방했다.

1973년 군대 생활상 중에서 보병부대 훈련사단 말단 병들은 거의가 배고픈 시절이었다. 그럴 만한 이유가 있었다. 빈약한 국방 재정에다 군대라는 미명하에 배고픔도 훈련의 한 과목이라는 상투어가 한몫 거들었다. 물론 극한 상황도 훈련의 일환임은 부정할 수 없었다. 그러나 하루이틀 정도의 훈련 과정이 아닌 3년 내내 배고픔에 시달렸다면 차원이 달라진다. 당시엔 보병사단마다 부정부패가 만연해 있었다. 사단에선 사시사철 잘라먹고, 연대에선 연쇄적 챙겨 먹고, 대대에선 대충대충 발라먹는다는 말이 생겨날 정도였다. 심지어 논산훈련소를 돈산(錢山) 훈련소라 했다.

3

소양강

    12월 24일은 크리스마스이브였지만 보충대 대기병인 이등병들은 그저 24일일 뿐이었다. 아침 식사를 끝내고 전후방 부대 병력 배치가 시작되었다. 단상에서 공문서를 살펴 가며 소속 부대 인원 점검부터 시작했다.

    "1군사(1군사령부) 병력은 1번 줄로, 홍천 11사단은 2번 줄로, 인제로 가는 병력은 3번 줄로, 원통은 4번, 구암리는 5번, 오음리는… 방산은…."

    논산훈련소 29연대를 떠나온 이등병들은 자대 배치에 촉각을 세웠다. 보충대 호명에 따라 앞날의 군대 생활 명암이 엇갈리기 때문이었다. 굳이 고루하게 고참병들 노래는 듣고 싶지 않는데 식당 앞에서 취사병이 군가도 아닌 민요풍 노래를 주절거렸다.

"인~제 가면 언제 오~나. 원~통해서 못~살겠네. 그래도~ 양구보다는 낫~다네."

차가운 소양강 칼바람은 규칙이 없었다. 시도 때도 없이 동서남북 헤집고만 다녔다. 마냥 차가웠고 볼을 스칠 때마다 아려 왔다. 흐릿한 날씨에 대기마저 무겁게 느껴지면서 영하 16도는 아랑곳하지 않았다. W 백을 어깨에 짊어진 이등병들은 배치받은 부대별로 수송 트럭 탑승을 서둘렀다. 모가지와 박노복, 이기창, 안방순 등 40여 명은 구암리로 확정되었다. 구암리는 양구라 했는데 양구라는 지명마저 생소했다. 어느 방향인지 가늠조차 잡지 못했다. 40여 명의 이등병을 태운 5.0 수송 트럭은 또다시 북쪽을 향하는 것만 같았다. 보충대를 출발한 트럭은 20분도 지나지 않아 어마어마한 장애물을 향해 빨려 들어가고 있었다. 흙과 검은 돌로 어우러진 동양 최대 사력댐이라 했던 소양강 댐과 마주하게 되었다. 길이 530m, 높이 123m의 소양강 댐을 모두가 처음 대면했다.

밑에서 우러러보는 이등병들은 댐의 웅장한 규모에 압도되어 모두 눈알을 굴려 가며 마냥 입만 벌렸다. 수송 트럭은 왼편 산기슭을 향해 파고들었다. 트럭마저 댐의 웅장함에 경도됐는지 엔진음을 토해 내면서 덜덜거렸다.

시커먼 매연을 계속 쏟아 내면서 헉헉거리던 트럭은 20여 분을 넘기고서야 겨우 댐 정상에 도착하여 날숨을 뱉어 냈다. 소양강 댐 정상은 상큼한 대기와 달리 영하 16도에 체감온도는 25도를 밑돌았다. 트럭에서 하차하는 순간 휘몰아쳐 온 강풍이 이등병들 군모를 벗겨 냈다. 날아가는 군모를 향해 뛰는 어수선함에 인솔자 표정이 일그러졌다. 눈앞에 펼쳐진 또 다른 전경은 호기심이 아닌 위압감부터 드러내 왔다. 푸르다 못해 진한 곤색의 강물이 뱀 꼬리처럼 이어져 있었기 때문이었다. 한바탕 소란을 치르고서 대오를 갖춘 이등병들은 선착장으로 향했다. 과연 강원도는 날씨부터가 확실히 달랐다. 선착장에는 미리 대기해 놓은 LST 상륙함선이 기다리고 있었다.

40여 명의 이등병은 모두가 알 수 없는 불안감에 짓눌려 입들을 꾹 다물었다. 대체 우리들이 가는 곳은 어디란 말인가? 최전방이라는 DMZ 전역자들도 상륙정은 타 본 적이 없다고 했다. 인솔 장교 소위 지시에 따라 LST 철선에 승선하기 시작했다. 새카만 물이 출렁이는 소양강 댐에 정박 중인 함선에는, 독수리 마크가 선명한 빨간 모자에 눈이 번뜩이는 하사 3명과 병장, 상병 한 명이 기다리고 있었다. 초점 없는 동공만 굴리는 이등병들을 모두 승선시킨 장교가 다독여 왔다.

"논산에서 이곳까지 와 준 귀관들을 진심으로 환영한다. 나는 수송 병력을 책임지는 김정수 소위다. 먼저 한 사람도 빠짐없이 구명복을 착용한다. 이곳에서 목적지까지는 두 시간 정도가 소요된다."

40여 명의 이등병을 승선시킨 상륙정은 북향으로만 움직이는 것 같았다. 논산에서부터 이곳까지의 여정은 계속 북쪽으로만 이어지는 느낌이었다. W 백을 메고 LST 함선에 승선한 모가지는 불안한 표정을 숨기지 않았다. 사실은 모가지가 아니라 40여 명 이등병 모두가 불안한 눈빛이었다. 승선 이등병들은 거의 전라남도 출신이었고 강원도 땅은 처음 밟아 보는 듯했다. 남쪽 입소자들은 대부분 강원도 하면 전방을 떠올리면서 험준한 산악 지역으로만 여겨 왔었다. 선배 전역자들 말이 그랬고 신문 지면 역시 최전방은 경기도보다 강원도를 먼저 앞세웠다. 그렇게만 믿어 왔는데 이건 도대체 뭐란 말인가? 뜬금없는 LST 상륙함까지 타고 가야 하는 곳이 어디인지 감조차 잡을 수 없었다. 지금껏 강원도에서 배를 타고 전방에 갔다는 얘기는 거의 알려지지 않았던 시절이었다. 소양강 댐이 완공된 지 얼마 지나지 않은 데다, 103보충대에서 양구까지 수송 트럭은 어느 방향이든 5시간이 걸렸다. 구불구불 낭떠러지 비포장도로였고 수시로 대형 사고가 발생하여, 두 시간 거리의 소양강 뱃길이 생겨났던 것이었다.

소양강 댐 선착장을 출발한 LST 함선은 차가운 물살을 가르면서 나아갔다. 지붕이 없는 함선은 강추위 냉기를 오롯이 안았고 철선 바닥은 칙칙하기만 했다. 습기를 머금은 차가운 바닥에 쪼그리고 앉아 있는 김성주 옆에는 유난히 빡빡머리 이등병이 자리 잡고 있었다. 그는 논산 훈련소 이등병과는 눈빛부터가 달랐다. 지참하고 있는 W 백은 낡아서 너덜거렸고 군복마저 낡아 보여 확연한 차이를 드러냈다. 머리 군모까지 삐딱하게 쓰고 있어 이등병 군기(軍氣)가 전혀 드러나지 않았다. 주의 깊게 살펴봤지만 29연대 훈련 동기생은 아닌 것 같았다. 그랬던 녀석이 너절한 W 백을 뒤적이면서 겨울 내복을 꺼내 들었다. 손에 들고 있는 내복마저 드러나게 해어져 있었다. 내복을 쥔 녀석이 옆자리 김성주를 보면서 반말로 내뱉었다.

"야! 논산훈련소 이등병이지? 니 W 백 열어 봐."

험악한 면상에 강압적인 말을 토해 내어 약간 겁을 먹은 김성주가 대꾸했다.

"뭇 땜시 그러는디?"

"이놈 말대꾸 봐라? 야, 인마. 내가 작대기 하나(이등병 계급) 달고 있으니까 너랑 똑같은 줄 알고 있는 모양인데. 이 새끼야, 내가 누군 줄 알아? 대한민국 육군 4대 장성 중 하나라는 병장이야, 인마. 육군 병장님이시란 말이야."

녀석의 억압에 눈알이 동그래진 김성주는 좌우를 두리번거리면서 잔뜩 졸아든 목소리를 내뱉었다.

"그, 근디 어쩌라고요."

작아져 가는 김성주를 바라보면서 만족감을 느꼈는지 약간 풀어진 얼굴로 비릿한 말을 내뱉어 왔다.

"쫄았어? 겁먹지 말고 W 백 열어 봐. W 백 안에 새 내복이 있잖아. 지금 네가 입고 있는 것도 새 내복이고. 그러니까 내 내복하고 한 벌만 바꾸자, 이런 뜻이야. 너 같은 졸병들은 자대배치가 되자마자 고참 새끼들이 내복부터 바꿔치기하니까 자대에 도착하여 이보다 더 걸레 같은 내복하고 바뀌기 전에 내 것하고 미리 바꾸자는 이런 말이야. 알아들었어? 잘 알았으면 빨리 W 백 열어 봐."

녀석의 강압에 면상을 일그러뜨린 김성주는 W 백을 끌어안았고, 녀석은 김성주 W 백을 강제로 풀기 위해 실랑이를 벌이기 시작했다. 입을 약간 벌린 듯한 뱃머리 앞에서 붉은 모자를 푹 눌러쓰고서 이등병들을 인솔하던 하사가 동장군 같은 목소리로 두 사람을 지적해 왔다.

"거기 W 백을 움켜잡고 있는 2명 동작 그만, 동작 그만하고 일어선다. 일어서서 차렷한 다음 관등성명을 힘차게 복창한다. 실시!"

김성주는 재빠르게 안고 있던 W 백을 밀쳐 가며 차렷 자세를 취함과 동시에 "옛, 이등병 김성주!"를 토해 냈는데, 빡빡 이등병 녀석은 앉은 자세로 빨간 모자 하사를 물끄러미 쳐다보고만 있었다. 얼굴이 충혈되기 시작한 하사가 한 톤 높아진 목소리를 토해 냈다.

"머리 짧은 이등병, 빨리 일어나서 차렷한 다음 관등성명을 실시하라! 동작이 굼뜨다. 재빨리 일어나 실시한다."

붉은 모자 하사 명령에 빡빡 이등병은 실실 웃어 가며 엉거주춤한 자세로 유들유들한 목소리를 쏟아 냈다.

"어이, 하사. 나, 나 말이야. 버~얼써 제대했어야만 했던 군번이야. 재수 없게 남한산성에서 1년 먹고 이등병이 됐지만 원래는 병장이었어. 새카만 애들 앞에서 망신 주지 말고 적당히 넘어가자고."

녀석의 유들유들한 변명에 붉은 모자 하사는 꼿꼿한 자세로 재차 명령을 내렸다.

"이등병에게 다시 한번 명령한다. 본인 군번과 관등성

명을 큰 목소리로 복창한다. 빨리 실시한다."

하사의 완강함에도 녀석은 엷은 미소를 지어 가며 삐딱한 자세로 동어 반복만 쏟아 냈다.

"어이, 하사. 그만하고 넘어가자니까. 계속 물어뜯으면 새카만 애들 앞에서 창피하잖아. 여기 신병 놈들 자대로 배치되면 좋은 내복은 다 바꿔치기한다는 걸 잘 알고 있잖아. 잘 알면서 왜 그래? 응? 그만하면 서로 좋잖아."

본인 말에 미동도 하지 않는 붉은 모자 하사를 바라보다 주저앉은 녀석은 제멋대로 내뱉었다. "좋아, 그냥 없었던 걸로 하자." 하면서 하사를 향해 한쪽 눈을 찡긋거렸다. 녀석 행동을 계속 주시하면서 쇳덩이 부동자세를 유지해 온 하사는 상의 좌측에서 호루라기를 꺼내었다. 휘, 휘, 휘리릭. 힘차게 불었는가 싶었는데 일괄해 왔다.

"정지! 정지! 시동 끄고 정지!!"

하사의 대갈일성에 함선 키를 조종하던 무표정 병장의 손놀림이 시작됐다. LST선이 푸드득하면서 멈춰 섰다. 운항을 중지시킨 철선에는 어느새 빨간 모자 하사가 3명이나 되었다. 호루라기 하사가 재차 목소리를 높였다.

"LST 도어(앞)를 개폐하라."

철선 선미가 개방되었다. 소양강의 강추위에 도어 앞

3. 소양강

의 고드름이 드러나면서 차가운 물결이 요동쳐 왔다. 호루라기 하사는 빡빡머리 이등병 멱살을 움켜잡고 선미 앞에다 세웠다.

"명령이다. 차렷하고 관등성명 큰 목소리 복창을 실시한다."

하사의 다그침에 빡빡이는 입을 다문 채 엉거주춤 자세였고 하사는 재차 독촉해 왔다. 녀석은 전혀 복종할 태도가 아니었다. 순간 하사가 녀석의 허리춤을 잡아끄나 싶었는데, 왼발로 녀석 우측 발을 걷어참과 동시에 소양강의 차가운 강물을 향해 냅다 던져 버렸다. 전광석화와 같은 순간이었다. '첨벙'과 함께 출렁이는 깊은 강물에 그대로 처박혀 버린 빡빡이를 바라보던 40여 명의 이등병은 놀란 토끼 눈이 되어, 입도 벌리지 못한 채 숨마저 제대로 내뱉지 못했다. 모두 날벼락을 맞은 표정이었다. 곧바로 "입수!"라는 말이 울려 퍼지기 무섭게 하사 두 명이 군화를 착용한 채로 강물을 향해 뛰어들었다.

40여 명의 이등병은 누구랄 것 없이 양 손바닥으로 벌어진 입부터 막아야 했다. 오금을 펴지도 못한 채 넋마저 빠져나가 버린 초점 없는 동공들이었다. 1973년 12월 24일 10시경에 발생한 노도부대 소양강 수송선의 진실이었다. 이날따라 영하 16도를 유지해 온 기온이었고 강물 깊이는 90m 지점이라 했다. 눈앞의 현실에 이등병들은 얼음덩어리를 안은 듯 숨도 크게 내쉬지 못했다. 잠시 후 눈동자가 완전히 풀어져 버린 남한산성 이등병은 축 늘어진 개구리가 되어 도어 위로 올라왔다. 물론 두 명의 하사가 밀쳐 올렸고 하사들 입술도 파랗게 변해 있었다. 모포에 싸인 녀석은 계속하여 물을 토해 내면서 덜덜거렸는데, 하사들은 젖은 복장이었지만 의연하기만 했다. 모가지는 빨간 모자 하사들을 우러러볼 수밖에 없었다.

소양강 날씨는 계속하여 진눈깨비를 퍼부었다. 살벌한 상황이 발생하지만 않았더라면 산수화 겨울 풍경에서 최고 수작이 나올 것만 같았다. 강줄기를 따라 양편으로 솟구친 산봉우리마다 하얀 백설의 자태를 드러내 주어서였다. 소양강 댐에서 출발한 LST선은 1시간 50여 분이 지날 무렵 양구 선착장에 도착했다. 선착장은 기반 공사가 마무리되지 않은 것 같았다. 군데군데 공사 흔적이 남아 있었으나 철선을 접안하기엔 무난했다. W 백을 짊어진 이등병들은 한참을 걸어야 하는 둔치로 향했다. 둔치 위에서 대기 중인 수송 트럭에 올랐다. 수송 트럭은 눈보라를 맞받아치면서 북쪽을 향해 내달리기 시작했다.

4
노도(怒濤)부대

0971부대 간판 진입로 양편에는 많은 눈이 소복이 쌓여 있었다. 전면에는 노도부대 신병교육대라는 검은 글씨가 주황색 니스 칠의 나무판에 선명하게 드러나 보였다. 뚜렷하게 새겨진 부대 간판에는 어떤 압박감이 숨어 있는 것만 같았다. 신병교육대 건물은 비교적 깔끔했다. 40여 명의 신병은 150여 미터 지점의 연병장에 집결해 있었다.

소양강 LST선에서 빡빡머리와 하사들 행위에 혼이 빠져나간 이등병들을 향해 교관들이 얼굴을 내밀어 왔다. 독수리 마크가 선명한 모자에 눈빛이 예사롭지 않은 하사와 짧은 지휘봉의 뒷짐 소위와 병장 한 명이었다. 독수리 마크 하사가 이등병들의 3열 종대로 집합 명을 내렸다. 그는 절도 있는 제식동작을 취함과 동시에 소대장을 향해

"다~앙백!"의 거수경례를 붙였다. 짧은 지휘봉을 오른손에 쥐고서 왼손 손바닥을 탁탁 치던 소위가 입을 열었다.

"제군들, 논산에서 이곳까지 와 준 것을 진심으로 환영한다. 이제부터 제군들은 대한민국 육군 보병 최강 전투부대인 자랑스러운 노도부대 군인이 된 것이다. 우리 노도부대는 잘 걷고 잘 쏘는 일당백의 강병이라는 명성이 자자한 전투부대다. 제군들은 백절불굴 불퇴전(百折不屈 不退轉)의 기상을 안고 거듭 태어나야 할 노도부대 용사가 된 것이다. 강철처럼 튼튼한 두 다리와 억센 두 팔로 계곡과 능선을 평지라 여겨 가며 가로지르면서 뛰어야 한다. 알았나?"

"옛!"

"그리고 지금부터 경례 구호는 충성이 아니라 '당~백'이다. 당백이란 일당백이며, 우리 노도부대는 1명당 100명의 적을 무찌르는 퀄리티 부대로서 대한민국 최강의 보병부대다. 알았나?"

"예!"

"복창 봐라? 목소리에 힘이 없다. '예'라고 할 때마다 목구멍이 터져서 피가 솟구치도록 크게 내질러야 한다. 다시 한번 복창한다."

4. 노도(怒濤)부대

"예~옛!!"

"좋아, 너희들은 열혈남아다. 가슴에서 피가 펄펄 끓지 않는가? 지금 시간에도 저 멀리 보이는 대암산 너머 괴뢰도당들은 호시탐탐 우리 조국을 노리고 있다. 그러므로 우리들 정신 무장이 해이해지면 자유민주주의가 허물어지는 것이다. 교관이 하나 하면 정신, 둘 하면 통일, 또 하나 하면 북진, 둘 하면 통일을 계속 외쳐야 한다. 알았나?"

"옛! 하나에는 정신, 둘에는 통일입니다."

"좋아, 이 순간부터 임전무퇴 호국간성이 되어 한 명 한 명의 강군으로 거듭 태어나 후방에서 우리를 믿고 계시는 부모 형제들에게 최강 노도부대로 환골탈태해 있다는 확신을 보여 줘야 한다."

소위 계급 교관 말은 끝이 없을 것만 같았다. 영하 20도 가까운 곤두박질 날씨에 턱이 덜덜거리면서 이빨이 딱딱 맞부딪쳤지만, 어찌할 방법이 없었다. 역시 신병교육대는 논산훈련소와는 현격한 차이가 있음을 모가지는 입으로 씹어 물었다. 장교 교관의 낭랑한 목소리는 계속 이어졌다.

"항상 가슴에 새겨라. 내가 아니면 누가 조국을 지킬 수 있겠느냐고."

"옛! 가슴에 새기겠습니다."

"좋아, 추운 날씨니까 지금부터 숙소를 바라보면서 오리걸음 자세로 간다. 모두 뒷머리에 깍지를 낀다. 실시!"

영하 20의 기온보다 교관 목소리가 더 춥기만 했다. 40여 명의 이등병은 오리로 변신했고 교관 장교는 지휘봉을 흔들면서 당직실로 향했다. 하사와 병장 지시에 따라 신병교육대 1중대 3소대로 편입되었다. 개인 관물을 정돈하고서 저녁 식사를 위해 연병장에 3열 종대의 대열을 갖추었다. 언제부터 내렸는지 쌓인 눈들로 연병장은 설원만 같았다. 쌓인 눈 위에 눈보라 강풍이 밀려들어 강원도 추위의 매서움이 온몸에 전이되었다. 목깃으로 파고드는 눈발에 동잠바 같지도 않은 동잠바 깃을 세웠는데 불호령이 떨어졌다.

"이따위 눈보라에 옷깃을 세우는 놈들은 군인이 아니다! 대암산은 영하 30도에 체감온도가 50도까지 내려가는데 추위 같지 않은 추위에 덜덜거리면 노도부대 용사가 될 자격이 없다는 사실을 명심하라."

독수리 마크의 최 하사 다그침이었다. 그는 일행들을 지휘해 나갈 훈련 교관과 내무반장 직책을 겸했다. 식당을 향하기에 앞서 그의 사설이 쏟아져 나왔다.

"이곳은 너희들이 헬렐레했던 논산과는 급이 다른 곳이다. 식당을 향해 오갈 때마다 오와 열을 잘 갖추고 보행을 일치시키는 제식동작이 일사불란해야 한다. 좌향좌나 우향우에는 직각 보행을 유지하라. 식당에선 배식을 받은 다음 모두가 착석할 때까지 기다렸다가 맨 마지막 병이 '식사 개시!' 하면 일제히 '감사히 먹겠습니다.'를 목구멍에서 피가 넘치도록 토해 내야 한다. 숟갈질은 절도 있는 직각을 유지하며 식사 시간은 항상 3분 이내다. 3분 이내 식사를 끝내지 못한 병은 더 이상의 식사는 금한다. 알았나?"

"옛! 잘 알았습니다."

"좋아, 식당을 향하여 앞으로 갓! 하나둘, 하나둘, 발동작을 구령에 맞춘다. 구령에 맞췄으면 군가를 시작한다. 군가는 「소양강 처녀」다. 군가 시작."

"해저~어문 소오~양강에~"

"군가 그만. 동작 그만. 제자리에 섯! 일동 차렷. 다들 뒈지고 싶어서 작정했나? 이곳은 사회가 아니다. 노래도 절도 있게 보폭에 맞춰서 불러야 한다. 소~오양강이 아니라 소양강이다. 알았나?"

"옛!"

"다시 출발한다. 하나둘, 하나둘, 군가를 시작한다. 군가는 「소양강 처녀」. 군가 시작."

0971부대 1중대 3소대 신병 훈련 교육은 차가운 눈보라와 강추위에서 시작되었다. 최 하사의 쩌렁쩌렁한 고함을 가슴에 새겨 가며 훈련에 집중하기 시작했다. 신병교육대 훈련도 논산훈련소 교육과 큰 차이는 없었다. 다른 점이 있다면 논산은 훈련병이었지만 이곳은 엄연한 계급장이 있다는 차이였다. 총검술, PRI, 소대 전술훈련, 각개전투, 제식훈련, 사격 등은 대동소이했는데, 분대 편제에 7번을 정해 놓고 BAR(일명 에이알, 1917년 미국에서 만든 경화기 자동 소총) 자동 소총 교육이 추가되었다. 오전 6시 기상에 2km 구보와 대암산 줄기에서 흘러내리는 개울가 얼음 마사지는 논산하고는 천양지차로 달랐다. 내무반장 조교들 구타와 체벌은 논산보다 훨씬 강도가 높았다. 다행이라면 논산처럼 배고픔이 없어서 신병교육대 훈련이 논산보다는 낫다고 여겼다. 모가지와 박노복, 이기창, 안방순, 김성주는 신병교육대 후반기 4주 훈련이 끝나면 같은 부대로 배치되기를 바랐다. 논산부터 동고동락해 왔기 때문이었다.

"모두 힘들고 고통스럽다는 것은 본관 역시도 잘 알고

있다. 허나 고통이란 놈도 계속하여 반복이 되다 보면 차츰차츰 둔감해지는 것이다. 고통에 완전히 둔감해지게 되면 집으로 가는 날이 코앞에 걸린다. 그게 바로 군대다."

내무반장 최 하사 지론이었다.

"그리고 신병교육대는 같은 여건의 이등병이면서 같은 동기들이라 조교들 구타나 힘든 훈련에도 이질감이 없는 것이다. 서로서로 격려해 가며 위안할 수가 있지만 며칠 후에 자대로 배치가 되면 이곳이 그리울 날이 있을 거다."

최 하사 언설에 이등병들은 냉소를 지었다. 그러나 아니었다. 그의 말은 진심이었고 자대보다 신병교육대가 정서적으로 훨씬 나았다는 사실을 후일에서야 체감했다. 신병교육대 4주 후반기 교육을 완전히 끝냈다. 본격적인 자대 배치를 시작했다. 모두의 바람과 달리 40여 명 동기는 2사단 소속 각 연대로 흩어져야만 했다. 안방순과 김성주는 남면 31연대로, 모가지와 박노복, 이기창 외 13명은 구암리 32연대로 배치 명을 받았다. 다행이라면 모가지와 박노복, 이기창은 3대대 10중대 1소대로 편입되었다. 중대가 아닌 같은 소대로 동기생 3명이 배치된 것을 참으로 다행이라 여겼다.

10중대 1소대 내무반장은 7년 동안 말뚝 하사로 근

무해 온 말년 박경진이라 했다. 전역이 2주 정도 남았다는 그는 체격이 다부져 보였다. 구릿빛 피부에 주먹이 무척 크면서 이마에는 깊은 골이 패어 있었다. 3명의 신병은 내무반장 앞에서 부동자세부터 취했다. 군번이 가장 앞선 이기창이 박경진을 맞바라보면서 신고식 절차를 밟아 나갔다.

"당백! 이병 이기창, 동 박노복, 동 모가지 3명은 신병교육대로부터 32연대 3대대 10중대 1소대로의 전출을 명받았습니다. 이에 신고합니다. 내무반장님께 대하여 경례!"

이기창의 선창에 동기생 2명은 "당백!"을 목청껏 쏟아내면서 거수경례를 붙였다. 상위 군복 단추 2개를 풀어 헤친 박경진은 3명의 신병을 번갈아 보면서 입놀림을 시작했다.

"쉬어, 푹 쉬어. 여기까지 오느라 고생이 많았다."

박경진은 실실 웃어 가며 손가락 하나를 펴더니 한 명씩 쿡쿡 찌르면서 일대일 면담을 해 왔다.

"너는 생산지가 어디야?"

"옛! 이병 이기창, 전남 광주입니다."

"허허허. 이 새끼 봐라. 전라도 광주가 다 니네 집이라고?"

박경진의 묘한 반문에 긴장한 이기창은 더욱 빳빳한 자세가 되어 큰 목소리로 대답했다.

"광산군 비아면 737번지입니다."

"너는?"

"옛! 이등병 박노복, 하남면 사무소 뒷집입니다."

"너는?"

"옛! 이등병 모가지, 서울…."

내무반장은 모가지 답변을 잘라 놓고 "잠깐 뭐라고? 이름을 다시 복창해 봐." 해 왔다.

"옛! 이등병 모가집니다."

내무반장 박경진은 입을 크게 벌리면서 낄낄거렸고 1소대 고참들 모두가 모가지에게 집중하면서 입을 가렸다.

"모가지, 모가지라? 하긴 네놈 모가지가 길기는 하다만 하필이면 모가지가 뭐냐? 모가지가. 좋아, 그건 그렇고 집에 여동생 있는 놈 손들어 봐."

"옛! 이병 박노복."

비릿한 웃음기를 머금은 박경진은 금세 부드러운 얼굴로 변해 가면서 박노복을 향에 다정스럽게 혓바닥을 놀렸다.

"동생 예쁘냐?"

"옛! 이병 박노복, 중학교 1학년입니다."

박경진은 손사래를 쳐 가며 말을 이어 나갔다.

"세 놈 모두 닉구 삭구에 하와이 W 백이니까, 전라도에서 이곳까지 왔다면 다들 배가 허벌나게 고플 거야. 세 놈 다 배고프지?"

"아닙니다. 괜찮습니다."

"이놈들 군기가 바짝 들었네. 니들이 배가 고프다는 걸 내가 더 잘 알고 있는데 이상하네."

그는 또다시 3명을 번갈아 보면서 손가락을 펴서 가슴팍을 찔러 왔다. 그의 행동은 걷잡을 수가 없었다. 손가락이 닿을 때마다 관등성명을 힘차게 내질러야만 했다. 그는 관등성명을 내지른 이기창부터 주머니에서 건빵 하나를 꺼내어 입안으로 밀어 넣었다. 사실 3명의 신병은 허기진 상태였다. 신병교육대를 벗어난다는 안도감에 들떠 점심마저 대충 먹고서 "신병교육대여, 안녕." 해 가며 트럭에 올라 32연대에 도착했지만, 연대본부, 대대본부, 중대본부 신고식을 거쳐 오며 소대 신고식까지의 일정에 물 한 모금 제대로 마시지 못했다. 와중에 박경진이 입안으로 밀어 넣은 한 개의 건빵은 그야말로 꿀맛이었다. 혓바닥 감촉이 너무 좋았는데 그가 또다시 건빵 하나씩 추가로 밀어 넣었다. 한 개 건빵이 입안에서 다 녹아 없어지기 전에 들어온 건빵이 부스러지면서 입안의 침이 부족했다. 박경진이 묘한 표정으로 변하여 재차 나불거려 왔다.

"얘들이 진짜 배가 고프기는 좆나게 고팠나 보구나. 하나씩 더 먹여도 되겠는데."

건빵이 세 개째 입안으로 들어왔다. 입안이 온통 건빵 가루로 들어차 버려 숨 쉬는 것조차 불편했다. 박경진이 입술을 살짝 깨물면서 세 치 혀를 놀려 댔다.

"군인이란 산전수전을 다 겪어야 참된 군인이 되는 것이다. 잘 새겨들었나?"

입안에 가득 들어차 버린 건빵 때문에 대답을 제대로 못 해내는 3명을 쪼아보던 그가 언성을 높였다.

"지금부터 군대에서 건빵 먹는 방법을 알려 주겠다. 일동 차렷!"

내무반장의 고압적 목소리에 3명의 신병은 무의식의 빳빳한 부동자세를 취했다. 순간 주먹을 움켜쥔 그가 이기창 좌·우측 볼을 향해 원투 펀치를 날려 왔다. 마치 샌드백을 치는 그런 자세였다. 박노복과 모가지의 양 볼을 향해 똑같은 주먹의 원투 펀치로 강타해 왔다. 주먹 강도에 현기증이 동반했다. 모가지의 입안이 찢기면서 뜨거운 피가 입안에서 솟아났다. 전혀 예상하지 못했던 일순간의 돌발 상황이었다. 체격이 좋은 박노복 코에선 붉은 피가 줄줄 흘러내렸다. 군화를 튕겨 나간 코피가 내무반 바닥에 빨갛게 흩어졌다. 모가지 입안 역시 양 볼의 짜릿짜릿한 통증이 동반되었지만, 터져 버린 입안 핏물로 목구멍을 막고 있던 건빵이 식도로 넘어가기 시작했다. 주먹 벼락을 맞은 입안은 군데군데 찢어져 피가 고였지만 건빵은 어느새 창자 깊숙이 내려가 버렸다.

"어때? 건빵 먹는 방법 기가 막히지? 나는 건빵 먹는 데는 도사거든."

양손을 비벼 가면서 히죽히죽 웃어 가며 내뱉는 박경진 말이었다. 아무리 50여 년 전 구타 천국 군대였다지만 말이 안 된다며 부정할 수 있을 것이다. 결단코 아니었다. 문장을 리얼하게 만들려는 기교가 아닌 실제를 그대로 반영했다. 당시 군대는 이등병들 전입 신고식이 하나의 관행처럼 굳어져 있었다. 부대마다 천차만별이었다. 건빵 신고식은 이곳 노도부대 10중대 1소대가 최초였고 마지막이었을 것이다.

5
10중대 괴물 하사

    32연대 3대대 휘하에는 4개의 보병 중대와 사단 직할 수색 중대가 일자 병렬로 간격을 두고 배치되어 있었다. 대대 출입구부터 9중대 10중대였고, 중앙이 대대본부, 다음이 11중대와 12중대(12중대는 화기 중대)였다. 12중대와는 경계가 확실한 독립부대가 함께했다. 사단 직할 수색 중대였다. 9, 10중대는 현대식 2층 건물이었지만 나머지 중대는 갈탄을 사용하는 페치카의 구형 건물이었다.

    대대본부를 중앙에 두고 드넓게 펼쳐진 연병장은 잘 갖춰져 있었는데 식당이 너무 멀었다. 4개 중대와 대대본부까지 이용하는 식당은 거리도 거리지만 모두 동시에 입장할 수 없는 구조였다. 영하 20도가 넘나드는 겨울 아침이나 무더위 7~8월 식당 이용에 애로 사항이 많았다. 식사 시간 때마다 타 중대보다 조금만 뒤처지면 대가를 톡톡히 치러야 했다. 식당과 대대 사이 개울 옆의 하나뿐인 우물도 문제가 많았다. 4개 중대와 대대본부 수색 중대까지의 식수원인 우물이었다. 대대와 수색 중대 훈련이 동시에 끝나는 날이면 우물물 쟁탈전은 그야말로 전쟁터 못지않았다.

2사단은 교육사단이었고 노도부대 대명사로 유명했다. 당시 대한민국 육군 보병부대 중에서 가장 빡센 훈련부대로 알려져 있었다. 무조건 매일매일 훈련에 훈련만을 반복해야만 했다. 훈련 지침이 없으면 만들어 내어 훈련을 지속해 내는 부대로 명성이 드높았다. 일요일은 휴일이었지만 하기 야외 훈련과 겨울 혹한기 훈련 일정으로 1년 중 3분의 2 이상 야외 훈련을 지속해 왔다. 가장 고통스러운 훈련은 중대 연병장 총검술 훈련 반복과 PRI 태권도 등이었다. 연병장 훈련은 소대 하사 분대장이 교관 역할을 주도해 왔다. 연병장 훈련 때마다 하사들은 FM 교육을 앞세웠다. 제대 복무까지의 자대였지만 체벌에는 신병교육대 기합 못지않았다. 내면엔 나름의 이유가 있었다.

3명의 이등병이 편입된 10중대 1소대는 내무반장 방경진 하사 외 3명의 하사와 선임하사인 중사가 소대를 이끌었다. 타 사단의 연대, 대대, 중대, 소대는 대부분 육군 병장이 내무반을 장악해 왔다. 육군 전통이었는데 3대대 10중대는 전혀 달랐다. 소대마다 하사 4명과 선임하사가 함께하여 하사 왕국이라 했다. 소대는 4개 분대로 편성되어 있었고 분대장은 모두 하사가 도맡았다. 연병장 훈련과 소대 ATT 훈련, 대대 훈련까지 하사는 분대원을 이끌어 가는 분대장이면서 명령을 내리는 직책이었다. 특히 연병장 훈련을 혹독하게 다뤘던 것은 고참 병장들의 견제 차원이었다. 훈련사단 특성은 전역 5일 전의 병장도 훈련 열외가 허용되지 않았다. 하사들의 강압 통솔에 고참 병장 불만이 있었지만 10중대 1소대처럼 하사가 병장을 허수아비처럼 여기는 곳은 거의 없었다. 내무반장 박경진 하사는 32연대 3대대 괴물로 알려져 있었다.

박경진은 7년이 바로 코앞인 말뚝 하사 계급이었다. 대부분 장기 근무 하사는 3~4년을 복무하면 중사로 진급되는 절차가 있었다. 장기 하사 관례였고 경로였지만 하사 박경진은 아니었다. 사단, 연대, 대대, 중대에서까지 하루빨리 제대하기를 바라 온 장기 복무자일 뿐이었다. 반면에 소대 통솔력만큼은 사단에서 최고였고 사단 기동 훈련엔 항상 사단 첨병 소대 역할을 자처했다. 박경진은 7년 가까이 1소대 내무반장 직함을 유지해 왔다. 그는 시도 때도 없이 군기만을 강조했다. 그의 군기는 무자비한 구타였다. 강압의 구타엔 나름의 장점이 있었다. 32연대 48개 소대 중에서 가장 청결한 소대였고 가장 모범적인 소대라는 말이 지휘관들 입에서 맴돌았다. 칭찬과 별개로 박경진은 성격이 포악한 데다 하나 더하기 하나는 둘이 아닌 하나라는 주장을 끝까지 밀어붙였다. 저학년 수준으로 토해 내는 막무가내식 고집불통 앞에 대대장, 중대장도 앞발, 뒷발을 들어야 할 때가 한두 번이 아니었다. 몇 번 진급 심사에 낙방했으면 제대 신청을 하는 것이 수순이었지만 박경진은 개의치 않았다. 성격이 너무나 괴팍하여 연대에선 만기제대 퇴출자로 여겨 가며 7년을 기다리고 있었다.

단기하사는 일반병과 복무 기간이 같았다. 1군 하사관학교나 2군에서 6개월 군사훈련을 마치면 전후방 부대로 배치되었다. 단기하사 부대 배치엔 허점이 많았다. 자대에 배치된 6개월 하사보다 고참 일등병, 상병, 병장 복무가 1년 또는 3년에 가까웠다. 물론 군대는 계급사회라 했다. 하지만 육군본부 말장난에 불과했다. 대한민국 육군 보병부대마다 짬밥(군대 밥) 우선주의가 군대 역사로 굳어져 있어서였다. 부대장마다 계급을 우선시한다고 해 놓고 병장 계급 앞에선 입을 다물었다. 더욱이 부대로 배치된 하사들보다 일반병들 숫자가 월등히 많았다. 6개월 훈련 하사가 자대로 배치되면 넘어야 할 산이 한두 개가 아니었다. 10개월 일등병, 2년 상병과 30개월 병장이 짬밥 선배들이기 때문이었다. 심지어 일등병 고참이나 상병이 신입 하사를 폭행해 가면서 부하처럼 다루기도 했다. 일련의 현상은 소대 내무반 계급 체계를 공고히 유지해 오지 못한 후유증임과 동시에 보병부대들의 관절염과 같았다. 병들이 하사를 폭행함은 하극상이었지만 대한민국 육군 보병부대마다 상식처럼 굳어져 있었다. 그렇다면 말년 제대 병장을 하사로 진급시키거나 단기하사 육성이 더 많아야만 했다. 어정쩡한 단기하사 부대 배치가 계급사회를 엉망으로 만들어 놓았던 것이었다. 보병 각 부대의 현실이었는데 계급 체계가 가장 완벽한 곳이 있었다. 32연대 10중대 1소대였다. 군 복무 7년 박경진 하사 때문이었다.

박경진 하사는 30개월 복무 병장 정도는 애송이로 취급했다. 29개월 넘었다는 월남 병장을 개 패듯 두들겨 팼다. 박경진 앞에선 3사관 출신 소위나 ROTC 중위까지 함부로 행동하지 않았다. 장교들도 존중해 왔는데 3년 복무

병들은 아예 눈에 보이지가 않았다. 10중대 1소대는 박경진 하사 놀이터나 안방 같은 곳이었다. 모가지와 동기생 2명의 건빵 신고식 절차를 치른 지 5일이 지났다.

저녁 식사를 마치고 나면 취침 점호 1시간 전인 오후 8시부턴 정훈(精訓) 정신 교육 시간이었다. 소대마다 자율 교육이라서 실은 자유 시간으로 할애하는 경우가 많았다. 1소대 내무반은 중앙이 통로였고 양편으론 1분대와 2분대, 맞은편엔 3분대와 화기 분대로 구분되어 있었다. 1개 분대는 9명씩 편성되어 4개 분대면 36명, 영외 거주자 선임하사, 소대장까지 소대 TO는 총 38명이었다. 저녁 7시 50분에 박경진 내무반장의 전원 집합 명령이 내려졌다. 33명(2명은 초소 근무로 제외)의 소대원이 내무반에 집결했다. 그는 33명을 확인하고서 입을 열었다.

"일등병 고참부터 말년까지는 우측 침상 3선에 정렬, 이등병과 일병 신참은 좌측 침상 3선에 정렬한다. 실시!"

그의 명령에 따라 소대원들은 부산하게 움직였다.

"좌측 침상 신참들, 3선에 정렬했나?"

"옛."

"좋아."

앉은 자세로 "차렷, 열중쉬어. 차렷, 열중쉬어."를 반복한 박경진은 재차 목소리 톤을 높였다.

"지금부터 대한민국에서 최고 편안한 자세로 쉬어야 한다. 알았나!"

"옛, 감사합니다."

"좋아, 좋아. 아주 편하게 쉬면서 다리까지 쭉 뻗어도 된다. 다음 우측 침상 3선 정렬 고참들이라고 뭉그적거리지 마라. 분대장 3명은 옆으로 빠진다. 실시."

우측 침상 3선에 정렬한 고참들을 바라보면서 말하는 박경진의 우측 손에는 카빈 소총 꼬질대(카빈 총구 쇠꼬챙이 청소 도구)가 쥐어져 있었다.

"요새 말이야. 내가 잔소리를 안 하고 간섭을 안 하면서 '고참들이 잘 알아서 하겠지.' 해 가며 소대원들을 지켜만 보았는데, 가만히 보니까 고참, 쫄따구 할 것 없이 너무나 헬렐레하면서 점점 개판이 되어 가고 있더라 이거야. 고학진! 어떻게 생각하고 있지?"

"옛! 상병 고학진, 앞으로 시정해 나가겠습니다."

"좋아. 땅딸보 이근복, 너의 생각은 어떠니?"

"옛! 일병 이근복, 저희 들이 중간 역할을 잘못한 것 같습니다."

"좋아, 오늘 정훈 정신 교육 시간엔 빨갱이 새끼들이

주로 사용하는 아카보(AK47)와 에이알(BAR 자동화기)의 성능에 대하여 간단하게 비교하여 교육하겠다. 참, 그리고 그 이전에 고참들에게 먼저 질문 하나 하겠는데, 요새는 세월이 무지무지하게 빨라. 그러니까 거기에다 하늘에서 윙윙거리는 제트기까지 눈알 돌리는 것보다 빠르단 말이야. 그렇다면 제트기가 왜 그렇게 빠른지 아는 고참은 손들고 말해 봐."

"옛! 상병 김국철, 엔진 힘이 좋아서 순간 출력이 빠르기 때문입니다."

"좋아, 다음 사람은?"

"옛! 2분 대장, 하사 정용기. 미국 놈들의 큰 회사인 더글러스에서 만들었고 특히 쌍발 엔진 추진력 파워가 워낙 좋아 팍 내지른다고 알고 있습니다."

"그래, 다른 사람은? 아무도 없나?"

박경진은 질문 내용이 정답이 아니었는지 계속하여 다음, 다음 하더니 좌측 침상 졸병들을 보면서 질문해 왔다.

"제트기가 왜 빠른지 아는 놈 있으면 대답해 봐라."

한참의 침묵이 흐른 뒤 모가지가 어깨 거수를 하면서 말했다.

"옛! 이병 모가지, F4 팬텀은 미 해군 요청에 따라 개

발된 다목적 전투기라는 말을 들었습니다. 특히 마하 속도로 월남전에서 베트콩들을 박살 냈다는 평가를 받은 전투기로 명성을 높였다고 합니다."

소대원들 모든 눈이 모가지의 입을 향해 집중되었고 모가지 얼굴은 벌겋게 상기되어 가고 있었다.

"하하하, 우리 소대에 명물이 하나 나타났어. 좋아, 너 잘 씨부렸다."

CAR 총구 청소 꼬질대를 왼손 손바닥에 탁탁 소리 나게 치면서 말하는 내무반장 박경진은 알 수 없는 표정이었다. 고개를 돌린 그는 우측 침상 3선에서 차렷 자세로 앉아 있는 고참들을 주시해 가며 혀를 놀렸다.

"과학 상식인지라 다들 제트기에 대해 그놈이 어째서 그렇게 빠른지를 확실하게 잘 모르는 모양인데, 내가 7년째 군대 짬밥을 먹다 보니까 알게 되었거든. 제트기가 왜 그렇게 빠른가 하면 말이야. 그놈이 확 뜰 때 잘 보면 똥구멍에 불이 붙어 있어 그렇더라 이거야. 퍼런 불덩이를 똥구멍에서 이따만치 확 싸지르는 거야. 그 무거운 놈의 쇳덩이도 똥구멍에 불을 확 질러 불면 눈을 깜빡하기도 전에 하늘로 치솟는데 우린 군인이다 이거야. 새털만큼 가볍다 이거지. 그런고로 너희들 똥구멍에 불을 지피면 어떻게 되겠어? 제트기보다 무지 빨라질 수 있다는 말씀이야. 모두 잘 새겨들었나?"

"옛! 잘 알아들었습니다."

"그래, 좋아. 지금부터 고참들 똥구멍에 불을 지펴 볼 테니까 졸병들은 최대한 편한 자세를 유지하고서 자유 시간을 갖는다."

모가지와 동기생 그리고 한 달, 서너 달 앞선 신참 일병들이 바라보는 코앞의 건너편 침상에선 참혹한 현상이 벌어져 가고 있었다. 고참 일병부터 상병, 병장까지 엉덩이를 꼬질대로 다섯 대씩 힘차게 때려 놓고, 군화로 발길질을 반복하는 박경진은 거의 미치광이 같았다. 고참들을 계속 두들겨 패다 이마에 땀이 맺히면 원산폭격을 시켰다. 졸병들 코앞에서 고참들이 묵사발로 되어 가는 광경을 바라보던 모가지는 온몸에 닭살이 돋으면서 소름이 솟구쳤다. 계속되는 푸닥거리에 공포감이 엄습하여 아예 눈을 감아 버렸다. 30분이 넘도록 광란의 시간을 잡아먹은 다음에야 박경진의 목소리가 들려왔다.

"고참들은 복장 단정히 하고 3선에 정렬한다. 오늘 정훈 정신 교육은 이것으로 끝낼 테니까 지금부터 취침 점호 준비를 시작한다. 실시!"

"옛! 점호 준비 실시!"

"오늘 당직사관은 1소대장 김미남이다. 우리 소대 소대장이지만 3사관 출신 FM 장교니까 철저하게 점호 준비에 대비하라. 알았나?"

"옛!"

월남전에 참여했다는 마길용 병장 대답이었다. 개인 관물 상하 예비군복마다 빳빳한 도화지를 이용하여 부드러운 각을 세워야 했고, 겨울 내복은 직각을 잡아 놓고 흐트러짐이 없어야 했다. 연병장 훈련 때 착용해 온 훈련 통일화 상태부터 수통, 탄띠, 총기 점검, 손톱 발톱 청결, 하의 내복 고환과 상의 내복 겨드랑이에 DDP(빈대와 이 약주머니) 확인, 관물대 먼지 등 취침 점호 10분 전은 언제나 초비상이었다. 오늘 취침 점호는 큰 지적이 발생하지 않았다. 점호가 간단했던 건 소대장 김미남도 박경진의 광기 어린 푸닥거리를 잘 알고 있어서였다. 사단 병참 길목 초소 복초 근무자와 내무반 불침번 순번을 확인하고서야 취침 명이 떨어졌다. 모가지와 박노복, 이기창은 1소대에 편입되어 다섯 번 점호 후 취침이었다. 신병 대우로 5일 동안 불침번이나 초소 복초 근무엔 열외가 되어 있었다. 자대 배치를 받고 나서야 신병교육대 내무반장이었던 최 하사 말이 헛된말이 아니었음을 실감해 나갔다. 교육사단 특성이라지만 신병교육대 내무 생활보다 너무나 추악해서였다. 눈만 뜨면 훈련, 고참들 눈치 보기, 언제 어떻게 돌변할지 알 수 없는 괴물 같은 박경진과 내무반 분위기에 하루하루가 긴장의 연속이었다. 그나마 지금까진 햇병아리 신병이라며 야간 근무에 제외되어 있었다. 좌불안석 취침 소등과 함께 눕자마자 잠들어 버렸다.

모가지는 꿈을 꾸는 것만 같았다. 컴컴한 곳에 인기척이 없었는데 누군가 머리통을 두들기고 있었다. 비몽사몽 꿈결만 같았다. 눈을 떠 봤으나 어둠의 밤일 뿐이었다. 다시 아슴아슴 눈꺼풀이 잠겨 가는데 주먹 같은 물질이 계속하여 이마와 머리에 압박을 가해 왔다. 엷어진 어둠이 걷혀 가면서 희미하게 하얀 치아가 속삭이고 있었다.

"인마, 입 벌리지 말고 조용히 따라와."

귓가를 스치는 아련한 명령에 따라 눈을 비벼 가며 앞사람 고양이 걸음을 흉내 내야만 했다. 지금 시간이 몇 시인지 감을 잡을 수조차 없었다. 금방 재채기가 나올 듯 한기가 밀려들었다. 하늘의 별들이 선명하여 새벽은 아닌 것 같았다. 12명의 졸병이 끌려간 곳은 중대 막사 뒤의 야트막한 능선 중간에 푹 패어 있는 쓰레기 소각장이었다.

이가 시리도록 차가운 밤이었지만 선명한 별들로 고참들 얼굴이 드러났다. 고학진, 김국철, 이근복이 분명해 보였다. 김국철은 3분대 고참 상병이었다. 그는 허연 입김을 드러내며 12명의 졸병을 향해 질타를 쏟아 냈고 고학진과 이근복이 좌우에 서 있었다. 김국철은 속삭임처럼 내뱉었는데 얼음장 같은 대기에 밀려 다가와 주위를 압도해 왔다. 군대에서 통용되어 온 말이 있었다. 하늘에서 가랑비가 내리면 연병장은 폭우가 내린다는 말. 그러니까 고참들 똥구멍에 불을 지펴 놓으면, 고참들이 알아서 졸병들을 쭉 뻗은 깨구락지로 만들어 놓는다는….

내무반에서 박경진 못지않다는 김국철 상병의 곡괭이 빠따가 먼저 지나갔다. 이마의 땀을 훔치던 그가 말했다.

"야, 학진아. 좆이 빠지도록 조지고 지나가."

영하 20도가 밑도는 1월 하순 땅바닥은 반짝이는 성에들이 유리 파편 조각만 같았다. 땅바닥을 지탱한 양 손바닥은 시리다 못해 얼어붙는 듯했다. 고학진 상병과 이근복 일등병이 차례로 다섯 번씩 곡괭이를 휘둘렀다.

"똥구멍의 불은 4계절에 다 좋은 거다. 특히 강추위엔 보약보다 더 좋다. 추위가 싹 가셨지? 앞으로 열심히 잘할 수 있나?"

김국철의 대갈일성이었다. 모가지는 의아했다. 아니, 신병들은 같은 생각이었을 것이다. 대체 앞으로 뭘 잘하고 무엇을 열심히 하라는 말인가? 자대로 배치된 그날부터 매일 오전 6시 기상, 모포 정돈, 연병장 아침 점호, 2km 구보, 산더미로 쌓여 있는 눈 치우기, 중대 막사 주변 청소, 오전 8시부터 훈련 시작, 총검술 PRI, 분대 전술 등 하루 훈련 8시간이 끝나면 대대 페치카 사역 이후 개인 관물 정리정돈, 정훈 정신 교육, 취침 점호까지 어느 것 하나 소홀히 하지 않았는데, 무엇을 열심히 똑바로 잘해야 한다는 말인지 전혀 감을 잡을 수가 없었다. 고개를 푹 숙이고 있는 12명의 졸병을 바라보던 고학진이 말했다.

"신병 3명은 좌측으로 3보 이상 떨어져라. 실시!"

20여 일 또는 한 달, 서너 달 전 선배 이등병과 일등병이 혼합되어 있는 9명의 고참은 또다시 김국철과 고학진 주먹질과 발길질을 받고 있었다.

분대장들과 고참들 식기가 지저분하고, 매트리스에 먼지가 쌓이고, 관물대 사이에서 빵이 나오고, 고참들 화기 개머리판이 더럽고를 지적하면서 시작된 구타는 끝이 없을 것만 같았다. 모가지와 박노복, 이기창은 곡괭이 자루로 두들겨 맞은 엉덩이의 얼얼함보다는, 강추위보다 더 싸늘하게 여겨지는 눈앞의 광란에 치를 떨었다. 9명을 상대로 20여 분 구타를 멈춘 김국철이 이마를 훔치면서 말했다.

"신병 3명만 남고 모두 내무반으로 돌아간다. 숨소리도 내뱉지 마라. 만약에 숨소리, 발소리가 내 귀에 들려오면 다들 송장이 될 것이다. 알았나?"

"옛!"

"이 새끼들아, '옛!' 할 때도 아가리 벌리지 마. 야간 정숙 훈련 몰라?"

복작거리다 9명이 빠져나간 소각장 구덩이는 허전하기까지 했다. 3명의 신병 앞에는 고학진과 이근복이 버티고 있었다. 그런데 상병 고학진 얼굴이 무척 부드러운 표정으로 바뀌었다.

"허~어, 자식들, 겁먹지 말고 긴장 풀어. 자, 자, 담배 한 개비씩 피워."

담배를 넘겨주더니 손수 성냥을 켜 주면서 다정다감하게 다가왔다.

"엉덩이가 얼얼하지? 군대 생활은 이런 맛이 있어야만 재미가 있고 시간이 잘 가는 거다. 군대란 뭐냐? 상명하복 위계가 가장 우선순위다 이거야. 위에서 시키면 그냥 시키는 대로만 하면 간단하잖아. 고참이 좆으로 밤송이 까라 하면 후딱 바지 내리고 좆을 꺼내 밤송이를 까 버리면 되는 거야. 고참이 식사하고 나면 잽싸게 식기 닦아 놓고, 고참이 눕기 전에 매트리스 먼저 깔아 놓고, 고참이 불침번 순서 때는 알아서 대신 서 주고, 고참이 때리면 이유 없이 맞는다 이거야. 고참들이 힘들여 가며 왜 때리냐 하면, 다 너희들의 정신을 맑게 해 주기 위해서란 말이야. 고로 고참들 족보는 하느님하고 동급이니까 고참 앞에선 잔대가리 굴리는 요령만 피우지 말고 눈치껏 행동을 잘하여야 한다 이런 말이야. 잘 새겨들었나?"

"옛!"

"입 벌리지 말고 '옛!' 하란 말이야. 너무 추운 밤이라서 시간을 더 지체하면 동상이나 감기 걸리니까 다들 엎드려 팔 굽혀 펴기 동작 10회씩 두 번 하고 내무반으로 돌아간다. 한 번 엎드릴 때 동상 예방, 다시 엎드릴 때는 동생 유방을 반복한다."

"하나."

"동상 예방."

"둘."

"동생 유방."

"좋아, 지금부터 20회 실시."

이때가 1974년 초입이었으니까 51년 전 상황이었다. 무식한 시기니까 그랬다고 여길까 봐 엉뚱한 말을 해 본다. 맹자와 순자가 설파했다는 성선설, 성악설을 양자론으로 논하기에 앞서 분명한 것은 천성에 의해 사람마다 다르다는 사실이었다. 시대상에 따라 인성이 다르기도 했다지만 천성에 따라 다르다고 여긴다. 같은 10중대 160여 명도 천성 때문에 음지와 양지가 있었다. 화기 소대 내무반은 소각장 구타는 아예 없었는데 1소대 내무반은 구타가 끊이지 않았다. 1소대나 화기 소대나 내무반장은 같은 하사 계급이었다. 그럼에도 달랐다. 1소대 역시 김국철과 고학진이 달랐다. 시대를 떠나 사람은 천성에 따라 행동이 제각각이었다. 모가지와 박노복, 이기창은 일병 고참이 될 때까지 지속적으로 내무반 구타와 소각장 구타를 당해야만 했다. 계절은 강원도 양구 날씨 중에서 가장 추운지라 연병장 훈련으로만 이어지고 있었다.

혹한의 1월도 지나고 2월이 도래하기 무섭게 3대대가 술렁거렸다. 모가지 일행이 1소대로 배치되기 직전에 혹한기 6주 야외 훈련이 끝났다고 했다. 혹한기 야외 훈련을 끝내면 사단 재물 조사가 실시될 예정이었는데 강추위에 미루고 있었다. 2월의 문이 열리면서 32연대 3대대 재물 조사부터 실시한다는 통보를 받았다. 재물 조사는 사단 병참과 연대 군수과에서 담당했다. 각 중대, 소대에 지급되어 병들이 지참하고 사용해 온 장비, 의복까지를 총망라했고, 중대, 소대마다 지급되어 있는 재물들의 보관 상태를 종합적으로 검사하는 연례 일과 중 하나였다.

개개인의 재물 조사는 소대나 중대별로 확인하면 간단했다. 그런데 무슨 연유인지 대대의 4개 중대 보급품을 연병장에다 동시에 모아 놓고 실시했다. 나름의 이유는 있었다. 중대별로 실시하면 보급품을 빼돌릴 가능성 때문이었다. 예를 들어 10중대만 별도로 검사하면 모자라는 물품을 9중대 걸로 채운다는 논리였다. 반대로 9중대 때는 11중대에서 채워 주는 식으로 돌려 막기가 가능하다는 것이었다. 이런 형태는 사단마다 수뇌부들이 보급품들을 뒤로 빼돌렸던 의심병의 발로였는지 모른다. 어렵지 않은 일정인데 일부로 어렵게 만드는 것만 같았다. 대대 재물 검사가 실시되면 보병 중대, 소대마다 홍역을 치르는 날이었다. 모자라는 보급품 채우기는 마치 복마전을 방불케 했다. 논산훈련소 화장실 모자(군모) 탈취는 맛보기에 불과했다. 연대, 대대본부 근무자야 군대 말로 빽이 있어 설령

설렁 넘어가지만, 중대 훈련 소대들은 사정이 달랐다.

말단 소총수라 불리는 일빵빵은 식기부터 스푼, 군화, 통일화, 담요, 판초 우의, 탄띠, 소대 단위로 사용해 온 밥통, 식수통(바께쓰)에, 심지어 이 약인 DDT와 손톱깎이까지 검열품에 해당되었다. 철저한 검열은 개인 화기와 소대 공용 화기였다. 지급되어 있는 병기들 검열은 사단 병참에서 실시했다. 가장 많은 M~1소총부터 CAR(카빈 소총), 대검, 수통, BAR 자동화기, LMG 중화기, M79 수류탄 발사기, 화기 소대 박격포 등의 점검을 하루에 끝내지 못하면, 다음 날로 연장했다. 보급품 지급 서류와 현 보유 실태 확인 절차 일정에 말단 이등병들은 정신착란을 일으켰고, 고참들도 별반 다르지 않았다. 내무반장, 선임하사, 중대 인사계도 히스테리가 발진했다. 지적 사항에는 욕설에 주먹질, 발길질이 예고도 없이 제멋대로였다. 결국 이런 검열 대비책을 앞세워 사전 보급품 확보가 뺏고 뺏기는 악순환을 거듭했다.

1소대는 1년 내내 개인 장비 보급품을 보충해 왔었다. 야외 훈련에서 줍기도 했고 타 중대에서 훔쳐 오기도 했다. 박경진의 명령에 따른 재물 검사 대비책의 일환이었다. 여러 형태로 수집하여 남아도는 보급품은 소대 내무반에 은밀히 만들어 놓은 비밀 창고에 저장해 두었다. 1소대뿐만은 아니었다. 타 소대들도 내무반에는 비밀 창고가 있었다. 재물 검사가 실시되면 중대 인사계들은 소대 비밀 창고 찾아내기에 혈안이었다. 어이없는 현실의 발생 원인은 육군본부 탁상행정과 맞물려 생겨난 이물질이었다. 중대마다 자체 재물 검사가 있었는데 사단에서 실시하는 검사는 차원이 달랐다. 망실된 군수품이 많으면 선임하사, 인사계 징계부터 중대장까지 범위가 확대되었다. 반복되어 온 과정으로 각 중대 인사계나 소대 선임하사들은 신사협정을 맺기도 했다. 자신들의 중대나 소대마다 남는 재물은 공유한다는 협상이었다. 그러나 그놈의 협상은 얼굴들이 붉어진 기분 좋은 술자리에서뿐이었다. 막상 재물 검사가 실시되면 도로 아미타불에 불과했다.

아무리 엄격한 재물 검사라지만 간단한 문제일 수 있었다. 각 개인 보급품만 확실하게 챙긴다면 재앙 같은 현상은 발생하지 않는다. 문제는 졸병들은 고참들을 수발해야 하는 계급사회라는 것이었다. 잘못된 관행이 지속되어 많은 후유증을 양상해 냈다. 소대 하사 분대장, 말년 고참 등 10여 명은 전지전능한 인간임을 자처해 왔다. 그들은 장시간 야외 훈련이 끝나면 개인 물품 관리에 손가락 하나 까닥하지 않는 특혜자일 뿐이었다. 혹여 졸병들이 눈살을 찌푸렸다가는 똥구멍에 불이 붙었다. 그들의 족보는 항상 하느님과 비등했다. 철저한 재물 검열에 1소대는 한 건의 지적이 없었는데 불행한 사건이 발생해 버렸다. 소대 비밀 창고가 털리고 말았다. 바께쓰 하나와 식판 여섯 개, 수통 3개와 야전삽, 판초 우의 4개를 9중대 인사계가 자기 중대 모자라는 보급품을 채운다며 가져가 버린 사건이었다.

그날 밤 전지전능하신 박경진 내무반장의 분노는 그야말로 극에 달했다. 비밀 창고 관리자인 고학진 상병과 차하용 화기 분대 상병은 코부터 삐뚤어졌다. 입술이 찢기면서 얼굴은 붉은 피로 물들었다. 그마저 부족하여 원산폭격부터 앞으로 취침, 뒤로 취침 등을 30분 넘게 실시하여 숨도 제대로 내뱉지 못했다. 5파운드 곡괭이 자루를 오른손에 쥐고 왼손 손바닥을 탁탁 치던 박경진이 주둥이를 놀렸다.

"작년 연대 RCT 때 이근복이 판초 우의를 훔쳐 왔고 PX에서 술 취한 놈 수통, 취사반에서 바께쓰와 식판을 몰래 가져와 많은 재산(보급품)을 모으느라 뺑이를 쳐 왔는데 하루아침에 다 털렸단 말이야. 이게 너희 놈들 군기가 완전히 빠져서 발생한 거다 이거야. 막중한 책임을 양어깨에 메고 있는 고달픈 내무반장이 되어 소대 전 재산을 날려 버린 내 기분이 어떨 것 같아? 가슴이 쓰리다 못해 갈가리 찢어지는 이 고통을 네놈들은 알 턱이 없을 거야. 내가 말년이 되어 다시는 손 더럽히는 짓은 안 하려고 했는데 나를 더욱 추하게 만들어 놓았다 이거야. 내가 없더라도 또 이런 일이 생길 것을 대비하여 미리 예방하는 차원에서 지금부터 똥구멍에 불을 지피겠다. 전원 통로 좌·우측을 향해 군번순 집합이다. 집합했으면 통로로 엉덩이 내밀고 엎드려뻗친다. 실시!"

군대 입대 전부터 들어왔던 '줄빠따'의 서막이었고, 자대 배치 13일째 날이었다. 34명이 엎드려뻗쳤다(1명은 휴가). 내무반장 박경진은 34명 엉덩이를 한 대씩 쳐 내렸다. 이등병 모가지는 35명 소대원 중 군번순이 맨 마지막이었다. 퍽퍽 둔탁하게 들려오던 빠따 소리가 모가지 앞에서 일시 정지했다.

"모가지?"

"옛! 이병 모가지."

"넌 말이야. 맨 마지막이니까 조질 놈이 없어 억울할 거다. 이게 뭔지 아니? 줄빠따다 이거야. 그래서 더 억울하지. 억울해도 할 수 없어. 이런 것이 억울하면 네놈 할머니 배꼽 자르고 저 새끼들보다 먼저 군대에 왔어야만 했던 거야. 엉덩이 힘 빼라. 나는 안 아프게 갈기겠지만 세대 이상 맞은 놈들은 힘줘서 조지게 되어 있으니까. 엉덩이에 힘주면 안 돼. 알았나?"

박경진 말은 위로인지 불분명했는데 곡괭이 자루로 34대를 더 맞을 생각에 엉덩이 힘을 뺄라치면 이상하게 힘이 빠지지 않았다. 이빨을 악물어 가면서 5파운드 곡괭이로 33대를 더 맞고 난 엉덩이가 끈적끈적해 왔다.

코피를 쏟아 내어 솜으로 코를 막은 고학진 상병이 모가지를 엎드리라 했다. 엉덩이에선 붉은 피가 흘러내리고 있었다.

"야!! 지혈제 가져와."

고학진 고함에 고개를 돌려 본 모가지 옆에는 박노복, 이기창, 21일 선배 김창석도 엎드려 있었다. 매트리스를 쌓아 놓은 한편에선 박경진과 2분 대장 정용기, 월남 병장 마길용이 막걸릿잔을 돌려가면서 잡담을 나누고 있었다.

6

군대는 줄을 잘 서야 한다

    2월도 하순이었다. 박경진 하사는 구정을 앞두고 전역했다. 내무반장은 2분대장이었던 정용기 하사가 물려받았다. 정용기는 원주 1군 하사관 6개월 훈련을 이수한 일반 하사였다. 167cm의 호리호리한 체격에 100m를 12초에 뛰면서 몸동작이 가벼웠다. 그는 내무반장 취임식에서 목울대를 세워 가며 열변을 토해 냈다. 소대원들은 박수로 화답했다. 그의 취임 일성이었다. 내일부턴 어떤 경우든지 줄빠따 폭력만큼은 영원히 추방하겠다며 맹세했다. 그리고 전임 내무반장에 대하여 악평을 덤으로 쏟아 냈다.

    "장가가서 첫날 밤에 가운뎃다리를 어떻게 돌리면 박경진이 같은 새끼를 생산할 수 있지."

    그러나 악습에 앞서 전통이란 쇠심줄만큼이나 질겼다.

정용기 공약으로 1소대 줄빠따는 단절됐지만 내무반 구타는 전통을 끊어 내지 못했다. 박경진처럼 무자비하진 않았으나 고참들 체벌만큼은 차이가 없었다.

3명의 이등병이 1소대로 전입해 온 한 달이 지날 무렵 신병이 보충되었다. 1분대로 편입되었는데 온양 출신 임성기라 했다. 신병 임성기는 1분대장 겸 내무반장 정용기 따까리로 불렸다. 원래 병이 하사 따까리는 하지 않는 것이 관례였고 임성기도 거부했지만 하사 왕국이라서 고참 병장도 반문하지 못했다. 아마 육군 각 부대에서 일반 병이 일반 하사 뒤치다꺼리를 도맡은 예는 2사단 32연대 10중대 1소대가 유일무이했으리라 생각한다. 어쩌면 필연이 만들어 낸 결과였는지도 모른다. 괴물이라던 박경진은 사라졌지만 4명 분대장 하사들의 교육권은 막강했다. 권위란 놈이 가장 두려운 건 실추였다. 4명의 분대장은 권위를 유지하기 위해 연병장 훈련 체벌만큼은 더욱 모질게 다그쳤다.

졸병들 군대 일상이란 어제 내린 눈처럼 아침에 눈을 떠 보면 기억에서 녹아내리고 있었다. 매일매일 반복되는 훈련 일정에 배고프고 춥고 얼어터져 가면서 내일을 기다리며 견뎌 낸다. 창자가 등가죽에 달라붙어도 소리 질러 가며 게거품을 물고서 뛰고 달리고 엎드리고 일어선다. 일당백의 노도부대기 때문이었다.

  3월의 문이 열렸지만 양구는 파릇한 봄 전령의 기지개보다 하얗게 내리는 눈발이 더 많이 휘날렸다. 양구의 눈은 아마 대한민국에서 가장 많은 것만 같았다. 겨울이면 눈과의 싸움이었고 치워도 치워도 눈은 쌓이기만 했다. 백설이 쌓이면 산야는 아름다웠다. 설원의 땅에도 3월이 열리면서 화창한 날들이 싱그러워지기 시작했다. 본격적인 야외 교육 일정들이 훈련 기록지에 쌓이면서 먼저 사격 훈련에 초점을 맞춰 나갔다. 모가지와 동기들은 사격만큼은 자신이 있었다. 논산훈련소와 신병교육대 훈련 마지막까지 사격 점수는 모두 A급을 받은 경력이 있어서였다. 오늘 훈련은 사격장에서 실시하는 철갑탄 사격이었다.

  32연대 사격장은 봉화산 우측 능선에 자리 잡고 있었다. 양구읍 동편에 병풍처럼 펼쳐진 봉화산은 강원도 지형에선 온순한 산이라 했다. 강원도 산들은 높으면서 가팔랐고 가파르면서 높았다. 봉화산은 달랐다. 정상이 874m로 그리 높지 않았고 어머니의 인자함을 간직하여 후덕해 보였다. 산등선들은 유순했다. 산줄기마다 고목 줄기처럼 길게 뻗쳐서 필요한 곳에는 사람을 살라 하며

터를 내주었다. 하지만 산이나 사람이나 일상에는 항상 큰 아픔이 함께 도사리고 있었다. 봉화산은 유연한 지형 탓에 2개 사단 탱크부대 사격장이 되어야 했고, 106m, 57m 직사포 사격이 덤으로 달라붙었다. 산 중턱은 많은 포단을 맞아야만 하여 군데군데 하얀 속살이 드러나 쳐다보는 눈이 시리기도 했다. 사단에선 일명 태풍 사격장이라 불렸다.

연병장 훈련에 경기를 내 왔던 1소대원들은 실탄 사격 훈련을 반겼다. 연병장 총검술, 봉체조, 예비 사격 훈련인 PRI 훈련에 비해 훨씬 나은 여건 때문이었다. 갑갑한 소대 막사를 벗어나는 야외였고 파릇파릇한 산등성의 운치마저 좋은 데다 일단 여유 시간이 많았다. 화약 냄새 때문이었는지 꿩들이 드문드문 나타나 주었다. 사격 훈련 일정이 잡히면 다들 마음이 들떴다. 후방 부대보다 사격 훈련이 많았던 건 그만큼 지정학적 요충(要衝) 부대라 그랬다. 사격을 중시하여 매년 가을이면 연대 사격 대회를 최대 훈련 과목으로 설정해 놓았다. 중대장, 소대장들 이하 소대 선임, 중사, 분대장들까지 사격 훈련 날에는 눈에 핏발을 세웠다. 일등 사격, 특등 사격을 군가 못지않게 되뇌었다. 그들의 독려에 앞서 군인이란 모름지기 사격 명중

률이 가장 중요했다. 수시로 점검하는 대대 사격 훈련 대회에서 우승한 사병은 10일간의 포상 휴가를 주었고, 최우수 중대라는 명예를 부여받았다.

사격장에 도착한 소대원들은 사대에 오르기 전에 PRI 훈련부터 시작했다. PRI 훈련은 신참, 고참 구분 없이 논산에서부터 신병교육대, 자대 배치 이후까지 끊임없이 반복되어 가장 싫어하는 훈련 과목이었다. 신물 나게 받아 온 PRI는 사격장에 도착하면 어김없이 실시했다. 모두 경기를 냈지만 단 한 번도 거른 적이 없었다. 훈련소에서부터 귀 딱지에 붙어 있는, (P) 어깨 받침과 무릎에 피가 나야 하고, (R) 굳은살 박이고, (I) 아리고는 군대 생활을 끝낸 다음 죽을 때까지 머리에서 지워지지 않을 단어이리라 여긴다.

실탄을 지급받기 전의 PRI 훈련은 '앉아 쏴', '엎드려 쏴', '서서 쏴'마다 동작이 다르지만 물기 있는 '엎드려 쏴'는 지랄 같은 자세였다. 30여 분의 PRI 훈련을 마치면 사대 앞에서 정렬했다. 앞사람 사격이 끝나면 순번에 의해 실탄을 지급해 주었다. 첫 실탄은 3발이었다. 본격적인 장거리 사격에 앞서 25m 거리의 개인 화기 영점부터 잡아야 해서였다. 영점을 잡는 25m 거리의 탄착 목표물을 향해 사격 명령에 따라 방아쇠를 당겨 가며 사격을 끝낸다.

모두 사격을 마치면 본인 탄착점 확인을 점검한다. 탄착점이 삼각을 형성하면 영점사격이 끝난다. 제멋대로라면 불합격이 되어 싸대기부터 얼얼해진다. 싸대기는 시작에 불과했다. 곤혹스러운 체벌을 받고서야 2차 영점사격에 돌입했다.

모가지와 박노복, 이기창은 훈련소부터 실시해 온 사격엔 큰 문제가 없었다. 영점사격과 50m, 100m, 150m, 200m, 250m까지 모두 후한 점수를 받아 왔다. 사격에 앞서 M~1소총의 5만 파운드 압력 후폭풍 교육을 게을리하지 않았다. 사격 요령인 '노리쇠 후퇴, 탄알 일발 장전, 노리쇠 전진, 크리크를 맞추고 노리쇠 뭉치에 우측 눈 고정, 개머리판은 우측 어깨에 최대한 밀착, 우측 검지는 노리쇠 뭉치 눈앞에다 바싹 붙이고 사격 실시!'를 셀 수 없이 반복해 왔던 터라 내심 사격만큼은 자신이 있었다. M1소총은 사격 준칙을 어기면 5만 파운드 반동으로 눈언저리에 파란 멍 자국이 선명하게 드러났다.

봉화산을 바라보며 사대 배치를 받은 모가지는 영점사격 세 발을 자신 있게 발사했다. 사격 교관 지시에 따라 표적물로 향했다. 표적물 앞으로 다가선 모가지는 본인 탄착점을 바라보다 현기증이 일어났다. 아니, 도무지 믿기가 어려웠다. 사격 탄착점이 아예 엉망이어서였다. 두 다리를 지탱하지 못하여 후들거리기까지 했다. 바로 옆 사선의 박노복, 이기창 탄착점들은 예쁘게 트라이앵글 표시가 선명해 보였다. 당황한 모가지는 본인 눈을 의심하면서 밀려드는 자괴감에 허탈해했다.

"모가지! 표적판 들고 뒤돌아 뛴다. 발바닥이 보이지 않게 좆이 빠지도록 뛰어온다. 실시!"

선임하사 조태기의 불호령이었다. 선임하사 앞으로 다가서기 무섭게 모가지 아구창에선 불꽃이 튀었다. 입술이 찢기면서 입안이 피범벅이 되었지만 아무리 되새겨도 이해가 되지 않았다. 사대를 벗어난 모가지는 비릿한 핏덩이를 뱉어 내놓고서 입술을 깨물고만 있었다.

"야! 정용기! 이 개새끼 말이야. 군기가 완전히 빠져나간 새끼야. 지금부터 확실하게 군기를 집어넣고 실탄 한 발이 지 놈 피 한 사발보다 더 소중하다는 것을 깨우치도록 잡도리를 야무지게 하란 말이야. 알았어?"

"옛! 하사 정용기, 바로 시행하겠습니다."

"모가지?"

"옛, 이병 모가지."

"너 총알 한 발이 얼만 줄 알아? 네가 처먹는 밥 열 그

룻보다 더 비싼 거야. 그런데 한 발도 아니고 3발이나 그냥 날렸어. 지금부터 국민 혈세를 낭비한 대가가 어떤지 잘 알 수 있도록 확실하게 각인시켜 주겠다. 에무앙을 우측에 놓고서 양팔을 벌린 다음 양손을 머리에 감싼다. 실시."

"옛, 이병 모가지 실시!"

"좋아. 뒤로 취침. 앞으로 취침. 손 풀지 말고 앞으로 취침. 쪼그려 뛰기 20회 실시. 하나에 사격. 둘에 명중. 다시 총을 잡는다. 엎드려 쏴. 총을 양쪽 어깨에 감싸고 낮은 포복 실시."

한 시간의 갖은 기합보다 의문이 머리를 뒤흔들어 왔다. '왜 사격을 그렇게 했지?'라는. 땀범벅 흙투성이로 변한 모가지는 또다시 PRI 사격 연습에 몰두해 나갔다. 정용기 하사의 시범 기본 교육부터 눈알이 빠질 정도로 집중했다. 한 시간이 지난 다음 재차 3발의 실탄을 지급받고 '엎드려 쏴' 자세를 취했다. 철모 속 하이바로 탄피 유실을 막기 위해 노리쇠 부근을 받치고 있던 박노복은 몹시 불안한 표정이었다.

"가지야, 침착해라. 가늠자에서 눈을 떼고 파란 소나무를 주시하고 나서 방아쇠를 당길 때 숨을 쉬지 마."

박노복은 본인 이상의 조바심을 드러내며 모가지를 진

정시키려고 안간힘을 쏟아 냈다. 모가지는 최대한 침착함을 유지하기 위해 정신일도 하사불성을 씹어 물었다. 사대 통제 망루에서 스피커 소리가 들려왔다.

"노리쇠 후퇴 탄알 일발 장전. 개머리판 우측 어깨에 밀착. 우측 검지 노리쇠 뭉치 앞으로 바싹 붙이고 사격 실~시!"

타~앙, 5만 파운드 반동을 느껴 가면서 유연하게 3발 사격을 끝낸 모가지는 표적판을 응시하며 다가섰다. 표적판을 확인한 모가지는 두 무릎이 꺾이면서 땅바닥을 짓이기고 말았다. 표지판 탄착점은 맨 하단에 1발, 우측 상단 끝에 1발, 나머지 1발은 아예 보이지도 않았다.

"이 시발 새끼 눈깔이 색맹 아니야? 표적판이 이게 뭐냐? 시발놈 봐. 아예 눈깔을 감고서 방아쇠를 당겼네."

모가지의 표적판을 넘겨받은 선임하사는 욕설부터 토해 놓고 카빈 개머리판으로 철모를 내리쳐 왔다. 멍한 표정의 모가지는 땅바닥으로 튕겨 나간 철모를 바라보며 눈알만 굴렸다. 20여 일 선배 김창석과 함께 내무반장 정용기가 호출했다. 모가지 볼에선 붉은 피가 흘러내렸다. 화가 치민 선임하사 주먹세례를 재차 받아서였다. 그렇다 하여 끝난 것은 아니었다. 사격을 마친 소대원들은 점심 식사를 위해 식판을 들고 있었는데 모가지와 김창석은 열외였다.

"철모를 정면에다 벗어 놓고 '열중쉬어' 한다. 그 자세에서 허리를 숙이고 이마를 철모 위에다 처박는다. 다시 일어난다. 반복 동작을 계속 20회 실시한다. 손깍지를 끼고서 엎드린다. 그 상태에서 한쪽 다리를 들어 올리고 한쪽 팔을 등 뒤로 밀쳐 올린다. 넓어지면 발로 밟아 버린다? 일어서서 총을 양팔로 안는다. 낮은 포복으로 전우들이 식사하고 있는 곳을 돌아와서 보고한다."

내무반장 정용기의 끝 모를 것 같은 기합 명령이 계속 이어졌다. 소대원들은 식사를 마치고 휴식을 취하면서 담배를 피워 물었다. 모가지와 김창석은 두 무릎 군복마저 찢긴 채로 만신창이가 되어 가고 있었다. 점심시간 한 시간을 기합으로 때우고 식판 앞으로 향했다. 어묵 국물은 식어 있었고 보리 섞인 밥알마저 따로따로 놀았다. 김치마저 달랑 두 쪽이었다. 온몸을 적셔 흐르던 땀방울이 점점 차갑게 느껴졌다. 3월의 건조한 바람이 밀려들어 군대 용어인 짬밥을 넘기는데 턱이 덜덜거렸다.

뒤늦은 점심을 끝내고 담배 한 개비 입에 물기도 전에 내무반장 호출이었다. 또다시 시작된 PRI 사격 연습 훈련에 모가지는 기진했다. 가장 고통스러운 점은 정용기의 무자비한 체벌로 팔꿈치와 두 무릎 살갗이 벗겨져 있는 것이었다. 더욱이 소대 고참들 눈초리가 너무나 싸늘했다. 궁지에 몰렸다는 말이 무슨 뜻인지 이해가 되는 모가지였지만 당장은 그따위를 생각할 겨를이 없었다. 그동안 5개월 군 생활을 해 오면서 사격만큼은 언제나 자신감이 넘쳐 났었다. 총에 대한 두려움 같은 건 염두에 두지 않았었다. 그래 왔었는데 두 번의 영점사격 실패로 알 수 없는 불안감이 스멀스멀 밀려왔다.

'사격에는 어떤 객관적 요소가 있었던가'와 '주관적 견해에는 오류가 없었던가'가 부딪치면서 가닥을 잡을 수가 없었다. 생각이 깊어지면서 총이라는 존재가 두렵게 다가오는 것만 같았다. 훈련소 시절 동기생 박노복과 이기창한테 사격 요령에 대해 자신 있게 쏟아 낸 말이었다.

"사격의 정의란 이런 것 같아. 표적에 집중하면서 일정한 호흡에 숨을 들이마시다 멈추는 순간 방아쇠를 당기면 실수가 거의 없거든."

이렇게 자신감을 피력해 왔었건만 0점도 잡지 못하는 헤어나기 어려운 딜레마였다. 오후 PRI 훈련에 더욱 집중한 모가지는 격발에 온 힘을 쏟아부었다. 총받이 왼편 어깨 팔꿈치에 흙더미를 약간 파고서 격발해 온 자세는 많은 안정감을 유지해 주었다. 10중대 사격 훈련은 늦은 오후에야 끝났다. 중대 불합격자들의 마지막 영점사격이 시작되었다. 사대 배치를 받고서 입술을 깨문 모가지는 정신일도를 되뇌는 심호흡 중에 눈앞이 흐려졌다. 느닷없이 눈물이 나면서 가늠자에 아지랑이가 생겨났다. 모가지는 비문증에 대해서 잘 알고 있었고 비문증 환자도 아니었다. 아직도 긴장을 떨쳐 내지 못했다는 적신호라 여겼다. 가늠자에서 눈을 떼고 소나무를 응시하고서 가늠자로 눈을 붙였다. 표적이 정확히 보였다. 최선을 다해 3발 사격을 마치고 일어섰다. 25m 표적 거리가 오늘따라 십 리 길만 같았다. 세 번째로 다가선 표적지 탄창 구멍은 좌·우측의 이상한 형태로 벌어져 있었다.

"아이고, 이 상놈의 새끼, 훈련소 제대로 나온 놈 맞아? 너 인마, 방아쇠 당길 때마다 기지배 거시기 생각하지. 어디 우측 눈탱이 좀 보자. 이 시발 새끼 눈탱이에 멍은 안 들었는데, 그럼 맞아. 백 프로 눈탱이 감은 거야. 너 입대 전에 술을 존나게 마셨지? 손이 덜덜 떨리지 않아? 이게 앞으로 군대 생활을 어떻게 하려고 초장부터 생지랄만 떨지?"

선임하사 조태기는 입에서 튀어나온 말이 무슨 말인지 구분하지 못할 정도로 열이 뻗친 상태였다. CAR 카빈총을 어깨에 메고 서 있던 1소대장 김미남이 거들어 왔다.

"자대로 복귀할 때 불합격자들은 오리걸음에 낮은 포복을 시켜 가며 끌고 가세요."

사격 훈련에 합격한 중대원들은 3열 종대의 소대별로 「소양강 처녀」를 합창하면서 귀대했지만, 불합격자 11명은 3명씩 어깨 위 일자 총을 해 가며 오리걸음부터 시작했다. 낮은 포복, 높은 포복, 한 발 뜀뛰기를 계속 반복해 가며 중대 연병장으로 향했다. 저녁밥을 코로 넘겼는지 입으로 넘겼는지 모를 정도로 지쳐 버린 모가지를 월남 병장 마길용이 호출했다.

"야 인마, 월남 호이안에서 베트콩과 싸울 때 어떻게 싸웠는지 아니? 죽을 각오의 마음가짐을 먹으니까 나무 위의 저격병도 한 손으로 쏴서 죽였단 말이야. 그러니까 너는 죽을 각오의 정신이 아니라 너무 안일해서 0점도 못 잡는 썩어 빠진 정신 상태부터 개조해야 한단 말이야. 잘 알아들었어?"

마길용이 내려치는 5파운드 곡괭이 자루로 손바닥이 부르트도록 맞고서, 알철모를 쓰고서 내무반 바닥에서 소총을 쥐고 50번이 넘도록 엎드리고 일어서기를 반복한 모가지는 탈진 상태로 변해 버렸다. 모가지는 꿈에서도 M~1소총과 씨름을 반복했다. 신병교육대에서 사격을 잘한다며 최 하사 칭찬을 받았는데, 무슨 귀신에 씌었는지 도무지 이해할 수가 없었다. 다음 달 사격에도 그다음에도 또 그다음 달에도 모가지 사격은 언제나 0점 불합격이었다. 동기생 이기창은 사격을 잘하여 선임하사, 소대장, 중대장까지 10중대 모범이라 했다. 모가지는 사격의 '사(射)'자만 나오면 우울증과 몸서리쳐 오는 과대망상에 빠져들었다.

주위 여건이 아무리 녹록지 않다지만 군인이란 사격을 빼 버리면 헛것에 불과했다. 모가지는 휴식 시간까지 M~1소총을 곁에 두고 격발 연습을 게을리하지 않았다. 마음을 추스르면서 격발을 수천 번 해 봤지만, 사격만 하는 날이면 두 무릎에는 핏물이 고였다. 내무반장, 선임하사, 소대장도 모가지를 색맹 취급해 가며 싸늘하게 대해 왔다.

모가지는 자대 생활 5개월 만에 일등병으로 진급했다. 동기들보다 1개월이나 늦었다. 사격 때문이었다. 일등병 진급 며칠 후였다. M~1소총을 분해하여 총기 청소를 하던 중에 신병이 총열 청소 꼬질대를 빼내지 못해 진땀을 쏟아 내고 있었다. 모가지는 고참으로서 도와주기 위해 신참 총열 꼬질대를 빼내면서 이상한 점을 발견했다.

신병이 전입해 올 때마다 병참에선 개인 화기를 지급해 주었다. 모가지 역시 병참에서 지급해 준 총이 개인 화기였다. 지금껏 취침 점호 때마다 총기 검열을 계속 받았지만, 단 한 번 지적을 받은 적이 없었다. 모가지는 본인 총기 관리 양호로만 여겨 왔었다. 신병이 지급받은 총열 꼬질대를 빼낸 다음 새카만 총열 구멍을 살펴보다 눈을 떼지 못했다. 신병 총열 구멍에는 머리카락 실선이 뚜렷해서였다. 재빨리 본인 M~1소총 노리쇠를 당겨 놓고 총구를 세세히 살폈다. 눈에 드러난 총열은 번쩍번쩍 광채가 나면서 너무나 깨끗했다. 머리카락 같은 실선은 아예 없었다.

다음 달 실탄 사격이 실시되었다. 모가지는 신병 총을 쥐고 사대에 자리 잡았다. 25m 0점은 물론 50m, 100m, 150m, 200m, 250m 표적물 모두 백발백중이었다. 놀란 것은 모가지가 아니었다. 지금껏 무자비하게 짓이겨만 왔던 소대 선임하사인 중사 조태기였고, 소대장 김미남, 관구 출신 중대장마저 눈이 휘둥그레졌는데 더 입을 벌린 건 소대 고참들이었다. 사격 훈련만 했다 하면 1소대 아니, 10중대 전 중대원들은 잘 알고 있었다. 1소대 모가지는 뒈지는 날이라는 것을. 10중대에서 사격을 제일 못한다는 모가지 소문은 대대장까지 알고 있었는데, 믿을 수 없는 돌발 상황이 나타나 버렸다.

사격을 끝낸 모가지는 눈물을 펑펑 쏟아 내고 있었다. 흘러내리는 눈물은 바가지도 넘칠 정도였다. 너무, 너무나 분하고 억울해서였다. 지금껏 사격 훈련이 있는 날이면 숨 한번 제대로 쉴 수 없었던 공포감에, 형언할 수조차 없었던 수치심, 몸서리쳐 왔던 구타와 기합들, 너무나 고통스러웠던 멍에에 짓눌린 모가지 눈에서는 계속 눈물이 흘러나올 수밖에 없었다.

모가지가 지급받은 M~1소총은 세계 2차대전 때 노르망디를 거쳐 6.25까지 사용해 온 총이었는지도 모른다. 모든 총구에는 강선(조우선이라고도 했다)이 있어야 했다. 총구 안의 머리카락 같은 강선은 실탄 발사 때 총알이 회전하는 기능이었다. 예를 들어 M1 소총은 7.62mm 실탄에 네 줄 강선이었고, M16 56mm 탄환은 여섯 줄 강선으로 되어 있었다. 총에 대한 지식이란 전혀 없었고 고참들의 이유 불문 구타에 사격 불량자로만 내몰린 모가지가 지급받은

M~1소총은 폐기품이었던 것이었다. 총구 청소기인 꼬질대 헝겊으로 족히 35년을 빼고 박아 강선 자체가 아예 마모되어 있었다. 이런 상태의 총이라면 국가대표 사격 선수가 사격해도 백발백불(百發百不)은 자명했다. 너무나 억울했던 모가지는 고참들, 내무반장, 선임 중사, 소대장을 상대로 하소연을 해 봤다. 그러나 돌아온 대답은 한결같았다.

"병신 머저리 같은 새끼, 개지랄 육갑을 떨고 있네. 그러니까 인마, 군대에선 줄을 잘 서야만 하는 거야. 쪼다 같은 놈아."

당시 군대란 그런 곳이었다. 우리나라 군대는 태동이 될 때부터 일제 강점기 만주 관동군 체계가 거의 유입되었다. 현시대엔 말도 안 되는 군대 얘기지만 1970년대 중반까지는 거의 보편화되어 있는 일상이었다. 아무리 지난 세월이었다지만 훈련소와 신병교육대, 자대까지 진정한 군인을 육성시키는 곳이 아니었다. 군대의 가장 기본적인 무기는 개인 화기였는데 총에 대한 기본 교육은 도외시해 버렸다. 병참 총기 검열 때면 총구 강선 정도는 확인했어야만 했는데 그마저 관심을 두지 않았다. 만약 전쟁이 발발했다면 강선 없는 총보다 죽창을 잡는 편이 더 나았다. 사단, 연대, 대대, 중대도 다르지 않았다. 무조건 잘 쏘고 잘 걷고만 독려하면서 총열 마모에는 모르쇠로 일관해 왔다. 그러니 내무반 악순환이 지속될 수밖에 없었다. 내무반 고참들도 총구 강선에는 아예 관심이 없었다. 아니, 어쩌면 그들마저 모르고 있었는지 모른다. 총에 대한 정확한 교육은 내팽개쳐 놓고 정확한 교육이란 오로지 군기, 군기뿐이었다. 그러니까 가장 중차대한 교육은 총기가 아닌 군기라며 착각해 버렸다. 불필요한 군기만 앞세워 소대 내무반 구타가 끊이지 않았던 것이었다.

돌이켜 보면 무지의 산물이었고 무지는 무지를 계속 양산해 온 기생충과 같았다. '왜?'라는 의문에 앞서 원칙마저 무시해 버린 방편의 악습이어서였다. 악습의 방편엔 갈래가 많았다. 그 갈래가 너무 많아 25시(時)를 살아온 요한 모리츠도 있었다. 모가지도 하나의 방편을 체득해 나갔다. 상상도 하기 싫은 구타와 체벌에 길들여지면 요령이라는 놈이 따라붙었다. 험난한 여정이지만 같은 무리의 군상이 되어야 했다. 매도 처음 맞는 매가 아팠지, 반복이 거듭되면 일상처럼 받아들였다. 어차피 벗어날 수 없는 생활이라면 빨리 적응하여 동고동락함이 현명한 처신이었다.

7

대암산

3월의 양구도 계절 앞에선 솟아나는 풀잎과 같았다. 파릇해졌나 싶었는데 4월도 중순이 되었다. 4월 중순이면 화사한 꽃들이 만발하겠지만 양구의 봄은 더디었다. 양지바른 곳에선 진달래가 피어나기 시작했고 동박나무(생강나무)도 노란 움들이 씰룩거렸다. 10중대 1소대에 5분 대기조 명이 떨어졌다. 5분 대기는 연대 12개 중대에서 1개 소대로 운영하는 긴급 사태 대기 소대였다. 12개 중대를 상대로 실시해 왔었는데 10중대 1소대가 5분 대기 소대 임무를 맡게 되었다. 이 역시 하나의 훈련이었고 비상이 걸리면 무조건 5분 안에 출동해야 했다. 5분 대기는 항상 경무장 상태를 유지하면서 취침 시간까지 군화를 벗지 않았다. 개인 화기는 일어서는 순간에 먼저 잡아야 했고 훈련 기간은 일주일이었다. 5분 대기라 하여 내무반이나 연병장에서 대기하지는 않았다. 중대 훈련 일정에 따라 능동적으로 대처해 나갔다.

4월의 소대 단위 ATT 야외 훈련을 시작했다. 봉화산 좌측 자락 석현리와 심포리 능선에서 야간 침투 훈련을 해내고 있었다. 개인 모포 한 장에다 경무장 군수품을 둘둘 말아 어깨에 걸쳐 메고 허리춤의 매듭을 단단히 엮어야 했다. 비상이 걸리면 6km 거리 자대로 뛰어도 모포가 풀리지 않아야 하는 5분 대기 임무를 겸하기 때문이었다. 4월 중순이라지만 봉화산 자락 밤 기온은 오한이 들면서 손마디가 시려 왔다. 내복을 입었지만 움직이던 동작을 10분만 정지하면 턱이 덜덜거렸다. 능선 너머의 소양강에선 희뿌연 물안개가 모락모락 피어났다. 산하의 새벽 적막은 고요했고 야간 침투 훈련은 바스락 소리도 내지 못했다. 새벽 5시가 되어 갈 무렵 소대장 김미남의 다급한 명령이 내려졌다.

"전원 집합! 사단에서 CPX가 발동되었다. 야간 침투 훈련은 중단한다. 부대로 복귀하여 최대한 빠르게 완전 무장을 갖추고 연병장에 선착순 대기다."

심포리에서 부대까지는 6km가 넘는 거리였다. 내무

반장 정용기 탄띠가 엉덩이에 달라붙어 마치 단거리 육상 선수 같았다. 온몸에 땀이 비 오듯 흘러내렸다. 완전 군장을 앞다퉈 꾸리느라 내무반이 아수라장으로 변했다. 통로 바닥에 떨어지는 스푼 소리, 굴러다니는 수통과 침상에서 우당탕 야전삽 소리에, 사단 CPX를 처음 겪어 보는 신병들은 얼이 빠질 수밖에 없었다. 이병 모가지와 박노복, 이기창도 처음 겪는 완전 군장 준비를 서둘렀는데 머리와 손가락이 따로만 놀았다. 고참 김국철, 고학진, 이근복의 갈퀴 같은 목소리에 발길질이 시작되면서 "이 새끼들 동작 봐라?"가 끊이질 않았다.

완전 군장에 개인 화기를 지참하고 연병장에 도열한 10중 대원들은 중대장 명령에 따라 1소대부터 출발했다. 신병들은 고참들 지시에 움직였는데 목적지가 어딘지는 감조차 잡을 수 없었다. 구암리 연대 앞 진광상회에 도착했을 무렵 연대 전 병력이 속속 집결하고 있었다. 10중대 1소대가 첨병이 되어 행군 대열 맨 앞에서 나아갔다. 도촌리를 지나 양구 KBS 방송 중계소를 지나칠 무렵 뒤따라 행군해 오는 병력은 꼬리가 보이지도 않았다. 뿌연 먼지를 일으키면서 앞질러 가는 탱크와 5.0 군용 트럭들이 굉음을 쏟아 냈다. 남면 신병교육대를 지나칠 때 교육대 내무반장 최 하사가 떠올랐다.

"자대로 배치되면 아마 이곳이 그리울 날이 있을 거다."

그랬다. 신병교육대는 줄빠따도 없었고 고참도 없었는데 끼니마다 배식해 주는 밥마저 훨씬 좋았다. 교육대를 지나 야촌리에 도착했을 때는 아침 8시를 지나고 있었다. 아침 식사는 건빵 한 봉지씩 지급되었고 다시 무거운 행군이 시작됐다. 야촌리를 지나 우측 오솔길로 접어들었다. 드문드문 민가 몇 채를 지나치면서 병풍이 둘러쳐 있듯이 높은 산봉우리들이 행군 대열을 가로막았다. 10중대 첨병 겸 사단 첨병이 된 모가지는 앞을 가로막고서 버티고 있는 산들의 웅장함에 입을 다물지 못했다. CAR 소총에 대검을 장착한 채 우측 손으로 버티는 2분대 고학진 상병을 바라본 모가지가 질문해 봤다.

"고 상병님, 앞을 가로막는 저 산은 어떤 산입니까?"

고학진은 2분대 소속이었다. 174cm의 모가지와 신장이 비슷했고 경험 많은 고참이면서 감수성 폭이 넓었다. 상병 계급이라 본인 소총인 BAR 자동 소총을 조수에게 맡기고 선임 중사 CAR 카빈 소총을 쥐고서 신병인 모가지를 리드하고 있었다.

"가지야, 잘 봐 둬라. 앞으로 입에서 단내가 나도록 넘어야 할 곳이야. 가운데가 약간 움푹 파여서 속살이 보이는 곳을 넘어가는 거야. 저곳을 모두 죽음의 광치령이라며 부른단다. 해발이 780m라나."

왼손에 M~1소총을 받쳐 쥔 모가지는 현기증을 느꼈다. 가파르고 가파른 저 고개를 어찌 넘어야 할지 두려움이 앞섰다. 등에 메고 있는 군장 무게만 20kg이 넘었고 양손으로 번갈아 가며 들어야 하는 M~1소총 무게도 4.7kg이 넘었다. 실도랑을 가로지르면서 가파른 돌무더기 오르막을 올라가는 고학진 상병은 거침이 없었다. 뒤따르던 모가지는 가빠진 숨이 턱을 넘어 입언저리로 차올라 계속하여 헐떡헐떡했다. 다행히 고학진은 자상함이 있는 고참이었다. 힘겨워하는 모가지 손을 잡아 이끌어 주었고 말도 부드러웠다.

"모가지, 힘들어 죽을 것 같지? 나도 처음엔 그랬단다. 처음이 힘들지, 한두 번 오르다 보면 아무것도 아니야. 조금만 더 힘을 내. 고개까지는 얼마 남지 않았으니까."

온몸이 땀에 절여져 있었고 상위 군복 깃에는 소금기가 피어올랐다. 모가지는 고학진 상병이 너무나 고마웠다.

"이런 것이 바로 전우애인가."

부대 연병장 훈련 때나 사격 훈련, 내무반 점호 때마다 잔소리를 입에 물고서, 취침 시간이면 소각장 구타까지 기억하기조차 더러웠던 고참들이었다. 그랬던 고학진 고참의 부드러운 말 한마디는 힘의 원천이 되어 주었다. 자대 생활 3개월 만에 느껴 보는 감회였다. '나도 이제는 대한민국 군인이다.'라는 자부심이 솟아났다. 청출어람 청어람(靑出於藍 靑於藍)을 되뇌던 모가지는 마음을 다잡아 나갔다. 이젠 머지않아 고학진 같은 군인이 될 수 있을 것이라며 입술을 깨물었다. 광치령 고개는 모가지 몸 안의 모든 에너지를 몽땅 빨아들였다. 이를 악물어 가며 정상에 도착했다. 정상에서 동서풍 바람을 안아 가며 바라본 양구 남면 땅이 모두 발아래에 있었다. 비로소 넓어지는 가슴에선 말할 수 없는 희열이 솟구쳐 왔다.

양구에서 인제군 원통으로 가장 빠르게 갈 수 있는 길목이 바로 광치령이었다(고도 800m). 크고 작은 능선으로 둘러싸여 첩첩산중을 이룬다고 하여 광치령(廣峙領)이라 했다. 해동 지도에는 '광치'로 표시되어 있었고 우뚝 솟아 있는 고개로 묘사되어 있었다. 이때까지 양구는 강원도의 오지 중의 오지로 여겼다. 동, 서, 남이 산과 호수로 막혀 있어 춘천으로 가려면 어느 방향이든 자동차로 5시간 가까이 걸렸다. 인제로 가는 길은 현재 양구 터널의 공리가 아니면 광치령뿐이었고, 어느 곳을 지나친들 험하기는 마찬가지였다. 광치령 고개는 좌측 능선에 산굽이를 휘감은 자동차 도로가 있었다. 좋은 행군로가 있었는데 노도부대 행군 코스는 훈련 교육의 일환이라며, 정면 돌파를 우선순위에 두어 험한 직진 행군로는 죽음의 고개라는 별칭을 만들어 냈다. 고개 정상을 넘어선 모가지는 동편으로 향했다. 끝없이 이어진 산굽이를 따라 허옇게 드러나 보이는 신작로엔 오가는 차량 하나 보이지 않았다. 비포장도로 이정표에 인제. 원통을 가리키는 팻말의 페인트 글씨가 이채로웠다.

계속된 행군은 원통을 향해 내려가다 좌측 산길로 접어들었다. 군용 트럭 한 대만 겨우 다닐 수 있는 산길을 따라 북상하기 시작했다. 비스듬한 오르막 산길 양편에는 4월 중순 날씨가 무색하리만큼 하얀 눈이 쌓여 있었다. 쌓인 눈은 무릎 높이였고 양지에서 녹아내린 눈 때문에 도로를 군데군데 고랑창으로 만들어 놓았다. 눈이 녹으면서 움푹 패어 있는 골마다 가로질러 놓은 통나무들이 썩어 가고 있었다. 계속되는 행군으로 정오 시간이 다가올 무렵 첨병 소대와 본대 간격이 멀어져 갔다. 10중대 1소대는 지금도 박경진 유령이 지배하고 있었는지 행군 속도가 빨랐다. 1소대원들은 지난밤 야간 훈련을 지속하여 잠 한숨 자지 못했고 아침 식사마저 비상 건빵 한 봉지로 때웠지만, 전혀 흐트러진 행동을 드러내지 않았다. 다만 강행군에 많은 땀을 쏟아 내어 수통들은 텅 비어 있었다. 12시 10분이 되어서야 점심 식사 배식과 휴식 시간이 시작됐다. 식기는 사단 비상 CPX 발동인지라 챙기지 못해 배낭 뒤 야전삽과 묶어 놓은 반합으로 대처했다. 취사병의 배식이 시작되었다. 반합 하나의 밥이 3인분이었다. 오늘따라 보리 섞인 고슬고슬한 밥을 주걱으로 몇 번씩 부풀려서 반합에다 대충 퍼 주었다. 반합 뚜껑에는 손가락 굵기 멸치를 퍼 주면서 반찬이라 했다. 소금에 절인 손가락 크기 멸치는 너무나 짜서 입에 넣기가 부담스러웠다.

3명이 함께 먹어야 하는 점심은 말단 이등병이나 일등병이 타 날랐다. 모가지는 반합을 들고 밥을 배식받아 고학진 상병 앞으로 다가섰다. 고학진 옆에는 1소대에서 가장 욕심 많고 기합과 구타를 서슴지 않았던 상병 고참 김국철이 수저를 쥔 채 기다리고 있었다. 그는 "야! 밥을 빨리빨리 타 와야지." 하면서 반합부터 낚아챘다. 모가지는 반합 뚜껑 멸치를 내밀었다. 밥이 담긴 반합을 눈여겨보던 김국철 면상이 심란하게 일그러져 갔다.

"아~니, 이게 뭐야? 이 시부랄, 이걸 세 명이 먹으라고 줘? 쥐새끼가 처먹어도 모자라게 줘 놓고 멸치만 우라지게 퍼 줬네. 이거는 아구딱보다 눈깔에다 처넣어도 모자랄 판인데 이런 개호로자식들 봐라?"

갖가지 인상을 찌푸리면서 육두문자를 내뱉은 김국철이 말했다.

"야! 학진아, 반합 뚜껑 들고 와."

그는 계속 씨불이면서 고학진의 반합 뚜껑에다 목이 잘려 나간 미제 스푼을 꾹 눌러 두 번 퍼 주고, 반합에 담긴 밥을 거칠게 퍼먹기 시작했다. 옆에 서 있는 모가지를 힐끗힐끗 쳐다본 그는 객쩍은 표정으로 주둥이를 놀렸다.

"야! 저쪽에 가서 앉아 있어. 금방 반합 넘겨줄 테니까."

반합을 뚫어지게 쳐다보면서 침을 꿀꺽꿀꺽 삼킨 모가지는 질퍽한 바닥에 철모를 거꾸로 놓고 주저앉았다. 수저질을 지속하는 김국철을 바라보면 입안의 침이 쉼 없이 솟구쳐 왔다. 계속 꼴깍이면서 초조한 시간이 지날 때였다.

"에이 시발, 밥을 먹다가 마네."

밥을 목구멍으로 넘기면서 계속 투덜거리던 김국철이 모가지 앞으로 반합을 내밀어 왔다. 그에게 넘겨받은 반합을 바라본 모가지는 눈알만 굴릴 뿐이었다. 반합 바닥에는 밥알 몇 개만 남았을 뿐 텅 비어 있었다. 허기 앞에 눈알이 뒤집혀 버린 모가지는 아무 대꾸도 못 했다. 반합 뚜껑의 손가락 굵기 짜디짠 멸치를 쳐다보면서 계속 침을 삼켰다. 창자는 멸치라도 넘기라며 재촉해 왔다. 입으로 들어간 멸치는 소금만큼 짰는데 수통에는 물 한 방울 없었다. 바로 옆에 소복이 쌓여 있는 눈밭에는 표면에 까만 먼지가 드러나서 눈을 파헤쳐 봤다. 켜켜이 쌓인 눈은 시루떡만 같았다. 조금 하얗다가 새카만 먼지 태였고 또 파 본들 마찬가지였다. 모가지는 아쉬운 대로 흰 눈만 긁어모았다. 짠 멸치를 눈에 버무렸다. 멸치라도 먹어야만 일어설 것 같았다. 건너편에서 점심을 해결한 박노복이 다가왔다.

"가지야, 짠 멸치 너무 먹지 마라. 그러다간 큰일 난다."

박노복의 조바심은 허기진 창자의 식탐을 막아 내지 못했다. 모가지의 귀에는 녀석의 말조차 잘 들려오지 않았다. 한쪽으로 모가지를 끌고 간 녀석이 구겨진 봉지에 약간 남은 라면땅을 내밀면서 속삭이듯 말했다.

"야, 가지야, 하필이면 하이에나보다 더하다는 김국철 새끼한테 걸렸냐. 배가 무척 고프겠지만 이를 악물고 참아 내자. 힘내, 인마."

 박노복은 논산에서부터 절친이었다. 담배까지 넘겨준 녀석이 너무나 고마웠다. 점심 식사 시간이 끝나기 무섭게 행군 대오를 갖춰 나갔다. 최종 목적지는 RO16 암호명인 대암산(大岩山) 주봉이었다. 대암산은 행정구역이 인제군과 양구군에 겹쳐 있는 1,304m 군사 요충지였다. 바위산이라 했으나 외부에 노출된 큰 바위는 없었다. 계속되는 오르막길이었지만 대암산은 정상을 쉽게 드러내 주지 않았다. 대검을 장착한 M~1소총 무게에 양어깨가 짓눌린 모가지는 저려 오는 팔보다는, 멸치 점심 식사 한 시간이 지나면서 부글부글 요동치기 시작해 오는 창자가 이상했다. 소금 같은 멸치를 먹어 치운 갈증이 너무나 심하여 불순물 눈을 계속 창자로 넘겨 버린 후유증만 같았다. 2~3분마다 똥구멍이 움찔움찔해 오는 데는 미치고 환장할 노릇이었다. 참기를 수없이 반복해 가며 이를 악물었다. 그럴수록 창자는 쉼 없이 요동쳐 왔다. 한계의 선을 넘어 버린 것만 같았다. 견디다 못한 모가지는 첨병 고참 고학진을 비켜 보며 큰 소리를 내질렀다.

 "고 상병님! 바지에다 갈길 것만 같아 디는 못 참겠습니다."

외침과 동시에 옆 덤불 더미를 향해 그대로 뛰어들었다.

"야!! 이 새끼야, 거긴 지뢰 지역이야!"

얼마나 다급했던지 고학진의 큰 외침마저 귀에 와 닿지 않았다. 눈을 지그시 감은 모가지는 긴 한숨을 내뱉다 심호흡으로 정신을 가다듬었다. 죽을 고비를 넘긴 맛이 이런 기분인가 생각하며 풀을 뜯어 뒤처리를 끝냈다. 목표 지점을 향해 지속하는 행군 대열을 따라잡기 위해 뜀박질로 앞을 향했다. 군장과 수통이 따로 놀아 땀을 폭포수로 흘리고 나서야 첨병 대열에 겨우 합류했다. 그것도 잠시, 채 10분이 지나기 전에 또다시 부글부글 끓어오르는 창자 진동에 몸서리를 쳤다. 두 번째 끓기 시작한 속도는 걷잡을 수 없었다. 행군 대열에서 이탈하여 엉덩이에 최대한 힘을 주었다. 빨리 쏟아 내고서 행군 대열에 합류하려고 했지만, 그럴수록 창자에서 부글거리는 거품을 모두 쏟아 내지 못했다. 아쉬운 대로 군복 바지춤을 올려 가면서 대열에 합류했지만 20여 분이 지나기 무섭게 또다시 창자 아비규환이 시작되었다.

5번째 바지를 내려가며 엉덩이를 까발린 모가지는 바지춤을 올리기도 벅찼다. 뱃속 거품을 쏟아 낼 힘마저 남아 있지 않았다. 결국 축 늘어진 어깨에 눈알이 쑥 들어간 몰골로 낙오자 대열에 합류했다. 겨우겨우 첨병 소대를 찾았을 때는 소대원들은 숙영지 텐트를 쳐 놓고서 개인 진지에 배치되어 참호 작업을 하고 있었다. 야전삽을 들고 쌓여 있는 낙엽 잔해물과 눈을 치우느라 정신이 없었다. 모가지가 대암산 북쪽 능선 참호에 배치됐을 때는 석양 노을이 붉게 물들었다. 붉게 물들어 가는 펀치볼은 눈이 시리도록 아름다웠다. 너무 이름다운 전경이었으나 실은 그때의 풍경은 먼 훗날의 기억이었다. 돼지보다 못한 김국철의 야비한 행위에 낙오자가 되어 파김치 육신을 간신히 지탱하고 있어서였다.

펀치볼은 양구군 해안면에 속했다. 옛 지명은 해안 분지라 했는데 6.25 전쟁 때 미군들에 의해 펀치볼로 개명되었다. 전쟁 당시 적군과 셀 수 없는 접전을 치렀던 전투 지역을 권투 펀치(주먹)에 빗대어 불렀다고 했다. 대암산에서 바라본 펀치볼은 넓적한 자배기 형태를 갖추고 있었다(사람들은 화채 그릇에 비유하기도 했다). 펀치볼 북쪽 능선부터가 바로 DMZ였다. 북한 대남 방송은 시도 때도 없이 울려 퍼졌다.

다섯 번의 시독한 실사를 쏟아 낸 모가지는 야전삽을 쥘 기력마저 없었다. 기진맥진하여 눈까지 휑해진 모가지를 호출했다. 월남 병장 마길용과 상병 고참 김국철이었다. 몸도 제대로 가누지 못하여 흐물거리면서 겨우 부동자세를 취했다. 모가지를 노려보던 두 사람은 싸늘한 표정을 드러내면서 말 또한 잘근잘근 씹어서 내뱉었다.

"모가지?"

"옛! 이병 모가지."

"자고로 2사단 32연대 10중대 1소대는 사단 첨병 소대로서 그 사명을 부여받은 이래로 이제까지 단 한 명의 낙오자가 없었다. 그러므로 노도부대 최강 소대 전통과 자부심을 이어 왔었는데 그 찬란한 전통이 오늘 깨어져 아작이 났다. 누구 때문인지 잘 알겠나?"

"옛! 이병 모가지. 죽을죄를 범했습니다. 설사를 다섯 번이나 쏟아 내어 그랬습니다."

월남 참전 병장 마길용은 작달막한 키에 살기 띤 눈으로 잔뜩 노려보면서 재차 말해 왔다.

"모가지, 뻥끼 치지 마라. 군인은 치사한 변명 따윈 만들어 내지 않는 거다. 설사가 났으면 똥구멍을 틀어막으면 간단하잖아. 인마, 대검에다 헝겊을 잔뜩 말아서 똥구멍에 다섯 번만 쑤셔 박으면 설사가 나오지 않아. 그런데 너는 지금까지 이어 온 빛나는 전통의 1소대를 불명예스럽게 만들어 놓은 장본인이란 말이야. 그러니까 이곳에서 야영하게 되면 취침 점호 후 작살날 각오를 하고 있어. 알았나?"

"옛! 이병 모가지."

멀어져 가는 두 고참을 바라본 모가지는 아무리 군대라지만 해도 해도 너무한다는 생각을 씹어 물었다. 모든 원인과 결과에는 상반된 견해가 있다지만 저놈들은 대체 대가리에 뭐가 들었는지 알 수가 없었다. 저녁 식사는 닭국에 밥이었는데 다른 때보다 식사량이 많았다. 자대 배치 후 처음 많은 배식이었다. 배를 든든히 채운 모가지는 저녁의 어지간한 기합은 견뎌 낼 수 있을 것만 같았다. 땅거미가 드리운 다음부터 마음의 각오를 더욱 다져 나갔다. 숙영 준비를 하고 있던 밤 9시에 상황 종료 철수 명령이 하달되었다. 텐트를 접고 완전 군장을 꾸려 가며 부대 복귀를 서둘렀다. 하산 야간 행군이 시작되었다. 한 시간이 지날 무렵 중대 본부 전달 상황이 내려왔다. 화기 소대 57mm 직사포와 81mm 박격포가 너무 무거워 행군 속도가 지연되어 각 소대 지원병 차출이었다. 마길용 병장의 표정 없는 얼굴을 쳐다본 모가지는 가장 먼저 손을 들었다.

"1소대 1분대 모가지 지원하겠습니다."

대암산 철수는 야간 행군에 장애물이 많아 시간이 걸렸다. 모가지는 완전 군장 위에 57mm 직사포 무반동총을 메고 휘청거리는 다리를 보면서 마음이 불안했다. 월남 병장 마길용은 한번 내뱉은 말은 절대로 반복하지 않아서였다. 새벽 4시경에 10중대에 도착했다. 관물 정리부터 끝내 놓고 아침 식사 후 취침에 들어갔다. 이틀 만의 잠자리였다. 점심을 마친 다음 보급품 관리 시간이 주어졌다. 왕 바늘에 실을 꿰어 입 벌어진 통일화 꿰매기, 찢어진 군복 수선, 판초 우의 꿰매기, 개인 화기 점검, 군화 닦기와 외출복 다려 놓기에 집중했다.

이 시기는 보급품 중에서 군복이 가장 허술했다. 신병들이 처음 지급받은 녹색 군복은 비를 맞거나 세탁을 두 번만 하고 나면 하얀색으로 탈색되어 버렸다. 1973년 4월 유화염료 사건에 수도경비사령관 윤필용이 연루되었는데, 사실은 정치 보복이었다. 당시 군대 비리는 사단마다 달랐고 육군본부도 예외는 아니었다. 특히 군수품 납품 비리는 음지에서 피어났고 양지에선 날아다녔다. 가장 드러난 비리가 군복이었다. 논산 육군 훈련소부터 전방 육군 보병들은 군복이 아닌 걸레 옷이라며 냉소를 지었다. 부대마다 병들 혼방 군복이 지급되기 전까지는, 탈색이 되지 않는 군복을 사비로 구매하여 서로 돌려 가면서 휴가복이나 외출복으로 사용했다.

모가지는 다림질에 일가견이 있었다. 군 입대 전 평화시장에서 의복 마감 시아게공 근무 이력 때문이었다. 외출이나 휴가를 가는 고참들은 모가지에게만 다림질을 맡겨 왔었다. 외출복을 정성껏 다루는 모가지를 주시하던 마길용이 처서 모기 입을 내밀어 왔다.

"모가지, 동작 그만."

다림질을 멈춘 모가지는 마길용 지시에 3분대 침상 끝에서 원산폭격 자세를 취했다. 일반적인 원산폭격이 아니었다. 눈앞에는 사이다병 뚜껑이 놓여 있었다. 사이다 병뚜껑에다 이마를 처박아야 했다. 보통 고역이 아니었다. 10여 분이 지난 다음 '일어섯' 지시에 일어난 이마에는 사이다병 뚜껑이 붙어 있었다.

"이거 뚜껑에 아직도 물이 안 찼네. 좋아, 병마개 이마에서 떼고 두 주먹 쥐고 엎드린다. 실시! 이제부터 정권 단련이다. 하나 하면 낙오, 둘 하면 금지다."

시원한 날씨의 내무반이었지만 모가지 몸뚱이는 땀에 젖어 들었다. 다음은 5파운드 곡괭이 타작이었다. 발바닥

열 대, 손바닥 열 대, 발등 열 대를 반복했고 알철모에 엎드려 쏴, 높은 포복부터 낮은 포복을 해 가며 한 시간 넘게 시달린 모가지 입안에서 신물이 넘어오고 있었다. 침상 3선에서 차렷 자세를 명령한 마길용의 설교가 시작됐다.

"모가지, 이게 낙오한 대가다. 내가 월남 파병 때 어땠는지 아니? 밀림에서 베트콩들에게 포위되어 3일을 굶고도 부상당 한 전우를 부축해 가며 16시간을 걸어 본 적이 있었다. 이런 고난을 이겨 내는 게 군인이야. 그런데 그까짓 설사를 핑계 삼아 낙오하면 되겠나, 안 되겠나. 진짜 군인이라면 낙오하면 안 되는데 너는 군기가 해이해져서 그런 거야. 앞으론 어떤 상항이든 낙오만큼은 안 한다. 알았나?"

"옛! 이등병 모가지, 내일부터 낙오할 것 같으면 차라리 먼저 목숨을 끊겠습니다."

"좋아, 원위치로."

모가지와 박노복, 이기창은 중대 막사 뒤에 있는 화장실 뒤편에서 담배를 피워 물었다.

"가지야, 똥개보다 못한 학철이 새끼한테 걸려 고생 많았다. 낙오한 놈이 네 명인데 너만 콕 집어 발광한 마길용이 개자식은 월남 스키부대에서 근무한 새끼야. 사회 같으면 우리들 옆에 끼지 못할 놈이 군대 고참 가오 세우려고 안달이 난 놈이야. 그러니까 빨리 잊어버리자."

"괜찮아, 기창아. 너나 노복이나 다 같이 고생하는데 내가 아직 덜떨어져서 너희들한테 미안한 생각이다."

"아니야, 가지야. 우리 동기들은 언제나 형제 같잖아. 아무리 괴로워도 참고 견디다 보면 고참이 되니까 잘 견뎌 내자."

박노복 말이었다. 실은 그랬다. 그냥 단순한 말치레 같았지만 지랄 같은 소대에서 혼자 동떨어져 있는 김창석 같은 동료에 비한다면, 한 소대에 동기 3명이 있다는 것은 서로에게 큰 힘이 되어 주었다. 3명의 동기는 손을 꼭 잡아 가며 서로를 격려하면서 다독였다. 저녁 식사가 끝나면 8시부터 정훈 교육 시간이었다. 오늘 밤 정훈 교육 시간엔 사단 정훈참모의 소대 시찰이 예고되어 있었.

짧은 지휘봉을 우측 손에 쥐고 1소대를 방문한 정훈참모 훈시가 시작되었다.

"이번 사단 CPX 기동 훈련에 고생들이 많았다. 이번 훈련 성과를 사단장님께서는 대단히 만족스럽게 여기셨다. 하여 각 연대 소대 병들의 노고를 위로하고 병들이 느끼는 훈련 일정 소감을 알고자 본관이 나왔으니까 이번 기동 훈련에 대하여 여러분들의 솔직한 소견을 말해 주길 바란다."

소대원들을 한 명씩 한 명씩 바라보던 정훈참모는 지휘봉을 내밀면서 일병 고참 이근복 앞으로 다가섰다.

"옛! 일병 이근복."

"일병 이근복, 이번 훈련을 받고 보니 어떤 느낌이 들었나?"

"옛! 명령만 내려 주신다면 우리들은 언제든지 적과 싸울 수 있다는 자신감을 얻었습니다."

"좋아, 좋은 말이다. 우리 노도부대는 일당백의 용사로서 잘 걷고 잘 쏘며 어떠한 상황이 닥쳐도 임전무퇴 정신무장이 되어 있는 대한민국 육군 최강 보병 전투부대이다. 모두가 무한한 자부심을 가져도 좋다."

사단 정훈참모는 소대 통로를 좌우로 살펴보며 눈알을 굴렸다. 양쪽 침상에 차렷 자세로 서 있는 소대원 중에서 일등병이나 이등병만 지목해 가며 차례차례 질문을 던지고 있었다. 모가지 앞으로 다가선 정훈참모가 짧은 지휘봉을 내밀어 왔다.

"옛! 이병 모가지."

그는 왼편 명찰을 유심히 살펴보면서 어설픈 표정의

미소를 머금어 가며 "본명이 모가지인가?" 해 왔다.

"옛! 이등병 모가지입니다."

하얀 치아를 드러낸 정훈참모가 재차 반문해 왔다.

"이름에 무슨 뜻이 있나?"

"옛! 이병 모가지, 아버지까지 3대 독자였습니다. 그래서 저에게 가지를 많이 쳐 달라는 염원을 담아 할아버지께서 직접 지어 준 이름입니다."

모가지의 우렁찬 대답에 내무반은 웃음이 터져 버렸다. 사단 정훈참모 옆에 있던 중대장까지 웃음을 머금고 있었다. "주목, 주목!" 해 가며 정신을 집중시킨 정훈참모가 입을 열었다.

"좋아, 모가지. 이번 CPX 훈련을 받고 보니까 어떤 느낌이 들었나?"

"옛! 이등병 모가지, 저는 사회생활을 어렵게 하여 군대 역시 그 연장선상일 거라 여겨 가며 별로 염려하지 않았는데, 어제 훈련에 낙오하고 말았습니다. 낙오한 다음에야 피부에 와닿는 그 무엇이 있었습니다. 지금까지 사회생활의 잔여물인 안이했던 생각에 흐트러진 정신 자세, 국가를 위해 무엇을 해야 한다는 목표 의식이 뚜렷하지 않았던 결여(缺如)된 상태로 말미암아, 이번 훈련 행군 중에 낙오하게 된 계기였음을 깨우치게 되었습니다. 더불어 혹독한 훈련만이 한층 더 성숙된 혼을 담은 군인의 길이었음을 체감할 수 있었습니다. 하나를 깨우치면 둘을 볼 수 있다고 했습니다. 새로운 마음을 정진시켜 가면서 국가와 국민을 위해 이 한 몸 불사를 수 있다는 자신감을 가지게 되었던 것이었습니다. 저에게는 좋은 훈련이었고 군인 정신이 무엇인지 깨닫게 해 준 소중한 훈련이었음을 또다시 깨치고 있습니다."

모가지의 다부진 대답이 끝날 무렵 정훈참모는 지휘봉을 겨드랑이에 끼워 넣고서 박수를 치기 시작했다. 뒤에 있던 중대장, 인사계, 소대장, 선임 중사까지 합세한 큰 박수 소리에 모가지는 얼굴이 화끈 달아올랐다. 뜨거워진 얼굴로 주위를 살폈는데 정훈참모가 입을 열었다.

"우리 2사단 사단장님께서 이번 훈련 명령을 지시하였을 때 바로 모가지 같은 사병을 기대하면서 훈련 명령을 내리신 것이다. 모가지?"

"옛! 이병 모가지."

"너는 훌륭한 군인이다. 10중 대장님, 저 모가지 이등병 앞으로 포상 휴가 신청서를 작성하여 올려 보내 주십시오."

사단 정훈참모는 계급이 소령이었다.

"모가지, 너는 10일간 포상 휴가다. 알았나?"

활짝 웃는 사단 정훈참모였고 모가지는 더더욱 달아오르는 얼굴이 되어 긴 목을 이리저리 돌려 보고 있었다. 내무반을 나서던 정훈참모가 하얀 치아를 드러내면서 모가지를 쳐다보며 한마디 더 쏟아 냈다.

"모가지, 이번 휴가에는 가지 많이 칠 준비를 단단히 해 놓고서 복귀한다. 알았나?"

군대나 사회나 주둥이 박치기가 있었다. 어떤 정치인의 말 한마디로 국운이 위태롭기도 했고 말 한마디에 천냥 빚을 갚는다고 했다. 모가지 주둥이도 청산유수에 가까웠다. 마이가리(가짜) 상병 계급장을 붙이고 포상 휴가를 다녀온 모가지는 새로운 마음으로 군대 생활에 매진해 나갔다.

8
한계령 유격장

 동토(凍土) 땅만 같았던 양구도 5월 문턱을 밟으면서 신록의 계절로 바뀌었다. 3대대 각 중대는 파로호와 소양강 산악을 밟아 가며 중대별 ATT 훈련을 끝냈다. 중대 훈련이 끝나면 대대 훈련으로 연계되어 6월 20일 첫 번째 훈련이 유격 훈련이었다.

 완전 군장을 꾸려 놓은 대대는 오후 4시 30분에 저녁 식사를 끝낸 다음 대대 연병장에 집결했다. 중대별로 군장과 개인 화기 검열을 마치고 17시에 9중대 1소대부터 출발 명령을 받았다. 목적지는 설악산 한계령에 있다는 3군단 유격장이라 했다. 구암리 부대에서 유격장이 있는 한계령 7.5부 능선까지는 대략 68km였다. 도로 좌우 일렬종대의 행군이 시작되었다. 남면에 있는 신병교육대 앞을 지나칠 때마다 모가지는 교육대 내무반장 최 하사를 떠올리곤 했다. 대한민국 모든 전투부대가 훈련소 동기별로 편성되었다면 고참 횡포나 줄빠따는 없었을 것만 같아서였다.

어스름해지려는 야촌리를 지나 광치 마을로 접어들었다. 어김없이 앞을 가로막는 광치령이 버티고 있었다. 이 험난한 고개에다 한 발 한 발 내디딜 때마다 창자 에너지는 야금야금 소멸했다. 광치령은 통행세를 깎아 주는 법이 없었다. 최소 라면땅 두 봉지는 헌납하라 했다. 세상에 공짜는 없다고 했다지만 군인한테만큼은 자비를 베풀어 줄 법도 하건만, 광치령은 항상 매정하기만 했다. 앞날의 28개월 동안 이 두려운 고개를 얼마나 많이 넘어야만 할까? 그럼에도 넘어야 하고 또 두려워하면서 죽어 가야 하는 시간은 얼마나 될 것인지 가늠조차 할 수 없었다. 자나 깨나 염려의 시간 앞에서 모가지와 동기들은 일등병이 되었다.

작대기 두 개로 진급한 모가지와 동기들은 신병들에게 군장 꾸리는 요령부터 가르쳤다. 장거리 행군에 필수적인 바늘과 실, 비누는 반드시 챙기라는 교육을 하는 위치가 된 것이었다. 신병이 많지는 않았으나 점점 군인 티는 내고 있었다. 장거리 행군엔 필연적인 수칙 하나는 지켜야 했다. 양말을 까뒤집고 비누칠을 듬뿍 한 양말을 신어야만 탈이 나지 않았다. 사전에 이런 방비를 해 놓지 않으면 얼마 못 걸어 발바닥에 물집이 생겨났다. 물론 비누칠을 많이 해 놓아도 발바닥 물집이 전혀 생겨나지 않는다는 보장은 없었다. 다만 비누칠 양말을 착용하면 물집 잡히는 시간이 비누칠을 하지 않은 양말보다 빠르지는 않았다. 어느 땐 신기할 정도로 3일간 행군에 물집이 전혀 잡히지 않을 때가 있었다.

실과 바늘은 행군 훈련에선 1등 필수품이었다. 행군 도중 발바닥 물집이 잡혔는데 그대로 방치하다간 낙오로 이어졌다. 한번 생겨난 물집은 점점 부풀어 올라 고통을 동반했고 시간이 지날수록 범위가 넓어만 갔다. 결국 걷지를 못한다. 자대로 배치되어 첫 번째 장거리 행군 참여에도 실과 바늘이 준비되어 있다면 큰 문제가 발생하지 않았다. 물집이 더 부풀기 전에 바늘에다 실을 꿰어 관통시키면 고여 있는 이물질이 빠져나갔다. 그런 다음 바늘을 당겨 실 줄기가 물집 양측에 노출되도록 잘라 놓으면 되었다. 물집이 고이지 않고 양편 실을 타고 흘러내려 크나큰 쓰라림 없이 시간이 지나면서 아물었다. 행군 요령을 습득했다지만 모가지와 박노복, 이기창은 소대에선 새카만 일등병들이었다.

　어두워져 가는 광치령 고개를 넘고서 이마의 땀을 훔쳐 가며 뒤돌아봤다. 두 달 전에 처음 넘었던 광치령보다 훨씬 헐거운 느낌이었다. 한 번과 두 번은 실로 많은 차이가 났다. 적응이란 참 미묘했다. 대암산 입구 행군로를 지나쳐 계속 내려가는 행군 코스는 큰 무리가 없었다. 한 시간 걷고 10분간 휴식을 취하면서 계속 속보, 속보 전달을 받았다. 행군 대열 속보란 맨 앞에서 속보로 행군하면 중간 대열은 빠른 속보를 해야 했고, 후미는 거의 뜀뛰기 수준이었다. 완전 군장에 개인 화기를 지참하고서 진행하는 속보는 강행군에 버금갔다. 물 흐르듯 이어지는 야간 행군은 어스름한 산모퉁이 하나를 돌고 나면 또다시 희뿌연 산모퉁이가 나타났다. 광치령에서 원통까지는 가도 가도 끝이 없는 지루함의 연속이었다.

　계속하여 굽이굽이 돌아가는 비포장 신작로 끝이 보이기 시작했다. 우측 인제, 좌측 원통 이정표가 눈에 들어왔을 때는 새벽 2시가 다가오고 있었다. 12사단 12메디컬 병원 휴양지에서 좌측 원통교를 지나쳐 원통 중앙로 지점에 다다르면서 'Y' 자 도로가 나타났다. 우측 직진은 설악산 표기였고 좌측을 향해 뻗어 있는 고갯길이 칠성 고개라 했다. 칠성 고개를 넘어 계속 북진하면 서화면 천도리를 지나치면서 해안면 펀치볼이었다. 칠성 고개라는 지명은 6.25 전투 때 별이 7개나 떨어져 나갔다고 하여 붙여진 이름이라 했다. 되새겨서 말하자면 장군들 무덤이었다는 뜻이었다.

칠성 고개를 좌측에 두고서 행군은 계속되었다. 전달, 전달에는 그놈의 속보, 속보가 빠지지 않았다. 새벽으로 다가오는 대기의 상큼함이 피톤치드 향만 같았다. 10분간 휴식 명이 떨어지기 무섭게 고참, 졸병 구분 없이 군장에 의지하여 다리부터 쭉 뻗기 시작했다. 어느덧 10시간 가까운 행군이었다. 발바닥에 물집이 잡혀 군화를 벗는 신병들이 눈에 띄기 시작했다. 모가지는 온양 출신 임성기 발바닥 물집에 실을 꿰어 주면서 신병들 동태를 살폈다. 하찮은 행동이었음에도 피곤함보다는 어떤 의무감에 힘이 솟구쳐 왔다.

아침의 여명이 밝아 오기 시작했다. 어제 출발 전의 식사 시간으로부터 11시간이 가까워져 허기가 밀려들었다. 계속 물을 마셔 봐야 허기진 창자를 물로만 달랠 수는 없었다. 물보다 밥을 원했고 발걸음은 점점 무거워져 가는데 누군가의 외침이 들렸다.

"이제 한 바퀴만 지나면 하늘벽이다!"

시야는 확 트여 있었고 길 따라 흐르는 개울물은 티 없이 맑았다. 크고 작은 돌무덤 사이를 치고 넘는 물살에도 물안개는 피어났다. 난생처음 설악산 한계령 물줄기를 바라본 모가지는 감탄사가 절로 나왔다. 개울가에 피어난 야생화 꽃은 기화요초만 같았다. 청산에서 흘러내리는 청옥 같은 물만큼은 군화로 밟지 않기를 바랐다. 장수 1교를 지나치면서 깎아지른 벼랑의 하늘벽은 나타났는데 비스듬한 오르막은 한 발 한 발 옮기는 것조차 벅차 왔다. 어제 오후 석양을 물들였던 해가 지구 반 바퀴 이상을 돌 동안 완전 무장의 우리들은 계속 걸어온 것이다. 행군을 시작한 지 12시간이 넘어가고 있었다.

"다들 젖 먹던 힘까지 쏟아 내라. 대승폭포 입구만 지나면 목적지가 코앞이다."

큰 목소리로 격려하는 1소대장 김미남 명령에 마지막 힘을 쏟아부었다. 대승폭포 입구를 지나 50여 분이 지날 무렵에서야 한계령 유격장 입구가 눈앞이었다. 부대에서 이곳까지는 68km였고 완전 무장 야간 행군 13시간 20분이 걸렸다. 험준한 광치령을 넘어야 했던 대대 병력 행군이었지만 낙오자는 한 명도 없었다.

한계령 유격 훈련장은 야전 텐트 막사였는데 소대 내무반 못지않았다. 산악 지역 특성을 고려하여 교육 연병장과 잘 조합해 놓았다. 유격장 입소 첫날 아침이었지만 완전 군장의 야간 13시간 강행군 여독을 풀기 위해 아침 식사 후 취침, 점심 식사 후부터 개인 장비 정리로 하루 일정이 잡혀 있었다. 상병으로 진급한 이근복과 고참 상병 고학진이 소대 후배들을 집결시켜 놓고 교육부터 시작했다.

"다들 유격 훈련이 빡세다고 겁먹고 있는 눈치 같은데 미리 겁먹지 마라. 그리고 이곳은 부대가 아닌 야외 생활이니까 특히 개인행동은 절대 금지다. 또한 훈련이 끝난 후에 발에서 똥 냄새 풍기는 놈들이 적발되면 쌍코피를 각오하라. 야외니까 청결에 각별히 신경 쓰고 3보 이상 벗어나면 고참들에게 보고한다. 방금 지시한 사항을 자신 있게 지키지 못하겠다는 놈은 오늘 밤에 이곳에서 탈영하는 편이 더 낫다. 뒤지기 싫다면. 알았나?"

"옛!"

"좋아, 차렷 자세로 좌·우측 옆구리에 손바닥을 걸치고 허리를 좌우로 흔들면서 큰 소리로 군가를 시작한다. 군가는「소양강 처녀」다. 군가 시작!"

모가지는 3년 동안 「소양강 처녀」 군가에 혓바닥을 깨물 지경이었다. 다음 날부터 본격적인 유격 훈련이 시작되었다. 유격장 첫 번째 훈련은 PT 체조였다. PT 체조 1번은 다리를 어깨너비로 벌리고 제자리에서 뛰면서 팔다리 움직임에 맞춰 가며 교육 동작이 일치해야 했다. 부대마다 차이는 있지만 PT 체조는 15개 동작으로 나뉘어 있었다. 일종의 준비 운동이었는데 언제나 방심은 금물이었다. 단체 협동 훈련이라서 동작이 일치되어야 했고, 한 사람의 실수가 여러 동료를 괴롭히는 일이 비일비재했다. PT 체조가 끝나면 목봉 체조로 이어졌다. 목봉은 100kg이 넘는 통나무를 안고 1개 조의 6명이 한 몸처럼 움직여야 하는 협동 훈련이었다. PT 체조를 끝내면 본격적인 산악 장애물 훈련이 시작되었다. 외줄 타기부터 두 줄, 세 줄 타기와 낙하 훈련, 20m 암벽 하강과 눈물의 화생방 훈련, 야간 담력 훈련이었는데, 모가지와 박노복 이기창, 후배 임성기는 마냥 좋았다. 유격장 조교들이 너무나 살갑게 다가와서였다. 훈련 교육에 앞서 빨간 모자 유격 조교들은 한결같은 말을 쏟아 냈다.

"귀관들은 365일 **뺑뺑이 치는 땅개**(육군 보직, 일명 일빵빵)라는 걸 잘 알고 있다. 특히 2사단과 가장 가까운 구암리 32연대의 빡센 훈련 일정은 대한민국 육군 최강이란 사실도 인지하고 있다. 그런고로 귀관들한테는 특별 대우를 해 줄 것이다. 군단 병력이나 사단본부, 연대본부 외 할랑하게 근무해 온 놈들이 이곳에 오면 역시 특별 대우를 해 준다. 처먹은 밥알이 다시 목구멍으로 올라올 때까지 묵사발을 만들어 주는 특별 대우라는 뜻이다."

호의적인 말을 쏟아 냈던 조교마다 코스 훈련을 거의 휴식 수준의 훈련 방식으로 일관해 왔다. 모가지는 유격 훈련은 곤혹스러우리라 여겨 왔었는데 야외 나들이로 착각할 지경이었다. 더욱이 훈련이 끝나면 고참들 구타나 체벌마저 아예 없었다. 다만 자대나 유격장이나 식사량이 적어 배가 고픈 건 대동소이했다. 모가지와 박노복, 이기창은 제대하는 날까지 유격 훈련만 받을 수 있기를 바랐다. 셋이 모여 담배를 피우면서 자대로 돌아가지 않을 방법이 없을까를 주절거리다 웃기도 했다. 바람과 달리 유격 훈련 일정은 5박 6일이었다.

유격 훈련 4일째 되는 날은 가장 힘들다는 산악 구보를 실시했다. 노도부대 산악 구보는 악명의 전통이 붙어 있었다. 중대 연병장에서 신남으로 넘어가는 공리까지 왕복 24km 경무장 산악 구보는 그야말로 최악이었다. 전신에 소금기를 안고 눈알이 뒤집혀 낙오하는 일이 비일비재했다. 유격장 비무장 12km 구보 훈련도 만만치는 않았다. 유격장을 출발하여 한계령 920고지를 오르내렸던 유격 구보는 모가지 때가 마지막이었다(6월 말이나 7월 초의 무더위를 안고서 해내는 산악 구보 훈련 중에 4명이나 게거품을 물고 죽어 버린 사건이 발생해서였다. 그들은 대부분 군단이나 최전방 근무자들로 평소에 많은 훈련을 받지 않은 군인들이었다. 당시는 전후방 사망 사고가 수시로 발생했지만, '훈련 중 사망'이라는 통지서 한 장이면 끝이었다).

3대대 중대 병사들은 수시로 24km 산악 구보 훈련을 치른 터라 한계령 12km 구보 훈련 낙오자는 10여 명뿐이었다.

유격장 마지막 일정은 안전 무장 산악 강행군이라 했다. 산악 강행군 훈련은 대승폭포를 넘고 대승령 좌측 능선을 따라 12선녀탕을 오간다고 했다. 이슬비까지 내리는 대승폭포 행군로는 거의 암반을 오르는 험난한 길이었다. 악마 같았다는 광치령은 새 발의 피만 같았다. 이슬을 머금은 행군로는 거의 직각에 가까웠다. 한번 미끄러지면 10여 미터로 후퇴하기를 반복했다. 앞에서 잡아끌고 뒤에서 밀어 가며 대승령을 향해 오르는 행로는 체내 에너지를 모두 소진해 놓았다. 병사마다 평균 25kg의 소지품을 지닌 터라 대승폭포 산악 행군은 그야말로 처절했다.

유격장을 출발한 지 세 시간을 넘기고서야 대승령에 도착하게 되었다. 아무리 혈기 왕성한 나이라지만 대승폭포를 넘는 행군에는 모두 허깨비 몰골로 변해 있었다. 귀때기청봉에서 밀려오는 동풍이 그렇게 고마울 수가 없었다. 대승령 능선과 12선녀탕을 배회하던 대대는 중대별로 야영지를 더듬었다.

10중대는 12선녀탕과 대승령 사이의 내설악으로 뻗어 나간 9부 능선에 숙영지를 정했다. 주위에는 세 사람이 팔을 벌려야 감싸안을 수 있는 나무들이 드문드문 하늘로 **향했다**(모가지는 먼 후일 대승령에 올라 울창한 나무숲을 더듬었지만, 출입금지로 아쉬움만 남겼다). 무명 계곡의 울창한 숲은 태고의 옛 모습 그대로인 것만 같았다. 쌓여 있는 낙엽 위에 텐트를 치기 시작했다. 켜켜이 쌓여 있는 낙엽들은 1m 이상 깊이여서 푹신푹신한 침대 야영지라 해도 무방하여 아늑함을 안겨 왔다. 야영 취침을 했는데 낙엽이 쌓인 바닥에서 졸졸 물 흐르는 소리가 선명했다. 쌓여 있는 낙엽 밑에는 실개천보다 작은 도랑이 있었는지도 모른다. 졸졸거리는 물소리는 밤새 끊이지 않았다.

대대는 다음 날 대승령에서 귀때기청봉을 배회하며 하산했다. 유격장 텐트 내무반에서 훈련의 마지막 밤을 보내고 있었다. 유격 훈련 중에 어떤 경미한 지적도 받지 않은 1소대는 유격장 PX의 막걸리 회식을 시작했다. 반합 뚜껑에 막걸리를 따라 놓고 모두 건배를 외친 내무반장 정용기의 말이었다.

"예~ 먼저 이번 유격 훈련에 집중해 준 소대원들에게 감사한다. 우리 1소대는 단 한 건의 지적이 없었을뿐더러 훈련에 임하는 자세가 좋았다는 평가가 나왔다. 나는 1소대 내무반장이라는 사실이 무척 자랑스럽다. 에~ 또 유격은 끝났으나 내일부턴 본격적인 산악 행군이 시작되는데, 그 연장선에서 바로 대대 ATT 훈련으로 연계한다는 명령이 하달되었다. 특히 독수리 ATT 훈련 일정에는 2박 3일 무박 220km 행군이 잡혀 있다고 했다. 220km 무박 행군은 천 리 행군보다 더 빡세다는 사실을 명심해야 한다. 정신들 바싹 차려서 한 명의 낙오자도 없길 바란다. 내일 아침 일찍 출발할 예정이니까 막걸리는 적당히 마시고 취침 준비를 서둘러라. 너무 기분에 취하지 말고. 알았나?"

"옛!"

"그리고 상병 김국철, 유격 조교 중에 1군 하사관 출신 동기가 있었는데 C-레이션 깡통 하나를 선물로 받았다. 고참인 김 상병이 잘 보관해 둬. 알았지?"

내무반장 훈시가 끝났다. 오랜만에 막걸리와 빵, 과자로 배를 채운 모가지와 동기들은 기분 좋은 포만감을 만끽했다. 배가 부푼 모가지와 동기들은 자대 배치 후 가장 행복한 군대 생활을 맛보고 있었다. 지금 기분 같아선 내일 삼수갑산을 간다고 한들 전혀 개의치 않을 것만 같았다.

다음 날 눈 뜨기 무섭게 또다시 완전 군장을 꾸린 3대대는 유격장을 벗어나 한계령 정상을 향해 행군을 시작했다. 7.5부 능선이라지만 언덕이 가팔라서 한계령 정상에 도착했을 때는 땀에 흠뻑 젖어 있었다. 새파란 동해 바다 파도에 떠밀린 바람이 비포장 흙먼지를 안고서 밀려와 주어 그나마 숨통이 트였다. 6월 말 더위가 시작되었지만, 군인에겐 더위나 추위나 그냥 지나치는 계절일 뿐이었다. 한계령 정상 좌측으론 계단이 있었는데 108계단이라 했다. 108 나무 계단은 완전 무장 상태에서 올라가기가 너무나 가팔랐다. 그러나 명령을 수행하는 군인 행군길에는 대수롭지 않은 장애물일 뿐이었다. 산악 행군이란 항상 그랬다. 힘에 겨워 숨이 차오르면 땀에 절었고 먹고 돌아서면 배가 고픈 노도부대 보병들 일상이면서 전통이었다. 108계단을 지나쳐 팍팍해진 무릎에 10분간 휴식을 취하고서 귀때기청봉이 보이는 능선에 당도했다. 한계령에서 이곳까지 세 시간이 걸렸다.

  능선 정상에서 설악의 최고봉인 대청봉을 향해 대오를 갖춰 나갔다. 행군하는 능선 남쪽으론 지금껏 보지 못했던 잎이 넓적한 식물들이 군락을 이루고 있었다. 기이한 현상에 의문이 생겨났다. 혹여 하늘이 가까워 열대 지방의 식물은 아닐까 하는 망상이었다. 또 다른 특징은 잣나무 형태의 키 작은 나무들 가지가 일제히 남쪽으로만 뻗어 있었다. 그만큼 북풍이 세차게 몰아친 것만 같았다. 난생처음 설악산의 높은 정상에서 대면한 기이한 현상에 모가지는 눈알만 굴렸다. 지금이야 설악산의 등산로를 잘 다듬어 놓았지만 1974년 설악산은 현재와는 많은 차이가 있을 때였다.

  그때 그 시절, 계속 이어지는 험난한 능선을 20kg이 넘는 군장을 메고서 개인 화기를 지참한 채 대청봉으로 오르는 길은 말로 형언할 수 없는 고난의 연속이었다. 전 대대 병력은 소금을 입에 털어 넣어 가며 걷고 또 걸었다. 한계령 유격장을 출발한 지 6시간 30분이 지나서야 중청봉을 거쳐 설악 최고봉인 대청봉에 도착했다. 대청봉은 우리나라 야산에서 흔히 볼 수 있는 그런 바위나 다를 바 없었다. 눈앞에 펼쳐져 있는 동해 바다와 속초는 무심코

한 걸음만 건너뛰면 밟힐 것만 같았다. 눈앞으로 드러난 장엄한 자연 장관을 바라보는 시선들은, 경외감보다는 10중대원들, 아니 행군에 지친 3대대 장병들한테는 그러한 감상이나 경관 따위는 배부른 놈들 헛소리에 불과했다.

금강산도 식후경이란 말이 가장 정직한 말로 다가왔다. 대청봉에 도착한 부대원들은 눈요기에 앞서 허기진 창자 채우기가 우선순위였다. 쪼그라든 배를 움켜잡은 점심이라야 비상 건빵 한 봉지뿐이었다. 건빵 점심으로 창자들이 아우성을 쳐 왔다. 배 창자를 채울 수 없어 미안해본들 별도리가 없었다. 대청봉 바위를 으깨어 먹을 수는 없는 노릇이었다. 내무반장 정용기의 배 창자도 별반 다르지는 않았다. 정용기가 김국철 상병을 호출했다. 어젯밤에 맡겨 놓은 C-레이션을 돌려받았다. 김국철이 넘겨준 C-레이션 통조림은 M이라는 영어가 선명한 고기 통조림이었지만 채소 섞인 고기는 반밖에 없었다. 통조림을 살펴보던 내무반장 정용기 눈에서 파란 광채가 번뜩거렸다.

"야! 김국철!!"

큰 목소리를 토해 냄과 동시에 뒤집어 깔고 있던 철모를 들고 높이뛰기 자제를 취하는가 싶었는데, 그대로 김국철 상병 면상을 향했다. 땅! 소리가 남과 동시에 무릎을 꺾고 앉은 자세로 변한 그의 우측 면상 전면으로 또다시 철모 일격이 가해졌다. 김국철 상병의 코뼈에서 입에서 붉은 피가 분수처럼 쏟아져 나왔다. 찢어진 입술에서 흘러나온 핏덩이에는 하얀 이빨 두 개가 섞여 있었다. 김국철은 아가리를 감쌌지만 피는 계속 흘러내렸다. 제대를 코앞에 두었던 그는 아랫니 두 개가 없는 상태로 제대해야만 했다. 군대 생활 1년 6개월 단기 하사가 34개월 말년 상병을 철모로 짓이겨 이빨을 부러트렸지만, 이런 현상은 10중대 1소대 전통이면서 일상이었다.

건빵 점심을 끝낸 부대는 산악 행군 대오를 갖춰 나갔다. 대청봉을 출발하여 중청봉, 소청봉을 바라보면서 내리막 방향으로 향했다. 소청봉을 벗어난 행군로는 오르막보다 내리막이 더 많아지기 시작했다. 내리막 행군 두 시간이 지날 무렵이었다. 아기자기한 폭포들이 눈동자를 잡아끌었다. 굴곡진 계곡을 따라 흘러내리는 개울 양옆으론 무명 소(沼)들이 옥빛 자태를 드러내고 있었다. 설악산은 가히 신선들 놀이터라 한들 틀린 말은 아닐 것만 같았다. 군데군데 생성된 소마다 각양각색이었다. 들어차 있는 물들은 투명하면서 짙은 녹색 물 동그라미를 만들어 내었다. 쳐다보는 영혼마저 부끄러워 가까이 범접하려면 신성한 절차를 치러야 한다는 생각이 앞섰다.

황홀한 전경을 눈앞에 두었어도 훈련을 받아야 하는 군인이었다. 잠시의 한눈조차 팔 수 없는 명령에 따라 움직여 나갔다. 완전 군장 산악 행군에 등가죽이 달라붙기 시작한 허기 앞에선 사치스러운 생각일 뿐이었다. 마른침을 삼킨 모가지는 "차라리 저것들이 막걸리나 시원한 사이다였다면…." 주절거리다 허기를 부추긴 잘못에 얼굴이 붉어져 왔다. 계속된 내리막길은 보호막 철재가 듬성듬성 나타나 등산로임을 각인시켜 주었다. 천불동 계곡에 다다랐을 무렵엔 부대원들 모두 악으로 버티고 있었다. 아침 다섯 시에 식사를 끝내고 완전 군장 산악 행군으로 대청봉에서 건빵 한 봉지 점심이었으니 방귀마저 아껴야 할 배 창자들이었다. 숨소리조차 내뱉지 않은 행군 대열은 비선대를 지나고 있었다. 비선대의 아름다움은 설악 제1경이라 했다지만 비선대를 지나치는 군인들한테는 힘을 빼먹는 길바닥일 뿐이었다. 시야는 점점 어두워져 왔다. 비선대 행군로에선 삼삼오오 마주치는 관광객들이 가끔 눈에 띄었다. 오늘 최종 도착지는 신흥사 앞 쌍천 부근의 공지라 했다. 대대장 지프가 쌍천에 먼저 도착하여 대대 취사병들이 부산하게 움직이고 있었다.

9
독수리 대대 ATT

저녁 식사를 끝낸 부대는 대대본부 앞으로 집결했다. 대대장 훈시가 시작되었다.

"지속된 훈련에 노고가 많았다. 그럼에도 우리들은 나라를 지키는 군인임을 한시도 잊지 않기를 바란다. 모레부터는 우리 부대 자부심인 독수리 대대 ATT를 본격적으로 시작할 것이다. 대한민국 야전부대 최강인 독수리 훈련은 노도부대 투혼의 절정이나 마찬가지다. 내일 목적지는 백담사니까 하루 휴식을 취하면서 다가올 훈련에 대비하도록 하라."

대대장 훈시 중 이틀 후 휴식이라는 말이 가장 반가웠다. 소대마다 야간 보초병과 암호를 숙지시켜 놓고 취침을 서둘렀다. 7월 초순 날씨였지만 설악 쌍천 기온은 차가웠다. 다음 날 새벽 쌍천의 물안개를 바라보면서 군장부터 꾸려 나갔다. 아침 식사 수저를 수통에 꽂아 가며 완전 군장 행군 대오를 갖춰 나갔다. 신흥사 입구 쌍천을 출발하여 어젯밤에 지나쳤던 비선대에서 우측을 향해 꺾어 들었다. 오르막 돌계단 앞에는 큰 바위가 버티고 있었다. 금강굴이라 했는데 금강굴을 지나쳐 세존봉 방향으로 향했다. 가도 가도 끝이 보이지 않을 것만 같은 굽이치는 길이었다.

계속 흘러내리는 땀과 군화 착용으로 발바닥의 화끈거림을 무시한 채 앞으로 향하는 행군뿐이었다. 마등령을 향해 지속된 행렬은 고개를 넘어 점심을 먹고서 또다시 행군만을 재촉했다. 마등령으로 들어서면서 내리막이 이어진 행군은 오세암을 향해 전진해 나갔다. 오세암은 작은 암자였다. 다섯 살 아이가 눈보라에 방향을 잡지 못해 눈밭을 헤매는데 부처의 보살핌에 살아났다는 전설을 안고 있었다. 그렇다지만 완전 군장 행군에 지친 육신들 앞에선 그냥 전설일 뿐이었다. 오늘의 목적지 백담사가 빨리 나타나기만 바랐다. 묵묵히 움직이는 행군 대열은 영시암을 지나고 있었다. 백담사가 점점 가까워지고 있음이었다.

영시암은 백담사와 함께 거론되어 왔던 잘 알려진 암자였다. 대다수 알고는 있었는데 숙종 시대 영의정 김수향의 아들 김창흡의 사연을 입에 담는 사람은 없었다. 침묵으로만 지나치는 백담계곡은 장애물이 없는 평지와 같았으나 자갈들이 널브러져 있었다. 강행군 일정에 발바닥 열이 계속 상승하여 짜증이 밀려들었지만, 자갈길 행군의 지압 효과로 발바닥 장애물은 아니었다. 어스름이 군화 콧등을 짓눌러 올 무렵 백담사에 도착했다. 백담사 전면 개울 너머에는 드넓은 하천 부지가 잘 정지(整地)되어 있었다. 대대 병력 숙영지로는 안성맞춤이었다. 식수원이 풍부했고 대대 취사 차량 출입이 원활하여 모처럼 따스한 국물로 배를 채웠다.

　백담사는 설악산과 함께 설명이 필요 없는 유명한 사찰이었다. 독립운동가이면서 「님의 침묵」 시인으로 존경을 받아 왔던 만해께서 출가한 절이기도 했다. 대대는 백담사를 바라보며 숙영 준비를 서둘렀다. 다음 날은 개인 장구류를 정비해 가면서 유격 훈련과 산악 행군에 몹시 지쳐있는 체력을 회복하기 위한 휴식에 돌입했다. 구암리 부대를 떠나온 지 8일 만의 휴식이었다. 모가지는 맑은 물을 수림동 계곡을 향해 계속 흘러내려 주는 설악의 봉우리들을 우러러보았다. 노자는 『도덕경』에서 물의 덕은 만물을 이롭게 한다며 설파했다. 물의 원천은 대부분 산이었다. 산들은 물을 품고 정화시켜 가며 생명력 있는 모든 것에게 고루고루 나누어 주면서, 푸른 정신을 안고서 살라고 했다. 백담사 앞에선 설악 대청봉이 보이지 않았다. 반면에 지나친 깊은 골마다 눈에 선명하게 드러나 보였다.

산들은 그랬다. 속살을 숨김없이 드러내 주면서 참다운 삶의 가치를 숙지시켜 주었다. 그래서인지 산이라는 곳은 태어나서 죽을 때까지 늘 우리들 곁에 있었다. 조상님들 때부터 산은 안식처였고 산들은 계절에 구애받지 않았다. 추우면 추운 대로, 더우면 더운 대로 언제나 묵묵히 우리 곁을 떠난 적이 없었다. 세속에서 죄짓고 온갖 추악한 짓을 반복해 온 무리도 인자하게 받아들이면서 따스하게 감싸안았다. 산에는 유별나게 할머니 이름이 많았다. 우리들의 기억에 늘 인자하셨던 할머니들이 있어서였을 것이리라. 말이 없는 산과 달리 명산인 설악산을 비하하는 인간들이 있었다. 산악인들은 설악산을 지칭할 때 20대 여성이라며 비하하기도 했다.

백담사 앞 야영 하룻밤이 지났다. 새카만 산들이 초

록을 드러내기 전에 완전 군장을 꾸렸다. 본격적인 독수리 대대 ATT 훈련 서막이었다. 백담사를 출발한 모가지는 계속 뒤돌아보면서 상념에 빠져들었다. 물론 내년에도 설악산 산악 훈련은 지속하겠지만 지나쳐 온 비경들을 오롯이 마음으로 품지 못한 아쉬움이 발목을 잡는 느낌이었다. 뱀 꼬리처럼 이어진 행군로는 백담계곡을 돌고 돌아 용대리로 향했다. 행군 대열은 한 시간 걷고 10분간 휴식을 반복했다. 원통을 지나 인제읍 초입에서 좌측 교량을 바라보며 17연대로 꺾었다. 넘어가는 다리엔 리빙스턴이라는 특이한 명칭이 붙어 있었다. 인제읍 합강리와 덕산리를 연결하고 있는 교량에는 애한이 따라붙어 있었다. 6.25 당시인 1951년, 중공군들 5월 총공세로 인제 지구 전투가 치열했다. 유엔군 일환이 되어 인제 전투에서 북한군과 교전 중이던 리빙스턴 부대는 적의 기습에 작전상 후퇴하게 되었다. 신남을 향해 퇴각하려면 앞을 가로막은 원북천을 넘어야 했다. 부대원들이 도강을 시도할 때 갑자기 쏟아진 폭우로 강물이 불어나 모두 전멸당할 위기에 내몰렸다. 리빙스턴도 중상을 입고 후송은 되었지만 끝내 순직하고 말았다. 그는 임종 직전 다리만 있었다면 부하들 희생을 막을 수 있었다며, 부인에게 사비를 털어서라도 다리를 놔 달라는 유언을 남겼다. 부인은 남편 유지를 받들어 1957년 12월 4일 다리를 완공했고 이후 리빙스턴 교라 했다.

17연대를 지나친 행군은 소양강 상류 내린천을 우측에 두고 계속 동진해 나갔다. 기린면 하추리 계곡에서 좌측을 향해 방향을 잡은 행군은 구불구불 이어지는 비좁은 산판 길을 따라 계속 파고들었다. 드문드문 눈에 띄던 집들마저 보이지 않았다. 어쩌다 보이는 화전민 가옥은 세찬 바람이면 무너져 내릴 것만 같았다. 부대 목적지는 가리산 6부 능선이었다. 가리산 집결지에 다다랐을 때는 어둠이 밀려들었다. 중대별, 소대별로 숙영 준비에 우왕좌왕이었다. 생면부지 야영지에 어둠까지 짙어져서였다.

32연대 독수리부대의 야외 훈련은 언제나 완전 무장 행군이었다. 훈련 일정들이 거의 직진 행군이라서 어지간한 산들은 우회하지 않아 거의 초주검을 만들어 놓았다. 특수 훈련에 버금했음에도 그에 비해 식사량은 턱없이 부족했다. 가장 고약한 현실은 훈련이 아닌 배고픔이었다. 모가지는 대청봉을 1년 내내 오르내릴지언정 창자만 든든하다면 개의치 않을 것만 같았다. 불합리 여건에서도 배를 채워 주는 우연과 마주치는 날이 있었다. 가리산 주위의 6부 능선엔 화전민들이 가꿔 놓은 감자밭이 드문드문 눈에 띄었다. 늦가을 겨울 감자밭에 눈이 일찍 내려 감자를 캐내지 못한 밭을 가끔 발견했다. 혹한기 훈련의 감자밭 발견은 그야말로 최고의 보양 간식이었다. 주먹만 한 감자들을 야전삽으로 파내어 비스듬한 산비탈에 구덩이를 파 놓고, 싸리나무를 잔뜩 쌓아 불부터 지폈다(겨울 싸리나무는 연기가 나지 않아서였다). 불꽃이 사그라질 무렵 천이나 종이를 덮고서 감자부터 잔뜩 올려놓았다. 또다시 폐지로 덮기 무섭게 흙을 쌓아 가며 세 군데 숨통을 만들어 놓았다. 중앙 구멍에 몇 개의 수통 물을 부어 두면 한 시간쯤 후엔, 찐 감자가 아닌 기가 막히게 맛있는 불 감자를 먹을 수 있어서였다. 가리산 일대의 혹한기 훈련에는 가끔 행운이 따라붙기도 했다.

  가리산 야외 훈련을 본격적으로 시작해 나갔다. 모가지와 박노복, 이기창은 마음이 평온해지고 있었다. 자대 생활에 견주어 내무반 점호, 고참들 구타에서 벗어나 좋았고, 전술 훈련은 상하 구분이 없는 동등한 여건인지라 특별한 어려움이 없어서였다. 그렇다 하여 고참들 구타가 아예 없는 것은 아니었다. 야외 훈련 특성상 지적당하는 일이 그만큼 줄어들었을 뿐이었다.

인제군에 속해 있는 가리산은 외설악으로 분리되어 있었다. 외설악이라지만 산들 높이만큼은 내설악이나 별 차이가 없었다. 가리산 서쪽으론 주걱봉, 삼형제봉이 있었는데 해발이 1,200m에서 1,400m이었다. 어지간한 능선은 거의가 900m에서 1,000m 이상이었고 봉우리마다 고지라 했다. 고지 훈련엔 소대마다 새벽 두 시경이면 식사 당번이 차출되었다. 식사 당번들은 아침 식사를 보급해 놓고 식사가 끝나기 무섭게 또다시 하산했다. 대대 야외 취사장과는 네 시간의 거리 때문이었다. 식사 운반조는 주로 중고참들로 이루어져 있었다. 식사 운반조를 차출하면 서로 먼저 지원했다. 힘든 훈련을 피하기 위함은 아니었다. 식사 운반 때마다 국물을 운반하는 5가론 휘발유 통 때문이었다.

가파른 산악에서 네 시간 거리의 취사장 국을 안전하게 옮기려면 지프차 뒤편에 달고 다니는 5가론 휘발유 통이 가장 안전했다. 어묵 국물이나 닭 국물을 배식하는 날이면 운반 도중에 다소나마 배를 채웠다. 싸리나무를 꺾어서 휘휘 돌려 주면, 어묵 덩어리나 닭살이 국 물통 입구로 올라왔다. 이때 재빨리 손을 집어넣어 건져 먹는다. 어느 땐 너무 많이 먹어 버려 목으로 넘긴 것들을 토할 때까지 왕고참들의 군화 발길질을 당하기도 했지만, 식사 당번 유혹은 떨쳐 내기 어려운 목마름이었다. 이 글을 서술하면서 가장 난해한 부분은 배고픔과의 연관성이 많아 곤혹스러웠다. 하지만 현실이기에 어쩔 수 없었다.

황병선 10중대장은 육사나 ROTC 출신 장교가 아닌, 이등병부터 군대 밥을 먹어 온 관구 출신 장교였다. 군 경력 때문이었는지 4년 교육 육군사관학교 장교들보다 군대 지식이 더 폭넓었다. 본인 행로 때문이었는지 일반병들 심리를 잘 알고 있어 10중대원들은 인자한 아버지처럼 여겼다. 그는 유능함으로 후일 소령 진급과 동시에 사단 작전참모로 발탁되기까지 했다. 황병선의 지휘 능력은 가리산 800m 무명고지 훈련에서 여실히 드러났다. 지금까지 각개전투나 분대 단위, 소대 단위 고지전 때마다 입에다 게거품을 물고서 뛰고 또 뛰는 무조건 돌격뿐이었다. 이 따위 훈련은 두 번만 반복하면 모두 만신창이로 변했다. 효율성이 없었을 뿐만 아니라 맹목적 훈련이라 해도 과언이 아니었다. 그의 교육 방침은 확연히 달랐다.

"현재 보병 교육사단 훈련 방침에는 현실과 동떨어진 훈련이 많았다. 고지전의 정의는 무조건 뛰고 엎드리면서 또 전진하는 방식이 아니라는 뜻이다. 뛸 때는 뛰면서 은

폐할 때는 철저하게 돌격에 대비해야 한다. 충분한 휴식을 취한 다음 동료들 지원 사격이 있을 때만이 그야말로 분초를 뛰어넘는 지그재그 돌격만이 정수라는 걸 숙지하라. 군대는 이현령비현령이 되어선 일사불란한 체계를 유지하지 못한다."

황병선 중대장 교육 지침이었다. 오늘도 그의 교육 철학에 중대원들은 감탄사를 쏟아 냈다. 오전, 오후 두 번씩 뛰어올라야 했던 고지 훈련을 한 번에 끝내 놓고서 대대본부를 상대로 무전 교신을 해 나갔다. 대대본부와 대대장에게 논리적인 작전 실황을 조목조목 짚어 가며 설파했다.

"현재 1소대는 고지 우측 8부 능선에서 적의 완강한 기총소사를 뚫지 못해 교란 사격을 해 가며 대치 중이다. 좌측 2소대는 골짜기 험로를 따라 은폐해 가면서 고지로 접근 중이며, 중앙 3소대는 좌·우측으로 산개하여 적군 이목을 끊어 가기 시작했다. 화기 소대 집중포화 공격이 10분 후에 시작되면 3면, 4면으로 고지를 향해 총공격을 감행할 것입니다."

실전 같은 작전 전개를 대대본부와 대대장한테 보고해 놓은 후부터 소대마다 충분한 휴식을 취할 수 있게 해 주었다. 2년 후였지만 중대장 황병선의 진급과 사단 전출에 10중대원들은 이별을 아쉬워하면서 진심 어린 축하를 아끼지 않았다.

하루하루 지속되는 훈련을 받아 가며 모가지와 동기들도 점점 군인 면모를 갖춰 나가고 있었다. 인생살이라는 게 마음대로 할 수 없음이 세상 이치였다. 군대 생활 역시 처음 자전거를 타는 어려움을 겪고 나면 바람을 가르듯이, 반복하면서 하루가 일상이 되어 가고 일상이 하루가 되었다. 가리산 18일 훈련 일정이 끝자락에 다다랐다. 이제 2박 3일 무박 220km 행군이 끝나면 부대 복귀로 이어진다 했다. 가리산 6부 능선에서 완전 군장 점검을 끝낸 대대는 대대장 훈시부터 귀에 담았다.

"유격 훈련부터 이곳에 이르기까지 강인한 정신력을 보여 준 귀관들의 투철한 사명감에 대대장으로서 무한한 감사를 드린다. 지금 우리가 해내는 악전고투 훈련은 조국의 자유를 수호하기 위함이다. 우리는 자유 수호를 위해서지만 적들은 일당 독재 체제를 고수하고자 정의 자체를 부정하는 괴뢰 집단이다. 그러므로 우리는 일당백의 정신 무장을 견고하게 유지해야만 한다. 이제 독수리 대대 ATT 피날레인 220km 무박 행군을 시작할 것이다. 고통을 감내해 내는 훈련임을 잘 알고 있다. 모쪼록 마지막까지 낙오자가 없기를 바란다."

드디어 220km 무박 행군이 시작되었다. 가리산 하추리 계곡을 벗어난 행군 대열은 기린면 방향으로 대오를 갖추어 나갔다. 1소대는 소대에서 가장 무거운 화기 분대 LMG 기관총을 교대로 메고서 행군 대열을 유지해 나갔다. 기린면을 앞에 두고 내린천 우측 행군로로 꺾어 들었다. 석양 무렵의 하늘이 흐려지더니 비가 내리기 시작했다. 7월 늦장마가 시작되었다는 좋지 못한 소식이었다. 7월 무더위 날씨 행군의 가장 힘든 장애 요소는 쉼 없이 흘러내리는 땀과 군화 발바닥 화끈거림이었다. 석양 무렵부터 가랑비가 내려 주어 차라리 다행이라 여겼는데, 빗방울이 굵어지기 시작했다. 판초 우의까지 착용하고 걷는 길은 악천후 행군으로 변해 버렸다. 시간이 지날수록 점점 굵어져 가는 빗방울로 저녁 식사는 서 있는 자세로 끝내야 했다. 식사 후 시작된 야간 행군은 천지 분간도 할 수 없었다. 폭우로 변해 버린 날씨에 행군 대열은 신작로를 벗어나면서부터 일자 대열로 바뀌었다. 어둠이 밀려들면서 선미와 후미에선 전달 상황이 수시로 이어졌다. 정숙 보행, 보행 간격 유지, 서행, 서행이 반복되었다. 군화까지 흠뻑 젖어 들어 멍청한 발바닥은 계속 부풀어 왔다. 보급품이 원활하지 않아 낡아 빠진 판초 우의는 빗방울을 감당해 내지 못했다. 판초 우의를 적신 빗물이 군장 모포로 스며들었다. 군장마저 물먹은 솜처럼 점점 무거워지기 시작했다. 비는 그칠 기미가 전혀 없었다. 굵어졌다가 가늘어졌다가 좌에서 우로, 우에서 좌로 제멋대로 쏟아부었다. 눈으로까지 파고드는 빗물로 시야를 가늠하는 것조차 어려웠다.

시간이 새벽 1시가 넘어갈 무렵 잠시 대기, 잠시 대기가 계속 전달되어 왔다. 비를 맞아 가며 강행하는 야간 행군은 전달할 때마다 허연 입김을 쏟아 냈는데, 그것은 입김이 아닌 하품이었다. 새벽 3시경에 모가지는 BAR 자동 소총을 메고 있었다. 이름 모를 산비탈을 꺾어 돌아가는 행군 대열 앞뒤에서 계속 쿵쿵 소리가 들려왔다. 질퍽해진 비탈길이 이어져 무거워진 군장과 판초 우의 무게에 약간만 방심하면 나자빠지기를 반복했다. 행군 속도는 현저히 더디어만 갔다. 산발적 전달 상황은 잠시 대기, 잠시 대기였다. 잠시 대기 때면 모가지는 BAR 자동 소총 개머리판을 지렛대 삼아 총구 삼각 지지대에 턱을 괴고서 휴식을 취했다. 잠시 대기가 길어져 눈꺼풀이 감겨 내렸다.

비몽사몽간에 둔탁한 소리가 귓불을 간지럽히는 것만 같았다. '탁탁' 하는 소리가 반복적으로 들려오면서 소대장 김미남의 카랑카랑한 목소리가 함께 묻어져 왔다. 지팡이 같은 나뭇가지를 쥐고 서 있는 채로 잠에 빠진 소대원들 철모를 때려 가며 잠을 쫓아내는 소대장이었다. 눈을 뜨고 전방을 주시해 본 모가지 앞에는 구불구불한 오솔길에 엷은 실안개만 모락모락 피어나고 있었다. 행군로가 모가지 앞에서 끊겨 버렸던 것이었다. 화가 치민 소대장은 모가지 뺨부터 후려쳤다. 정신이 번쩍 돌아온 모가지 앞에서 김미남 소대장이 대갈일성의 목소리를 토해 냈다.

"행군 대열이 끊어졌다. 전원 빠른 속보로 따라잡는다!"

비는 약한 가랑비로 바뀌었는데 시야는 여전히 어두웠다. 희뿌연 안개만이 군화 콧등으로 스며들었다. 현재 이곳이 어느 곳인지 감조차 잡지 못했다. 계속 속보를 내뺃은 소대장이 홍천군 아미산 부근이라 했다. 한 시간 이상 이어진 속보로 앞서가는 행군 대열에 합류할 수 있었다. 오솔길을 벗어난 행군 대열은 비포장 신작로에서 좌·우측 행군 대열로 바뀌었다. 군화 발바닥은 온전히 부풀어 감각조차 느낄 수 없었는데 행군은 지속됐다. 여명이 밝아오면서 또 하루가 열렸다. 아침 행군에 열 시가 다가올 무렵 또다시 빗줄기가 굵어졌다. 신작로를 달구는 햇볕은 차단되었지만 이제 더 이상 비가 내리지 않기만을 바랐다. 빗방울은 계속 가늘어졌다 굵어지기를 반복했다. 우천 행군은 졸음과의 싸움이었고 장맛비는 멈추지 않았다.

"나는 공산당이 싫어요." 울부짖었다는 이승복 기념관이 있다는 오대산으로 향하던 행군은, 오대산을 목전에 두었을 때 또다시 좌측을 향해 꺾었다. 산 넘고 도랑 건너기를 반복하면서 저녁 식사를 끝냈지만, 행군은 멈추지 않았다. 2일째 지속하는 야간 행군은 동서남북을 구분할 수 없었다. 악천후와 맞물린 야간 행군은 마치 저승길만 같았다. 장시간 주간 행군로엔 나름 눈에다 집어넣을 것들이 있었다. 2일째 야간 행군은 전혀 달랐다. 주간에는 이름 모를 꽃이라도 볼라치면 고향 마을과 아가씨들 생각도 했건만 악천후 야간에는 오로지 캄캄한 밤일 뿐이었다. 머리 안에다 주위 풍광이나 옛 추억을 집어넣을 여백마저 없었다. 머리통에는 오로지 밀려드는 잠에 섞인 이물질만 가득해서였다. 행군 속도는 악천후와 맞물려 어쩔 수 없이 지연되면서 부상자와 낙오자가 드러나기 시작했다. 중대마다 부상자 후송 때문에 일렬종대 행군이 무디어져만 갔다. 와중에 판초 우의를 나무 깃에 의지하여 잠깐 대기에 잠들어 버리는 병사들이 많아졌다. 소대장과 분대장들의 대오 갖추기는 필사의 사투만 같았다. 뜬눈의 이틀 밤이 지나고 석양 무렵에 도착한 곳은 기린면과 현리 중간쯤인 내린천이었다. 훈련 끝자락인 강물 도하 작전이 기다리고 있었다.

장마철로 불어난 내린천 급류 지역을 피하여 물살 흐름이 약한 곳에서 도강 훈련이 시작됐다. 팔목 두께의 로프를 가로질러 야무지게 고정해 놓은 다음, 이번 훈련에 앞장서서 진두지휘를 해 온 대대장이 먼저 도강 훈련 시범을 보였다. 일렬 도강 훈련도 만만치가 않았다. 급류 물살에 로프를 의지해 가며 대기 시간이 많았다. 모가지와 동기들은 또 하나의 깨우침을 얻었다. 아무리 극한 상황에 처한들 제어할 수 없는 것이 잠이었다. 완전 군장에 판초 우의 잡도리를 했다지만 급류에 휩쓸렸다. 로프를 잡은 상태에서 가슴 가까이 차오른 물속에서도 잠시 대기 때마다 잠에 빠져들어서였다. 무박 220km 행군에서 가장 큰 장애물은 바로 잠이었다. 만약 전투 중의 잠이라면 생사여탈권이 맞물려 눈에 보이지 않는 가장 무서운 적일 수가 있었다. 도강을 끝낸 대대는 대대장을 마주 보며 집결했다. 대대장은 입술에 파란 경련이 드러나 보였지만 군인 자세는 전혀 흐트러짐이 없었다. 과연 육사 출신 대대장다웠다. 3대대 장병들은 알 수 없는 자부심이 솟구쳤다. 각 중대 중대장 인원 점검 보고를 받은 대대장 격려사가 시작되었다.

"악천후 기상 여건과 함께 2박 3일간의 무박 220km 행군을 큰 사고 없이 수행해 낸 우리 3대대 장병들 고군분투에 진심으로 감사드린다. 우리 2사단 노도부대는 6.25 전쟁 이전부터 지금까지 대한민국 육군 보병 최강 전투부대였다. 언제나 일당백의 강인한 정신력으로 무장이 되어 있어 적들의 어떠한 도발에도 한 치 물러섬이 용납되지 않는 철벽 노도부대 정신력은 지금도 새파랗게 살아 있다. 오늘날 우리들이 이런 강군이 되기까지는 오늘과 같은 훈련을 두려워하지 않는 백절불굴 불퇴전의 투혼 때문이었다. 이번 훈련 성과는 매우 만족했다. 늦가을에 받아야 할 연대 RCT 천 리 행군도 우리들이 해낸 이번 행군에 비한다면 아무것도 아니다. 대대장은 여러분이 너무나 자랑스럽다. 오늘 밤만큼은 아무 걱정 없이 푹 쉬도록 한다."

대대장 격려사 이후 도루묵탕 저녁 식사를 마치고 모두 취침 준비에 돌입했다. 비는 그쳤는데 먼 산 너머에선 '우르릉 쾅쾅' 하는 천둥소리가 들려오고 있었다. 장마철 천둥, 번개는 항상 꼬리가 길었다. 번개 빛이 번쩍거릴 때의 파장은 산삼 뿌리 같기도 했고 어느 땐 파 뿌리 같기도 했다. 그 뿌리마다 실핏줄 같은 격랑의 감정을 우리들을 향해 거침없이 내던져 왔다. 모가지는 가물거리는 눈꺼풀이 감겼지만 3일간의 장맛비와 천둥에는 어떤 함축성이 있을 거라 여겼다. 다음 날 대대는 귀대를 서둘렀다. 구암리 3대대를 향해 행군을 시작한 지 14시간이 지난, 밤 9시가 넘어서야 도착했다. 근 1개월이나 지속해 온 야외 훈련에 지쳐 버린 육신들은 다들 충분한 휴식을 바랐지만 언제나 마음뿐이었다. 야외 일정이 한 달 동안 이어지면서 자대로 복귀하면 고약한 일상들이 입을 벌리고 있어서였다.

10
군대 도둑들

 부대를 떠나 야외 훈련이 길어지면 개인 보급품 분실이 잦았다. 수통부터 대검, 판초 우의, 야전삽 등 다양했다. 220km 무박 행군 때는 개인 화기 분실로 연대 영창살이를 한 졸병도 있었다. 어느 땐 소대 신병 분실물을 고참이 가지고 있기도 했다. 개인 보급품 분실은 고참보다 졸병들이 많았다. 보급품 분실마저 고참들 횡포와 맞물려 있었다. 사단 비상 훈련인 CPX나 전방 비상 방어 명령이 발동되면 군장부터 꾸렸다. 군장 꾸리는 과정에서부터 후유증을 만들어 나갔다. 고참보다 군장을 늦게 꾸리면 군화 발길질에 폭언이 난무했다. 완전 무장 군장은 배낭에다 개인 보급품을 몽땅 지참해야 하는데, 고참들의 구타, 폭언, 독촉 때문에 모양 갖추기만이 급급했다. 배낭에 달라붙은 보급품들은 달음박질에도 떨어지지 않게끔 야무진 마무리가 필수였지만 고참들 다그침에 그럴 겨를이 없었다. 허술한 군장은 비탈길에서 넘어지거나 지친 행군에 등짝만 받쳐도 보급품들이 이탈했다. 고참들은 자신들 보급품엔 본인만이 알 수 있도록 암호 표시를 해 두었다.

부대를 떠나 1개월 야외 훈련이 끝나면 각 중대, 소대마다 신참병들 속앓이가 시작되었다. 지속되는 산악 훈련이나 밤샘 야간 강행군 과정에서의 개인 보급품 파손과 분실물 때문이었다. 야외 훈련 지적 사항들은 내무반장과 고참들 체면 유지와 연결되어 있었다. 졸병들을 마구잡이로 휘어잡을 수 있는 여건을 만들어 주어서였다. 행군 때 낙오했거나 야외 기분에 우발적인 개인행동으로 지적당한 졸병들을 고참들, 특히 왕고참은 20일이 지나고 한 달이 넘어도 절대로 잊어 먹은 적이 없었다. 개인 보급품 분실은 두고두고 우려먹을 수 있는 올가미였고, 고참들이 기분 좋게 쥐고 있는 꽃놀이 팻감이었다. 다람쥐 쳇바퀴 현상은 1년 내내 지속되어 왔다. 개인 보급품 분실은 개인 몫이지만 소대 공용 물품은 달랐다. 물론 돈(錢)이면 쉽게 해결할 수 있었는데 언감생심이었다.

당시 병장 봉급이 1,200원이었고 상병이 1,000원, 일등병이 800원을 받았다. 이런 알량한 봉급은 대대 PX에서 크림빵이나 막걸리 마시는 것도 부족했다. 더욱 가관은 PX에서 군번만 기재하면 외상 거래가 성사되었다. 모가지는 봉급을 거의 타 보지 못했다. 외상 막걸리로 배를 채운 탓이었는데 모자라는 금액은 휴가 때마다 보충했다. 분실물을 보충하는 데는 짧으면 한 달, 길면 6개월이 걸렸으니까 그동안 고참들 잔소리는 불량 소화제였고 구타나 기합은 벗어나기 힘든 거미줄이었다. 분실된 장비 보충은 실전을 방불케 하는 훈련과 같았다. 보충 방법은 간단했다. 타 중대 상대로 훔쳐서 보충하면 해결되었다.

"타 중대나 소대에서 훔쳐서 채워라?"

지엄하신 고참들 명령이었지만 타 중대나 소대도 여건은 거의 같았다. 지속해 온 고약한 현실로 1소대는 내무반에 비밀 창고가 있었지만, 앞선 재물 조사 때 9중대 인사계가 소대 창고를 털어가 버려 현재는 텅 비어 있는 창고일 뿐이었다. 5개 중대는 거의 유사한 여건이었는데 중대로 복귀만 하면 서로가 뺏고 빼앗기는 일들이 도돌이표로 이어져 왔다. 복마전 같은 현실은 끊임없이 되풀이만 되었다. 그랬는데 1소대 1분대에는 특이한 인물이 있었다. 강원도 정선군 출신 이근복이었다. 소대원들은 이근복 상병을 산 사나이라 불렀다. 그는 162cm의 작달막한 신장이면서 옆으로 퍼진 체격의 소유자였다. 3,000여 명의 연대 병력 중에서 팔씨름 1인 자였고 100m를 12초 안에 달렸다. 대대 울타리 같은 야산 달리기까지 별 차이가 없었다. 그는 선천적 특이 체질을 타고난 특별한 사람이었다. 이근복 상병의 산 오르는 능력은 사단에서조차 제일 빠르다고 했다. 힘 또한 남달라 보통 병사 서너 명이 덤벼서는 끄떡도 하지 않는 괴물이었다. 참호전 밀어내기 훈련 때는 6명을 혼자서 밀어내는 괴력을 발휘했다.

반면에 그는 철저하게 비폭력주의자였다. 제대하는 날까지 누구 하나 지적하여 때리지 않았다. 1소대 소대장부터 내무반장, 각 분대장, 고참들도 이근복만큼은 함부로 대하지 않았다. 외려 1소대 국보라며 칭찬이 자자했는데, 훔치는 재능이 천부적이어서 더욱 그러했다. 앞 장에서 잠깐 언급했었다. 봉화산은 산줄기마다 골이 잘 조성되어 있었다. 봉화산에서 바라보는 우측에는 1대대, 야트막한 산등성을 넘으면 2대대, 또 한 자락 넘으면 3대대였다. 언덕 같은 10중대 능선을 넘으면 민가 서너 채가 있었고 거기에서 갈라진 골에 사단 병참 보급 부대가 자리 잡고 있었다.

지속해 온 야외 훈련이 끝나면 항상 개인 보급품 정비를 1순위에 두었다. 군복, 판초 우의를 말리면서 대검과 야전삽, 수통까지 녹이 슬지 않게 말려야 했다. 산 사나이 이근복은 10중대에서 대대본부와 11중대 너머의 12중대로 향했다. 5개 중대가 산자락을 뒤에 두었고 중대 건물과의 사이에는 소대들 건조대가 있었다. 이근복은 12중대 소대 건조대 앞에서 어슬렁거렸다. 건조대 주위에는 물품을 말리면서 보초 2~3명이 주위를 감시했다. 이근복은 건조대를 향해 다가서기 무섭게 손에 잡히는 보급품을 집어 들고 냅다 뛰었다. 수색 중대 방향 언덕으로 뛰어오르기 시작하면 12중대 비무장 보초들이 아우성을 치면서 뒤쫓아 왔다. 그들이 80여 m 언덕에 도달할 시간이면 이근복은 언덕을 넘어 8부 능선에서 내달리고 있었다. 12중대 보초병들이 이근복 등 뒤를 바라보며 헉헉거릴 때쯤이면 그는 병참 언덕 너머로 사라져 버렸다. 닭 쫓던 개 지붕 쳐다보는 꼴이 되어 눈 뜨고서 도난당하는 일이 비일비재했다.

군대 도둑질은 어제오늘 일이 아니었다. 60~70년대는 논산훈련소에서부터 계속되어 온 날치기가 훈련사단까지 전이되어 있었다. 퇴치해야 할 악습이었지만 지휘관들은 유야무야로 일관해 왔다. 1소대 고참들은 이근복의 이런 행위에 입이 마르도록 칭찬해 주었다. 더욱 기세가 올라온 이근복은 1대대, 2대대를 안방만큼이나 들락거렸다. 9중대의 어떤 사병이 이근복을 흉내 내려다 현장에서 적발되어 영창 신세를 져야 하는 사건도 있었지만, 이근복은 단 한 번의 실수가 없었다.

모가지는 이등병 포상 휴가를 다녀온 직후에 분대 8번 BAR 부사수가 되었다. 이근복은 1분대 7번 BAR 자동 소총 사수였다. 신장이 174cm에 74kg 몸무게의 모가지가 차기 자동화기 사수 적격자로 지명되어서였다. 보병 전투부대는 소대마다 3개 분대에 BAR 자동 소총 사수를 두었다. BAR 자동 소총은, 길이가 121.4cm에 무게만 8.8kg였고 1분에 600발의 실탄을 발사할 수 있었다. 총의 무게와 실전 시 총알 무게 때문에 부사수가 있어야만 했다. 일등병 모가지는 이근복의 BAR 부사수가 되어 많은 걸 전수받아야 했다. 총에 대한 교육은 어렵지 않았는데 훔치는 기술만큼은 도저히 따라 할 수 없었다. 중대 10km 마라톤은 10등 안이었지만 100m는 18초에 뛰는 느림보라서 그랬다. 스타트 순발력 부재로 빨리 달리는 기술은 엉망이었다.

이근복 손아귀 힘은 거의 터미네이터 수준에 버금갔다. 중대 언덕 초소 너머엔 사단 병참 보급 창고가 있었다. 창고는 비상 건빵까지 적재해 두었다. 단단한 박스 하나에 100봉지씩이었다. 이근복은 시간만 나면 병참 건빵 창고를 들락거렸다. 중대 막사 뒤편 초소 벽을 팔 길이만큼 파놓고 건빵을 쑤셔 박아 놓기도 했고, 호박을 심으려는 구덩이에 비상 건빵을 열 봉지씩 파묻어 놓았다. 소대 내무반 간식용 건빵이 되어 하사 분대장들과 고참들을 즐겁게 해 주었다. 분대장들과 고참들은 식당 식용유에 건빵을 튀겨 막걸리 안주로 먹는 날이 많았다. 1소대 신병들 분실 보급품을 이근복이 보충해 주기도 했다. 그의 노고로 고참들 폭행과 기합을 면피하기는 했는데 한계가 있었다.

대대 ATT 야외 훈련을 끝내고 복귀한 중대는 소대별로 연병장 훈련을 이어 나갔다. 자대 생활만 시작되면 매일매일 반복하는 총검술, 그놈의 PRI, 태권도, 소대 전술 훈련, 체력 단련, 봉체조, 분대장과 선임하사 선착순 돌리기에 정신착란이 생겨날 지경이었다. 연병장 훈련이 끝나면 정신 교육 시간이라며 개인 보급품 검열, 3선 정열에 잔소리와 기합이 하루하루 일과로 이어졌다. 발바닥이 부르트는 천 리 행군이 부럽기까지 했다. 교육사단 병영 생활은 그야말로 하루하루가 연병장 훈련으로만 이어져 왔다.

  1소대 하사들 봉급은 일반병들보다 훨씬 많았다. 같은 3년 의무병이었지만 하사는 매월 5,700원을 받았다. 분대장이었던 그들은 나름 돈의 여유가 있었다. 평일, 일요일을 가리지 않고 여유 있는 자들의 막걸리 잔치가 수시로 벌어졌다. 1분대장 겸 내무반장인 정용기는 수족처럼 부려 온 임성기에게 계속 막걸리 심부름을 시켰다. 가끔 소대 점호를 끝낸 취침 시간까지 막걸리를 마셔 댔다. 정용기는 술에 취하면 주사가 특히 심했다. 한마디로 싸잡아 완전히 개판 술주정이었다. 소대원들은 취침 시간이면 머리를 중앙 통로 방향에 두었다. 불침번이나 외곽 초소 근무 절차에 불편함이 없기 위함이었다. 취침 시간 세 시간이 지나도록 막걸리를 처마신 정용기는 오줌보가 터질 지경이었다. 바지춤을 내린 그는 잠들어 있는 소대원들 머리통에다 오줌을 갈기고 다녔다. 정용기의 오줌은 소대원들 눈으로, 코로, 입으로 들어갔다. 머리카락이 촉촉하게 젖었지만 잠에서 눈을 뜬 소대원들은 반발 한마디 못 한 채 눈알만 굴렸다. 개보다 못한 이런 행위에 고참 상병 몇 명이 항의했거나 소대원들이 단체로 반발했다면 한

번의 술주정 정도로 끝날 수 있었지만, 소대원들 누구 하나 입도 뻥긋하지 않았다. 말도 안 되는 횡포에는 7년 근무 장기 하사 박경진의 흔적이 남아 있기 때문이었다.

이후부터 내무반장 정용기는 잊을 만하면 소대원들 머리에 오줌 세례를 퍼부었다. 군대를 다녀온 대한민국 전역병들이라면 말 같지도 않은 말이라고 할 것이다. 하지만 사실을 말하고 있다. 2사단은 교육사단이었고 3개 연대 중에서 32연대인 독수리 연대는 하사들 왕국이었다. 특히 3대대 10중대 1소대는 괴물 같은 7년 말뚝 하사가 말년 월남 병장을 쥐새끼 잡듯 해 왔었다. 일반 하사라지만 그들은 끊임없이 이어지는 연병장 훈련 조교 역할을 해내면서 말년 병장이면 더욱 잡도리를 가했다. 그러니까 고참 병장의 기부터 안전히 꺾어 놓으면 소대 전체를 아우르는 결과를 만들어 냈던 것이었다. 10중대 1소대에선 30개월 병장이 일반 하사한테 거수경례를 붙여야만 했다. 더욱 가관은 하사관 교육 중에 보병부대 병영 견학을 위해 가끔 파견해 오는 단풍 하사(하사 훈련병) 식사 당번을 따로 두었다. 거짓이 아닌 진실이었다. 대한민국 군대에선 그야말로 전무후무한 하사 왕국이 10중대 1소대였다.

모가지와 박노복, 이기창, 김창석은 이따위 환경의 자

대 생활에 진저리를 쳤다. 아니, 전 소대원 모두 같은 생각이었을 것이다. 그렇다 한들 어떠한 비상구는 없었다. 마냥 폐쇄되어 있는 군대일 뿐이었다. 물론 하나의 숨통 같은 게 있기는 했다. 소원 수리함, 불법신고센터, 구타 금지, 원산폭격이었는데 빛 좋은 개살구에 불과했다. 개살구는 또 있었다. 불편 사항은 체계적 보고라고 했다. 불편한 진실을 언제나 분대장, 선임하사(중사), 소대장, 중대장을 거쳐야만 했다. 소대의 소대장부터 구타나 기합을 병행해 가며 해 왔는데 누구한테 보고하라는 것인가?

2사단 교육연대 정량은 잡곡식 600g에 증식미 300g이었다. 900g의 밥이면 배가 터질 정도였지만 현실은 그 절반에 미치지 않았다. 이때가 유신 통치 시절이었고 중동 석유 파동과 맞물린 국가 재정은 파탄 지경이었다. 군원 삭감이라는 미명하에 35개월 복무자도 병장 진급을 유보해 나갔다. 상병 봉급은 1,000원, 병장이 1,200원이었지만 200원도 아껴야만 했던 1973~1976년의 노도부대 현실이었다.

하루하루 혓바닥 단내를 뱉어 냈던 연병장 훈련 2개월이 지나 낙엽이 물들어 가는 가을로 접어들었다. 중대 연병장을 벗어날 수 있는 연대 RCT 야외 1주 훈련이 시작되었다. 연대 RCT 목적은 5박 6일 천 리 행군이었다. 완전 무장 천 리 행군도 만만치 않았는데, 중대 연병장 훈련보단 훨씬 낫다고 여겼다. 천 리 행군은 광치령을 넘고서 인제 리빙스턴교를 지나쳐 기린면 현리를 지났다. 현리를 지난 다음 양양을 관통하여 속초로 향했다. 속초를 지나치면 고성 거진 화진포에서 숙영한다. 물론 하루에 67km 행군이면 숙영은 해 왔다. 화진포에선 다시 남하하여 간성을 향해 행군을 시작했다. 간성에서 되돌아오는 행군로는 자동차 한 대만 통과시켜 온 진부령을 넘었다. 진부령에서 출발하면 향로봉을 우측에 두고 미시령 입구를 지나쳐 원통을 향해 다가갔다. 원통 중앙로에서 우측으로 꺾어 칠성 고개를 넘는다. 칠성 고개를 군화 뒷발로 짓밟고 천도리 해안면 펀치볼에다 엉덩이를 깔았다. 펀치볼에서는 대암산 능선을 넘어 양구 구암리 연대로 돌아오는 일정이 5박 6일 천 리 행군이었다.

연대 RCT 훈련을 마치면 혹한기 훈련이 시작되었다. 혹한기 훈련은 눈 속에서 야영하는 훈련이었고 전반기 3주, 후반기 3주 동안 고지 이동을 하면서 치러 내야 했다. 혹한기 훈련은 대대 단위로 실시하여 대대 취사반과 PX까지 따라붙는 야외 훈련이었다. 추운 겨울철인지라 동상 환자가 많았는데 열외는 허용되지 않았다. 동상 환자는 노란색 삼각 천을 왼편 가슴에 핀으로 꽂아 놓고 훈련에 동참했다. 동상이 심하여 걷지 못하겠다는 병사들이 있었다. 그런 환자들은 히터 장치가 없는 트럭에 태우고 한 시간만 끌고 다니면 다들 노란 동상 천을 떼어 버렸다. 영하 18도를 넘나드는 트럭 위에서 군화를 착용한 발을 움직이지 않고 30분만 지나면 차라리 발목을 잘라 버리는 편이 더 나았다. 발이 마비되어 가는 고통보다 걸어 다니면 발목을 잘라 버려야 할 고통에서 벗어날 수 있어서였다.

모가지가 10중대 1소대로 배치된 지 1년이 지난 1월 말이었다. 예고도 없었는데 사단 비행장에서 미군 훈련이 시작된다고 했다. 의정부 송산에서 주둔하고 있던 미군 소속 아파치(일명 코프라) 헬기 3대가 사단본부 앞 활주로에 내려앉았다. 북괴 남침에 대비하여 방산 983고지(일명 피의 능선)와 해안면 펀치볼을 방어하는 훈련이었다. 헬리콥터 3대를 세워 둔 미군들은 활주로 끝 지점에다 야외 주둔지 대형 천막부터 설치했다. 10중대 1소대가 미군 헬기 훈련장 외곽 경비를 담당하게 되었다. 사단 공병대 막사 하나를 임시 소대 숙소로 배정받고 본격적인 외곽 경비 절차를 밟아 나갔다. 모가지는 헬기 주위 근무를 명받았다. 내복에 야전잠바를 착용했지만 양구로 몰아치는 북풍 찬 바람에 턱이 계속 덜덜거렸다.

추위를 견디지 못한 모가지는 칼바람을 피하려고 미군 천막 옆으로 다가섰다. 그때 천막 안에서 반팔 복장 미군 병사 한 명이 밖으로 나왔다. 미군은 흑인이었다. 순간 모가지는 자신의 눈을 의심했다. 빌어먹을, 너무나 추워 내복 위에 겨울 동복, 그 위에 겨울 야전용 파카까지 착용한 상태에서 덜덜 떨리는데, 저놈은 반팔이라니? 멍청하게 서 있는 모가지를 주시하던 녀석이 앞으로 오라는 손짓을 해 왔다. 그러고는 천막 안으로 들어오라는 제스처를 보내왔다.

심호흡을 내뱉은 모가지는 흑인 병사를 바라보며 천막을 향해 들어서는 순간 확 밀려드는 열기에 눈을 감았다. 밖은 영하 18도가 넘나들면서 강풍까지 불어와 체감온도는 40도만 같았는데, 미군 야전 천막 안은 7월 한여름 같아서였다. 다 같은 군인 신분이건만 하늘과 땅 차이 현실이 아리송하기만 했다. 흑인 병사는 취사병이었고 막사는 식당이었다. 녀석은 하얀 이빨을 드러내면서 카멜 담배부터 권해 왔다. 담배에 불을 붙여 준 흑인이 계속 주절거려 왔다. 도통 무슨 말인지 알아들을 수가 없었다. 모가지는 궁여지책의 엄지척을 해 가며 "엉클 톰, 넘버원."이라며 화답해 봤다. 흑인 병사는 모가지와 똑같이 엄지를 세우며 "땡큐, 엉클 톰."을 반복해 왔다. 모가지는 난생처음의 영어 소통에 얼떨떨하기만 했다.

녀석은 모가지를 천막 모서리로 이끌었다. 그곳엔 번쩍이는 깡통들과 식빵 C-레이션이 쌓여 있었다. 흑인 병사는 팩 포장 C-레이션 하나와 토마토 그림 깡통 하나를 넘겨주면서 흡족한 표정을 드러냈다. 고맙다는 인사를 몇 번씩이나 전하고서 근무 시간을 채웠다. 공병대 숙소로 돌아온 모가지는 C-레이션 팩과 깡통을 앞에 놓고 고참 사수 이근복 상병에게 입술이 마르도록 자랑을 늘어놓았다. 자초지종 설명을 귀담아듣던 이근복이 내무반장 정용기와 머리를 맞대고 앉았다. 두 사람은 손짓, 발짓을 해 가면서 30분이 넘도록 알 수 없는 말들을 주고받았다.

다음 날이었다. 점심 식사 시간이 다가올 무렵 사단이 발칵 뒤집혀 버렸다. 헌병 대장이 지프차를 몰고 나타났고 사단 보안대가 들이닥쳤다. 헌병대와 보안대는 예고편에 불과했다. 별 하나 부사단장이 나타나서 직접 1소대 전원 집합을 지휘했다. 어젯밤 미군 막사 주위 보초병들의 근무 일지와 공병대 막사 불침번 일지를 몇 번이나 확인하고 또 확인해 나갔다. 근무자 한 명씩 한 명씩 헌병대 지프에 태웠다. 보안대 중사의 매서운 눈초리와 헌병 중위의 물어뜯는 질문이 이어졌다. 1소대원들은 점심을 거른 채 진종일 보안대와 헌병 심문에 머리통이 벌집처럼 변했다.

사건 내용은 입을 다물 수가 없었다. 의정부 송산에서 2주 동안 훈련 나온 미군 병사 18명의 3일분 식량 창고가 털려 버렸다. 그러니까 18명의 3일분 비축 식량 중에서 반 가까이 사라져 버린 사건이었다. 넘겨짚기 유도신문에도 겁박성 신문에도 보초병이나 불침번이나 전원 모르쇠로만 일관했다. 10중대 중대장까지 현장으로 호출되었다. 곤혹스러운 표정이 되어 1소대원들을 바라만 볼 뿐이었다. 헬기와 천막 주위 보초병들의 일지, 불침번 일지는 완벽했다. 소대장 김미남은 파김치가 아닌 젓국물로 변해 나갔다. 보안대와 헌병대에 불려 다니느라 낯짝이 완전히 새카맣게 타들어 갔다. 소대원들 신문은 달이 떠서야 끝났다. 저녁 식사는 숙소로 돌아와 오들오들 떨면서 먹었다. 완전히 만신창이로 변해 버린 소대장 김미남은 밤 11시가 넘어갈 무렵 임시 내무반으로 돌아왔다.

어깨에 메고 있던 카빈총을 내려놓은 소대장은 침상에 엉덩이를 깔아 놓고 고개를 숙인 채 10여 분이 넘도록 머리를 쥐어뜯었다. 한참이 지나서야 카빈총을 쥐고 내무반장 정용기를 잡아끌었다. 내무반 귀퉁이로 향하면서 이근복을 힐끗힐끗 쳐다봤다. 내무반 귀퉁이에서 "정 하사, 차렷." 하는 소대장 목소리가 튀어나옴과 동시에 군홧발로 매섭게 조인트부터 후려 깠다. 내무반장은 허리를 약간 구부린 채 고통스러운 신음을 깨물고 있었다. 이번엔 군화가 아닌 카빈총 개머리판으로 가슴과 배를 사정없이 짓이기기 시작했다. 내무반장 정용기는 내무반 바닥에서 나뒹굴었다. 고통을 참아 내느라 주둥이를 양손으로 틀어막았다. 아랑곳하지 않고서 계속 군화 발길질을 해 대던 소대장이 나직한 목소리를 내뱉었다.

"야! 이 시발놈아, 니들 다 배고픈 건 잘 알고 있어. 그렇다고 해도 훔쳐도 적당히 훔쳤어야지. 승냥이 같은 새끼들아. 반이 뭐냐, 인마. 반도 훨씬 넘는다고 하더라. 이 새끼야, 까딱 잘못하면 몇 놈 모가지가 날아간단 말이야. 간덩이가 부어도 밖으로는 나오지 말았어야지, 분수를 모르는 새끼들아."

씩씩거리든 소대장 김미남은 평소 입에 물지 않았던 담배를 피우면서 정용기 하사 옆에 앉았다. 연기와 함께 캑캑거리던 소대장이 입술을 깨물면서 내뱉었다.

"정 하사, 헌병대 중위가 우리 사관학교 2기 선배야. 그래서 내가 영창 2일에 다른 부대 전출 가는 걸로 형식적인 합의를 봤으니까 애들 입단속 철저히 시켜라. 그리고 우리 소대는 내일 철수할 거다. 어차피 이렇게 된 거 끝까지 아가리 잘 잠가 놓고 보안 유지를 철저히 해야 한다. 나중에 이상한 말이 나오면 너는 내 총알에 죽을 거야. 알았어?"

"옛! 하사 정용기. 명심, 또 명심하겠습니다."

다음 날 1소대는 근무 태만 징계를 받고서 10중대로 복귀했다. 그리고 소대장 김미남의 타 부대로 전출로 사건이 마무리되었다. 미군 주둔지 식당 털이 사건은 빠른 종결만이 급선무였다. 사건을 키워서는 사단이나 10중대에 골치 아픈 후유증만 남겨 놓는 판이었다. 이 사건 지휘범은 정용기였고 공범은 이근복과 고참 3명이었다. 내무반장 정용기 각본에 따라 이근복과 4명의 고참은 네 시간 근무를 적절히 활용했다. 활주로에서 1.5km 떨어진 개천의 'U' 자 골에다 두 번씩 발품을 팔았다. 잔뜩 쌓인 눈 위의 삐쭉거리는 버드나무 밀집 지역에다 C-레이션을 산개하여 숨겨 놓고 기가 막히게 위장해 놓았다. 미군 식당 장물들은 꽃피는 5월까지 안전하게 숨겨져 있었다.

11
꼰대들 군대 얘기는 폐기품만은 아니다

대한민국은 비약적인 경제 성장을 이뤄 내면서 교육 수준의 성장까지 함께했다. 시대 변천에 따라 많은 언설이 입에 오르내렸다. 수많은 언설 중에서 가장 오래된 말이 '꼰대'이지 않나 싶다. 그 어원을 따지기 전에 100여 년이 넘었다는 유래설이 있었다. 오늘날의 대한민국은 신조어 홍수 시대지만 길어야 3년, 짧으면 1년 안에 구시대 잔해물로 여긴다. AI 시대의 변혁 때문이었는데 꼰대라는 말은 나이를 먹을수록 새파랗게 살아만 났다. 그 비결을 나는 몰랐다. 어느 날부터 '꼰대질'로 바뀌더니 동서남북을 가리지 않았다. 호기심이 많아 꼰대를 더듬어 봤다. 답은 바로 우리 집이었다. 나는 꼰대였지만 꼰대질로 몸집을 키워 준 곳은 거대 집단인 군대였다.

군대는 최초로 꼰대를 각인시켰고 꼰대 숙주는 고참이었다. 군대 고참들은 진화에 진화를 거듭해 왔다. 내무반 생활에는 폭압의 빠따로 존재감을 과시해 왔고 제대 후에는 경험담을 내세워 짓누르기를 마다하지 않았다. 군대 전통은 계보처럼 이어져 왔다. 세상에 영원한 철옹성은 없었다. 중동(中東) 취업이 활성화되면서 대한민국 경제는 급속한 성장을 거듭했다. 386, 486세대들의 민주화 물결 파고가 드세게 몰아치면서, 성역만 같았던 군대 집단도 하나씩 하나씩 허물을 벗겨 내야만 했다. 군 복무 시간이 줄어들었고 군대 현대화에 진일보를 해 나갔다. 그렇다 하여 거대 집단의 뿌리 깊은 전통이 하루아침에 바뀌지는 않았다.

70년대까지 육군 징집병들 복무 기간은 거의 3년에 가까웠다. 강제성 징집병들 병영 생활은 집단 수용소와 같았다. 개인 인권 같은 건 아예 없었다. 오로지 군기, 군기, 군기에 국가에 대한 충성만을 강요해 왔다. 국토방위를 앞세웠지만 개인 화기부터 불량품이 많았고 보급품도 열악한 여건이었다. 철모나 수통, 판초 우의는 선임자들 사용품을 물려받았다. 특히 훈련소에서부터 지급해 준 개인 수저는 거의 목이 잘려 있었다. 6.25 전쟁 때부터 사용해 온 미군들 수저였고 손잡이 길이가 길었다. 탄띠 수통에 다 꼽아 놓아야 했는데 수저 손잡이가 너무 튀어나와 훈련 중의 분실이 잦았다. 분실을 막기 위한 자구책으로 수저 목 부분을 잘라 내야만 했다. 그러니까 3년 동안 밥을 먹어야 하는 수저부터가 USA 중고품이었던 것이었다.

개인 군수품은 그렇다지만 힘든 훈련을 지탱하려면 창자는 채워야 했건만 식사량마저 형편이 없었다. 잡곡 섞인 밥을 반합에 퍼 주면서 3인분이라 했고 건빵 한 끼 식사도 비일비재했다. 한창 왕성한 시기의 젊은 청춘들은 그야말로 최악이었다. 특히 전방 보병 훈련부대 식당 배식은 초등학생마저 불평할 정도였다. 모든 보급품 지급은 인색했는데 북괴 도발 명분 훈련만큼은 물불을 가리지 않았다. 60~70년대 대한민국 육군 보병부대들의 자화상이었다. 70년대 중반부터 징집병 자원이 넘쳐 났다. 방위나 사회봉사 요원, 국가 기관 임시직 근무로 대처하기 시작했다. 그렇다 하여 육군 보병들 처우 개선만큼은 크게 달라지지 않았다.

대한민국 군대는 1946년 남조선 국방경비대 6천 명으로 창설되었다. 정부 수립 때는 5만 명, 1950년 한국전쟁 개전 시는 8만 명, 1952년 전쟁 중에는 25만 명 규모였다. 동족상잔의 피비린내 골육전을 끝내고서야 60만 명 대군이 된 것은 1954년이었다. 50년대 국방 예산은 국가 GDP의 40%였다. 1980년대 초반까지 30% 국가 예산을 먹어 치우던 군 조직은 대한민국에선 가장 막강한 힘을 가진 거대 집단이 되어 있었다. 국가 경제와 맞물린 군대는 점점 방대해지면서 징집병들 처우 개선에 눈을 돌렸다. 첫 번째가 복무 단축이었고 보급품 현대화에 박차를 가해 왔다. 정치권력 변화에 부침도 있었다. 진보, 보수 정권이 달랐지만, 국가 군대란 함부로 좌지우지할 수 없는 특수 집단이었다. 군이라는 특수성에 힘입어 방위 산업 육성의 초석이 되어 주었다. 민주화 물결 파고는 철벽만 같았던 군대 조직까지 스며들었다. 강권의 원산폭격은 쓰레기통에 처박혔고 보안이라는 무소불위 잠금장치는 핸드폰에 뚫렸다. 기합이라는 폭력은 얼차려로 순화되면서 그마저 불량품 취급을 받았다. 군기를 앞세웠던 전투 중대 중대장 목이 달랑거렸다. 거의 자유분방 군대로 변하여 복무마저 18개월로 축소되었다. 지난 세월이라지만 3년 가까운 군 복무에 온갖 풍상을 겪어야만 했던 꼰대들 눈에는, 상전벽해가 아닌 천지개벽 이상으로 다가왔을지도 모른다.

그러니 꼰대들 입아귀가 간지러울 수밖에 없었다. 다

같은 대한민국 징집병이면서 동생, 아들, 조카라지만, 이렇게 편한 군대 생활에 입 한번 놀린 게 무슨 '꼰대질'인가 하며 반문할 수는 있다. "나는 꼰대가 아니다." 하면서 급속히 변해만 가는 시대를 따라잡기는 너무나 벅차다. 그건 나태하거나 노력을 게을리해서가 아니었다. 시대 둔감이 빨라서였고 정신만큼은 50년 전보다 나았으면 더 나았지, 모자람이 없다. 그러니 꼰대질은 절대 아니며 오로지 국가 존망을 염려하는 마음이었고 젊은 놈들 앞날을 걱정하는 마음으로지, 결코 자랑이나 본받으라고 강요해 본 적이 있더냐. 훈계가 아닌 진심이니까 꼰대 타령이라며 귀를 닫지 않기를 바란다. 70년대 군대 경험자들의 일관된 함의였다. 지금껏 군기를 줄기차게 주장해 온 꼰대들 말을 대변해 본다.

"요새 젊은 놈들은 신세대라면서 너무 개인주의야. 상급자한테 몇 대 맞았다고 총질이나 해대고, 기합 좀 받았다고 자살하고, 관심병사 A, B, C급? 기가 막혀서 이게 군대야, 민방위야? 왜 이렇게 변해 버렸는지 알아? 빠따까지는 아니더라도 모름지기 군대는 군기가 최우선인데, 그 군기마저 억압이라며 기강이 무너져 버려 당나라 군대가 되어 가는 거야. 그래서 얼차려가 아닌 5파운드가 가끔 필요하다는 말이야. 옛날에 우리 때는 정말 잘 돌아갔거든. 너무 풀어 주니까 완전 개판이 돼 버린 거지. 이따위 상태에서 전쟁이 일어나 봐. 북한 새끼들은 어려서부터 군인 전쟁놀이에 군대 생활도 10년 넘도록 철저하게 군사 교육을 받아서 총도 잘 쏘는 데다 정신 상태가 꽉 잡혀 있지만, 우리 새끼들 정신 상태라면 북한 새끼들이 밀고 온다는 소문만 나돌면 감정 있는 놈부터 갈겨 버리고 도망갈 놈들이야. 앞날이 캄캄해. 이런 것들을 군인이라고 하니, 원 세상에. 북한 새끼들은 눈깔을 뻘겋게 뜨고 아가리만 벌리는데 두 다리 뻗고 잠이나 자겠어?"

45여 년 전 군 복무를 마친 꼰대들이 독백처럼 뱉어 내는 입방아였다. 입방아 내면에는 현재 군인들을 비하하려는 의도보단 앞날의 염려가 있었다. 그들의 염려에는 급속히 변해 버린 경제 성장의 덫이 함께해 왔었다.

한 나라가 지독했던 가난에서 벗어나 경제적으로 성장하면 그에 상응하게끔 환경과 의식도 함께 도약했어야만 했다. 대한민국 고도성장에는 엇갈린 명암(明暗)의 얼룩 자국이 많았다. 국권마저 침탈당했던 일제 강점기 해방 정국은 바람 잘 날이 없었다. 어설픈 좌우 진영 논리와 강대국들 개입으로 골육상쟁이라는 전쟁까지 치러야 했다. 삼천리금수강산이 반으로 쪼개졌고 강 대 강 군사 대치로만 이어져 왔다. 남과 북은 조국 수호라는 미명하에 징병제로 군대를 육성했다. 대한민국 군대는 일본 제국주의 만주 관동군 체계를 그대로 흡수할 수밖에 없는 상항이었다. 전쟁은 끝났다지만 전쟁 못지않은 가난도 도사리고 있었다. 가난에는 묘한 현상이 따라붙어 있었다. 굶주림에 헐벗은 나라마다 자식들을 많이 낳았다.

선진국 밀가루 원조를 받았던 가난한 나라에서 아이들 생산만큼은 선진국을 넘어섰다. 배고픈 나날이었지만 한 가정마다 4형제나 7남매 가정이 많았다. 밥그릇 앞에서 형제, 남매들이 다투면 가부장 권위로 질서를 잡아 나갔다. 형을 따라 마실 나간 동생들은 형의 친구도 형이라 불렀다. 형 친구 앞에서 잘못하면 싸대기에 꾸지람까지 들었지만 기분 나빠하지 않았다. 3대 가정에선 할아버지 말씀이 법이었고 모두 그 법을 준수했다. 큰형, 큰언니가 입었던 옷이나 교복 대물림은 당연지사로 여겼다. 이웃 어른 앞에서 인사를 하지 않으면 죄인 취급을 받아도 반발이 아닌 반성이 우선이었다. 어지간한 굶주림은 참을 수 있을 때까지는 참는 것이 인간의 도리라 여겼다.

60~70년대 군에 입대한 세대들은 거의 이런 사회생활

을 경험했고 그렇게 살아왔다. 70년대 초반까지 군 입대 과정은 거의 논산훈련소 직행이 아니었다. 반드시 거치는 곳이 있었는데 수용연대라 했다. 수용연대에서 훈련소 입소 선별을 거쳐야만 훈련병이 되었다. 수용연대는 대기시간에 기초적인 군사 지식 정도는 가르칠 만도 했는데 그렇게 하지 않았다. '장정'이라 호명해 가며 사역병이 되어 온갖 궂은일을 도맡았다. 군인 대접은 고사하고 사람 취급도 하지 않았다. 군 입대 기피자들의 은신처 역할도 함께했다. 수용연대의 2~14일 생활은 아비규환의 연속이었다. 수용연대를 거쳐야 하는 논산훈련소 일상은 곧바로 훈련에만 임했다. 훈련 시작 일성은 '멸공 통일', '북진 통일'에 '때려잡자, 김일성'이었다. 사격장 목표물은 북괴군 복장이 선명했고, 총검술 타이어까지 북괴군 복장과 함께 '무찌르자, 공산당'뿐이었다.

당시 논산훈련소 일정은 한마디로 무지의 극치였다. 군사 훈련의 가장 기본적인 총기 제원과 총에 대한 구체적인 교육에 앞서 '무찌르자, 때려잡자, 멸공'만을 항상 우선순위에 두었다. 그러고는 군기를 앞세워 체벌과 구타로 이어졌다. 억압과 체벌이 난무했어도 당시 논산훈련소 입소병들은 훈련소 체계와 유사한 가부장 사회생활을 지속해 온 이들이었다. 논산훈련소 입소부터 구타나 기합을 잘 견뎌 냈다. 신병교육대나 자대 생활 폭력에도 민감하게 여기지 않았다. 어쩌면 가부장 권위 일상들이 악순환 꼬리를 잘라 내지 못하는 원인일 수 있었다. 고참이 되기까지 졸병 때 이유 없이 억울하게 맞아야 했던 기억은 고스란히 저장해 두었다. 본인이 그랬기에 아무런 의식 없이 신병을 구타했고 군기를 당연지사로 여길 뿐이었다. 모가지가 자대로 편입되었을 때 똥구멍에 불붙은 제트기가 빠르다며 가해졌던 빠따 힘은 확실히 효과가 있었다. 굼뜬 동작 신병도 엉덩이나 뺨에서 불이 번뜩이면 동작이 눈에 띄게 달라졌다. 잘못된 세습이 전통 명찰이 되었던 것이었다. 빡세다는 훈련을 잘 견뎌 내는 고참들을 보면서 현실에 적응해야만 했다.

군대 시계는 거꾸로 매달아 놓아도 흘러간다고 했다. 사회 시간이라 하여 별반 다르지 않았다. 누구 말처럼 닭모가지를 비틀어 봐야 새벽은 열리고 있었다. 특별시에서부터 군사 독재 타도가 전국을 향해 흘러들었다. 사회, 경제, 정치가 진일보를 거듭해 나가면서 군대도 악습을 하나둘 도려내기 시작했다. 도려는 냈는데 허우대만 잘라 냈다. 뿌리가 너무 깊어 폭행만큼은 지속되어 허리 통증을 안고 살아가는 예비역이 많았다. 군대의 우여곡절과 달리 국가 경제는 지속적 고도성장을 거듭해 나갔다. 분단국 변방 국가에서 세계 올림픽과 월드컵 축구를 개최하여 만방의 동반자임을 부각해 나갔다. 세계 10위 가까운 무역국이 되어 배고픔이 없는 나라로 인식되기 시작했다.

사회 변혁으로 군대도 현대화에 보조를 함께 맞추는 듯했다. 군대 장비는 최신화가 되어 세계 5위 군사 강국 반열에 이르렀다. 외양과는 달리 반세기 넘도록 지속해 온 군대 병영 생활은 거의 제자리만 맴돌았다. 군대야 어떻든 세속 변화는 전광석화만 같았다. 서울 강남 아파트군은 활성화를 거듭하면서 가부장 틀을 박살 내는 것도 모자라 아예 옆에서 얼씬거리지 못하게 했다. '잘살아 보세' 구호가 '둘만 낳고 잘살아 보세'로 바뀌기 무섭게 핵가족이 나타나기 시작했다. 핵물질은 아니었는데 물질 만능주의 핵가족 시대는 냉엄했다. 이웃도 없었고 공생 사회를 비웃었다. 금수저와 흙수저라는 경계까지 구분해 놓았다.

오로지 자신과 직계 가족이었고 내 자식만큼은 절대로 남보다 우월해야만 했다. 자식도 둘 이상은 꺼리면서 무조건 최고 대학을 우선순위에 두었다. 서울 어디랄 것 없이 아파트군의 사교육 바람 광풍은 쓰나미 못지않았다.

초등학생 5학년이 미적분을 답습해야 하는 시대가 현실로 바뀌었다. 학생들 학교 수업마저 학부모들 개입이 노골화되어 교사들과 마찰을 빚어냈다. 60~70년대 학생과 선생을 상상한다면 격세지감이 아닌 교육계 만시지탄이었다. 위계질서가 거의 군대와 유사했던 학교는 폐품 처리되었다. 갈수록 태산 같은 현상이 학교에서부터 시작되었다. 50~60세대들은 배움터 스승님을 존중했고 군대 명령 불복종은 언감생심이었는데, MZ 세대들은 달랐다. 자신이 내세운 원칙만을 우선시했고 논리를 앞세웠다.

2005년대부터 아파트에서 둥지를 틀고 자라난 세대가 군대 징집 병사들이었다. 사회는 급속하게 변화를 거듭했는데 군대라는 집단은 30살 나이 선상에 멈춰 있었다. 신병들은 70~80년대 징집병들보다 키도 크면서 몸집도 좋았다. 당연했다. 의식주가 완전 달라져서였다. 허우대는 달라졌다지만 살아온 패턴이 극과 극으로 변해 버린 현실을 군대만 수긍하지 않았다. 신세대를 70년대 입소병들과 동일시하기에 여념이 없었다. 2010년 훈련병부터 모두가 고학력자였고 빠른 두뇌 회전을 갖춘 젊은이들이었다. 부모님의 아낌없는 성원을 받으면서 자라나 육체의 고통을 거의 체감하지 못했다. 다만 실전이 아닌 미디어

영상에서 전쟁의 고통과 병영 생활 단면만을 눈에 넣었을 뿐이었다. 신세대를 조직 사회에 동참시키려면 짜임새 있는 체계적 준비를 해 왔어야만 했다. 정석이었지만 군대는 철저히 외면했다. 사람을 죽이는 총만 먼저 내밀면서 훈련만을 앞세웠다. 국가 안보라는 외침만 토해 내면서 오로지 뛰고, 쏘고, 걷는 연습만 반복시켰다. 훈련병 시절이 그랬고 남은 군대 생활이 그랬다. 근 70년이 넘도록 뿌리내린 전통은 하루아침에 바뀌지 않았고 바뀌기도 어려웠다. 사전 준비를 게을리했던 것은 빠따를 처분했다는 안도감과 군기라는 보루(堡壘)의 버팀목이 있어서였다. 여하튼 군대는 완고했다. 특수 집단임을 전면에 내세우기만 다반사였다. 특수 집단이 대체 뭐란 말인가? 군대나 사회나 살아가는 방정식은 거의 유사할 수 있다. 본능적 먹고 살기 위함이며 강자에게 부당한 착취를 당하지 않기 위함이었다. 군대의 다른 점은 방어 개념에 앞서 상대를 죽여야 한다는 차이점일 뿐이었다. 상반된 실상을 보완해 가면서 매개체 역할을 해낼 수 있는 자원이 군대 안에 널려 있었다. 바로 장교 집단이었다. 그들 행동 여하에 따라 얼마든지 내무반 생활부터 개선해 나갈 수가 있었다.

또 한 번 언급하지만, 우리나라 군대 체계는 온전히 일제 강점기 만주 관동군 체계를 그대로 유지해 왔었다. 그 결과물인 장교와 사병의 엄격한 분리는 보병부대 암 덩어리와 같았다. 육군사관학교 임관 소위뿐만 아니라 3사관, ROTC 임관 소위도 부대 배치가 되면 특별 대우를 받았다. 장교 집단이었다. 그들은 병사들 내무반 생활과는 거의 단절되어 있었다. 부대마다 장교 거주 BOQ를 따로 두었다. 물론 식당도 달랐다. 군대 집단의 가장 큰 특징은 단결이었다. 너나없이 똘똘 뭉쳤을 때는 강군이 되지만 집단으로 분리되면 그게 오합지졸이 된다. 모가지는 3년 동안 연병장 훈련 총검술을 소대장과 함께해 본 적이 없었다. 내무반 불침번 때도 소대장이 내무반에서 소대원들과 같이 취침하는 장면은 단 한 번도 경험하지 못했다. 그러니까 금수저와 흙수저는 군대에서부터 구분되어 있었던 것이었다. 그러니 소대 내무반 생활이란 부모가 없는 집단생활과 같았다.

예나 지금이나 육군본부 장성들은 모두 소위 계급부터 군대 생활을 시작했다. 과연 그들이 말단 병사라는 소대 내무반 병영 생활을 눈곱만큼이나 알고 있는지 의문이다. 영외 거주 하사관들 역시 별반 다르지 않았다. 그들과 장교들은 하루 훈련 일정 8시간이 지나면 다른 세계 인간들이었다. 야외 훈련도 유사했다. 물론 중대마다 일직 담당

장교는 있었다. 그렇다 하여 특별할 건 없었다. 형식적인 취침 점호 이후엔 중대장실에서 나뒹굴었다. 각 소대에서 발생하는 고참들 폭행이나 난동을 그들은 모르쇠로 일관했을 뿐이었다. 군기 주입이라며? 바로 이런 체계가 대한민국 육군 보병의 지휘 계통 난맥상이었다. 일련의 일상들은 일본 제국주의 만주 관동군 체계 장교와 일반병들 생활을 그대로 답습해 놓은 결과물이었다.

잘못된 관습은 얼마든지 개선할 수 있었다. 모가지 자대 내무반에서 적나라하게 드러났던 내무반장, 고참의 횡포는 장교들 방관이 한몫을 거들었던 것이었다. 예방은 너무나 간단했다. 소대마다 책임자인 소대장이 소대원들과 같은 내무반을 사용했어야만 했다. 사관학교 임관 소위가 부임해 올 때까지 계속 이어졌다면 내무반 난동은 아예 없었을 것이라며 단언해 본다. 결론은 소대 내무반마다 아버지 같은 소대장이 없는 내무반이 70년 이상 이어져 왔고, 현재도 진행 중이라는 사실이다. 만약 지난날의 10중대 1소대 내무반 생활을 사관학교 출신 소위가 함께했었더라면, 박경진 같은 괴물이나 정용기 하사의 오줌 벼락은 아예 없었으리라 확신해 본다. 소대장은 BOQ 장교 숙소가 아닌 소대 내무반에서 병사들과 함께해야 했다. 어린 병사들의 형이 되어 주고 군대 필요성을 같이 논하면서 단합된 전통을 만들어 냈다면, 원산폭격, 줄빠따, 소대 내무반 불명예라는 전설 자체가 아예 없었을지도 모른다. 대한민국 육군 체계는 새롭게 재편함이 타당하리라 여겨 본다.

지난날의 무지했던 병영 생활은 개선에 개선을 거듭해 왔음은 주지의 사실이었다. 내무반 구타는 거의 사라졌고 선임병 기합도 가벼운 얼차려 정도여서 퍽 다행이라 여겼다. 많은 개선책을 내놓았다지만 가끔 죽음에 이르렀다는 병사 비보에 전역 선배들의 다양한 반응에는 온도 차가 있었다. 특수 집단의 어쩔 수 없는 일상이었다기보다는, 현시대 여건에 부합하도록 다양한 각도에서 다시는 참극이 재발하지 않아야 한다.

지나 버린 나날에 왈가왈부하기 이전에 70여 년 세월 동안 대한민국 군대는, 국토방위의 든든한 방패막이를 해낸 것만큼은 부정할 수 없다. 세계 5위 군사 강국 발돋움까지의 고진감래는 어쩔 수 없는 숙명이었다. 2025년 징집병 복무는 18개월이라 한다. 50~60세대 3년 복무에 비해선 절반이다. 그럼에도 그때나 지금이나 군대는 군대인 것이다. 군 복무 기간이 짧아졌다면 그에 맞는 현대전에 대비하면 되리라 여긴다. 덧붙여 당부하고 싶은 말이 있다. 지난날 선배 징집병들의 지난했던 시절을 진부한 말로만 여기지 않았으면 한다. 그 시절 젊음이나 현시대 젊음이나 가슴의 피는 다르지 않았다. 선배들 희생을 무겁게 받아들이라는 뜻은 아니다. 그들의 인내심과 고난이 오늘날 군대의 밑거름이 되었다는 사실만큼은 부정하지 않기를 바라서다. 그리고 우리 젊은 후배들의 군기나 국토방위 정신 무장이 해이해졌다고 여기지는 않는다. 오히려 옳고 그름의 판단에선 지난날 선배들보다 일취월장했음을 확인도 했다.

지난 12.3 대통령의 청천벽력 같은 비상계엄에 전 국민이 눈을 의심했고 전 세계가 경악했다. 육군 최정예 부대가 국회의사당 출입 통제에 창문을 깨고 난입하는 과정이 생중계되었다. 통수권자나 직속상관 명령을 따랐더라면 아수라장이 되어 대한민국 민주주의가 무너질 수도 있었지만, 군대 후배들은 함부로 행동하지 않았다. 후배들의 절제된 행동에 나는 감사했다. 만약 70년대 군대였다면 통수권자 명령에 불복하지 못했으리라 여겨서였다. 대통령 명령일지라도 후배 군인들 앞에는 대한민국 국민이 우선이었다. 민주공화국의 군인정신이란 바로 이런 행동이 내포되어 있었다. 이제 대한민국 군대는 크로노스가 아닌 카이로스 시간을 눈앞에 두었음을 믿어 의심치 않는다..

12
1식 3찬

1975년 가을이 다가왔다. 사단 비행장 미군 식당에서 훔쳐 낸 C-레이션들은 제대해 버린 내무반장 정용기 배창자와 함께 사라져 버렸다. 그들은 미군 부대 식당 털이를 무용담인 양 내뱉어 왔었다. 해가 바꿨다지만 노도부대 훈련은 날짜만 다를 뿐 쉬는 날이 없었다. 연병장 훈련부터 산악 구보, 소대, 중대, 대대 ATT, 유격, 연대 RCT, 혹한기 훈련은 1년 내내 지속되었다. 해도 해도 끝없는 훈련의 연속이었다. 그나마 내무반 구타와 기합은 많이 줄어들었다. 월남 병장 마길용과 김국철 외 많은 고참들의 제대 때문이었다. 악질 고참들이 전역했다 하여 내무반 구타가 완전 소멸이 된 건 아니었다. 취침 후 소각장 구타만큼은 완전히 사라진 데는 이유가 있었다. 모가지와 박노복, 이기창, 김창석도 상병 진급이 되어 고참 반열에 있어서였고, 네 명이 주동하여 소각장 구타만큼은 아예 단절시켜 버려서였다.

토요일 오후면 가끔 중대본부에서 대대 식당 사역병 차출을 해 왔었다. 대대 식당 사역 차출은 소대마다 엄격한 제한이 있었다. 상병 고참 대열에 끼지 못하면 식당 차출 사역은 언감생심이었다. 모가지는 상병 고참이 되어서야 식당 사역병으로 차출되었다. 타 부대에서 근무했던 고참 사병들은 말도 안 된다면서 헛소리로 여길 것이다. 대한민국 어느 부대를 막론하고 사역병은 졸병들 몫이었다. 그럼에도 32연대 3대대는 아니었다. 하루도 거르지 않는 연병장 훈련의 지겨움에 식당 사역은 언제나 고참들이 앞장섰다. 토요일 오후 식당 사역만큼은 더더욱 졸병들은 감히 넘볼 수 없는 성역만 같았다.

토요일 식당 사역이 엄격했던 건 라면 '수프' 때문이었다. 밥 배식이 항상 양에 차지 않았고 반찬은 김치나 깍두기, 멸치, 희멀건 국물 식사만 반복해 왔었다. 군대 말로 늘 짬밥이었다. 어느 날은 남아도는 도루묵 건더기를 더 달라는 상병에게 취사병이 국자를 휘둘러 이빨이 빠져나갔다. 3대대 배식은 제대하는 날까지 배가 고팠다. 토요일 오후 식당 사역 일과는 라면 봉지 까기였다. 일요일이면 점심에 배식해 주는 라면이 대략 700명분이었다. 일요일마다 한 시간 안에 700명분 라면을 배식하려면 토요일 오후에 미리 준비해 두어야 했다. 준비란 라면 포장을 먼저 뜯어내는 수순이었다. 라면 포장 해체 과정에서 고참 사역병들 주머니엔 항상 라면 수프가 빵빵했다. 빼돌린 수프는 소대 분대장들과 나누는 절차가 있었다. 걸림돌인 취사병들은 막걸리 한 말로 입을 막았다. 일요일 점심 라면은 수프 대신 소금과 간장으로 간을 조절했다. 종교 행사에 참석하여 점심을 늦게 먹어야 하는 병사마다 돼지죽이라며 불평을 토해 냈지만, 32연대 12개 중대의 보병들 점심 라면은 언제나 소금과 간장 라면이었다.

가을 화창한 일요일, 모가지는 고참 자격으로 대민 지원 사역에 자원할 수 있었다. 1대대 능선 너머의 도촌리 농부 볏단 갈무리 작업이었다. 일단 대민 지원에는 푸짐한 밥상에 사제담배 한 갑, 간식 막걸리를 마실 수 있어 선착순이 치열했다. 기대감에 부푼 모가지는 논바닥에 널려 있는 벼들을 볏단으로 묶었다. 단단히 별렀건만 평생 처음 해 보는 볏단 갈무리는 마음대로 되지 않았다. 낑낑거리면서 옆 사람을 따라 해 본들 볏단 모양새가 너무나 달랐다. 모가지 행동을 살피던 농부가 손놀림을 중지시켜 왔다. 왕고참 인솔병에게 모가지는 원대 복귀를 시키라 했다.

"야! 이 새끼야, 볏단도 여밀 줄 모르면서 따라왔어? 부대 망신시키려고 아주 작정했구나, 시벌놈이. 중대로 복귀하기 전에 인사계님한테 보고부터 해."

볏단은 몇 개 묶지 못했는데 까칠한 벼 이파리가 온몸에 파고들어 따갑기만 했다. 까칠해진 손등을 긁어 가면서 풀이 죽은 모가지는 인사계 집으로 향했다. 보고를 받은 인사계 장영달은 멋쩍은 표정을 지어 내면서 입을 쩝쩝거리면서 내뱉었다.

"야, 인마. 아무리 멍청해도 그렇지, 볏단 하나 제대로 못 묶냐? 이런 걸 사역병 합류에 승인한 내가 잘못이지. 허~유, 그렇다고 부대로 가 봐야 할 일도 없잖아. 차라리 잘됐다. 우리 집 칙간(화장실) 청소나 해 놓고 돌아가."

인사계는 군인 하이바로 만들어 놓은 수제 메이드인 똥 푸는 바가지를 모가지 앞으로 내밀었다. 재래식 똥간 냄새는 고약했다. 무거운 나무 발판을 옮기는데 군복 바지에 이물질이 달라붙어 버렸다. 바지에서 허벅지로 스며드는 똥 냄새에 기겁했는데 묘한 현상이었다. 코를 막아야 했던 악취가 점점 잦아들었다. 50여 미터 텃밭에다 뿌려야 했던 똥 청소는 한 시간이 지날 무렵 끝났다. 마무리를 깨끗하게 해 놓은 모가지는 부대로 복귀하여 바지부터 빨았다.

1976년이 다가왔다. 양구에 쌓인 눈들이 녹아내릴 무렵 대통령 각하의 지엄하신 명령이 각 부대로 하달되었다. 각하께서는 국방을 책임지고 있는 우리 젊은 군인들 배가 고프다는 현실에 눈물을 흘렸다고 했다. 반찬만큼은 한 가지로 하지 말고 1식에 3찬을 강조하셨다는 말이 각 부대 연병장을 뒤덮었다. 보병사단과 연대마다 국방부 장관 포고령이 내려왔다. 연대 휘하 보병 중대에선 영농병 차출이 시작되었다. 10중대도 어김없이 연병장에 집결했다. 열중쉬어 자세의 중대원을 향해 인사계는 대통령 각하의 눈물 대목을 말하며 눈시울이 붉어졌다. 1식 3찬을 버무려서 각하 명령의 타당성을 강조했다. 교육이 끝날 무렵 장영달 인사계가 1소대 모가지를 호명했다.

"옛! 상병 모가지."

단상 앞에서 관등성명을 끝내고 부동자세를 취하고 있는 모가지를 앞세워 놓은, 인사계가 목소리 톤을 높였다.

"모두 잘 들어라. 1소대 상병 모가지는 이 시간부터

10중대 영농병으로 임명되었다. 내일부터 10중대 영농병은 아침 점호 외에 그 어떤 훈련이나 취침 점호는 물론 모든 일정에서 열외다. 또한 영농 작업 필요시엔 중대원들 차출권도 부여한다. 중대한 사안이니까 이유 불문 협조가 1순위다. 알았나?"

10중대원들은 머리를 갸우뚱거리면서 눈알을 굴리면서 모가지를 주시했다. 1소대 선임하사인 중사 조태기와 내무반장 3분대 하사는 어이없다는 표정이었다. 1소대 선임하사와 내무반장은 모가지는 영농병 자격이 안 된다며 투덜거렸다. 1소대 1분대의 7번 BAR 사수는 모가지 조수였던 일병 이대근이 떠안았고, 상병 모가지는 중대본부 내무반으로 이동하게 되었다. 내무반장과 달리 동기생 박노복, 이기창은 지옥에서 빠져나갔다며 눈시울을 붉혔다. 김창석은 꼬질꼬질 접어서 숨겨 놓은 비상금으로 막걸리 파티를 열어 축하해 주었다.

육군의 1식 3찬은 박정희 대통령 군 현대화 프로젝트의 일환이었다. 이 시기의 국가 제정은 롤러코스터를 타고 있었다. 중화학공업 육성에 막 자리매김하려던 찰나에 검은 복병이 가로막았다. 검은 복병은 중동(中東) 지역 원유였다. 1974년 이스라엘과 아랍의 4차 중동 전쟁이 발발하여 대한민국 경제에 치명타를 가해 왔다. 비교적 저렴했던 원유 가격이 4배나 폭등해 버려 세계 경제가 혼란에 빠져들었다. 당시 한국 경제는 경공업에서 중화학공업으로 발돋움해 나가려는 걸음마 과정이었다. 정계, 학계가 똘똘 뭉쳐야 했건만 10월 유신이 또 다른 장애물이었다. 국가 경제 통솔력까지 장악해 버린 무소불위 10월 유신에 정계와 학계는 견원지간 관계에 놓여 있었다. 유능한 경제학자들은 세계 경제의 맥을 진단하면서 선뜻 나서지 못하는 암울한 시기와 맞물려 있었던 것이었다.

대외 여건은 불확실했고 국가 경제는 열악했다. 내일의 나라 경제가 유동적인지라 국가 예산 3분의 1을 먹어치우는 괴물 집단 군대도 상당한 압박을 받았다. 어쩔 수 없이 군대 예산 삭감이 발효되었고 군 스스로는 군원 삭감이라 했다. 국가 근간이 흔들리는데 2사단 노도부대가 악전고투 훈련을 해낸다고 하여 특별히 보급품 증원은 언감생심이었다. 절박한 국가 현실을 알 턱이 없었던 노도부대 병사들은 지독한 배고픔에 시달려야만 했다. 혹독한 훈련에 비해 입는 것, 먹는 것 자체가 너무나 부족했다. 색바랜 군복들은 바늘로 꿰맨 복장이 대부분이었다. 32연대 독수리 노도부대는 거지부대 표본이라는 말까지 나돌았다. 춘천역이나 용산역 TMO 헌병은 노도부대 마크 군인들은 거지라며 거들떠보지도 않았다.

3대대 장병들의 한결같은 말이 있었다. 짬밥이라도 배가 터지도록 한번 먹었으면 소원이 없겠다는 말들이었다. 훈련사단이나 국방부도 보병부대 배고픈 현실을 전혀 모르지는 않았다. 어쩔 수 없는 궁여지책에 1식 3찬 명령을 내렸던 것이었다. 그렇다 하여 부식 육류나 생선을 늘려주는 건 아니면서 중대별로 자급자족하라는 명뿐인지라, 실은 조삼모사 말잔치에 불과했다. 부대마다 자급자족을 제대로 하려면 1개 소대 정도는 농사에 참여해야 했는데 그마저도 아니었다. 책상머리 탁상공론일 뿐이었다.

군대야 어떻게 돌아가든지 말든지 중동 전쟁은 대한민국 경제 발전에 그야말로 양날의 검과 같았다. 1976년부터 본격적으로 진출한 중동 건설 취업은 대한민국 경제의 허파 역할을 해 주었다. 1977년 100억 불 수출 달성에서 65억 불에 가까운 달러가 중동 취업 달러였다. 세월에는 정거장이 없었다. 경제 발전을 이룩해 낸 대한민국 21세기는 지각 변동이 나타나기 시작했다. 배고픔에서 벗어나기 무섭게 비만이라는 단어가 미디어 꼭대기에서 춤을 췄다. 공영방송까지 단골 메뉴가 되면서 다이어트가 튀어

나와 동서남북 경계가 없었다. 비만도 발전하여 고도 비만이 출생했다. 다이어트도 고도가 붙어야 했는데 다이어트는 고도를 사양했다. 대안이라며 튀어나온 것이 1식 3찬이라는 건강 다이어트였다. 1식 3찬? 종당에는 책으로 출간되어 똥배 인간들의 이목을 집중시켰다. 종류까지 각양각색이었다. 현미밥에 저염 나물 3가지나 콩이 더해지면서 보약 밥상 대명사로 여겨지기 시작했다. 그렇다면 1976년 2사단 노도부대는 보약 밥상을 먹었던 군인들이었던가? 책을 쓰고 있는 지금이 2025년 가을 초입이다. 지나 버린 군대 일상을 돌이켜 보면서 현대를 살다 보니 참으로 가슴 저미는 축축함이 밀려들어 왔다. 어떡하든 하루 세 끼 밥은 먹어야 한다는 현실에 만감이 교차했다. 현실에 견주어 노도부대 3대대 연병장에 다이어트 교육장을 만든다면 대박이 터질 것 같았다. 망상이지만 가능성은 있어 보였다.

1976년 4월 초에 상병 모가지는 10중대 영농병이 되었다. 얼떨결에 영농병이 되었다지만 모가지는 농사에 대해선 농사의 '농' 자도 알지 못하는 문외한이었다. 어린 시절부터 서울 도심에서 자라나 불안감을 안고 전전긍긍했다. 3일 동안 중대 행정병들 뒤치다꺼리만 해냈다. 좌불안석이 되어 중대본부 한쪽에 앉아 인사계 장영달을 바라보고만 있었다. 인사계 역시 농사하곤 담쌓고 살아온 사람이었는데 다만 신념이 강한 군인이었다. 본인 색깔이 너무나 뚜렷했다. 군대 말로 대검 하나면 못 할 게 없다는 군인 정신이 투철했다. 인사계 장영달은 그 시대 산물인 무조건 하면 된다는 신봉자였다. 두 손을 무릎 사이에 끼고서 불안해하는 모가지를 중대 연병장으로 이끌었다. 담배 한 개비를 힘주어 빨다가 내뱉은 인사계는 모가지를 향해 진지한 표정으로 말해 왔다.

"모가지?"

"옛! 상병 모가지."

"내가 왜 너를 영농병으로 지목한 줄 아니? 그건 말이야. 너의 근면성 때문이었어. 너는 신병 때부터 남다른 데가 있었거든. 행군에서나 사격 훈련에서 잘못이 발생하면 다시는 그런 전철을 되풀이 안 하려는 인내력이 내 눈에 들어왔었고, 우리 집 화장실 청소 후에 똥통과 기구 정리 뒤처리를 확인한 후부터 나는 너한테 어떤 믿음을 가지게 된 거야. 이 녀석에겐 그 무엇을 맡겨도 될 것 같다는 그런 믿음 말이야. 알았나?"

모가지는 감격보다 무언의 압박 같은 게 짓눌러 오는

느낌이었다. 그만큼 농사엔 자신이 없었다. "옛, 상병 모가지."라며 답은 했지만, 자신 없는 표정을 드러내 보였다. 인사계는 모가지 면상을 훑어보면서 야릇한 미소를 지어 가며 재차 말해 왔다.

"인마, 무슨 뜻인지 감은 잡고 있어. 그럼에도 내 경험 하나 얘기해 줄게. 군대란 무엇 때문에 존재하는 줄 아니? 전쟁 때문에 존재한다고 여기고 있지만 반드시 그렇지 않아. 혹독한 병영 훈련에도 '참'이라는 진실이 가려져 있거든. 내가 월남 참전에서 느낀 건데 말이야. 죽을 각오를 하고 보니까 그때부터 세상이 확 달라지는 거야. 베트콩들과 교전해 나가면서 육박전을 앞에 두고 나는 이미 죽은 사람이었다며 입술을 깨무니까 무서움 같은 건 전혀 느껴지지 않더란 말이야. 그런데 평소에 안 뒤지려고 요리 피하고 저리 피하면서 발버둥 치던 놈들은 먼저 가 버리는 거야. 무슨 뜻이냐 하면 필사즉생(必死卽生) 필생즉사(必生卽死), 이순신 장군 훈유란 말이야. 그런 정신이면 세상에서 못 해낼 일이 없다는 뜻이야."

모가지도 백척간두 수진보(百尺竿頭 須進步) 시방세계 현전신(十方世界 現全身)은 대충 알고 있었다.

"옛! 상병 모가지. 마음의 각오부터 다지겠습니다."

"좋아, 이제 영농병이 해내야 할 사명이 무엇인지 알려주겠다. 중대 앞 개활지에 고추 농사를 지어야 하고 또 토끼를 사육해야 하거든? 내가 할 수 있는 지원은 다 해 줄 테니까 나머지는 네가 알아서 하란 말이야. 토끼장은 중대 뒤편 소각장 위에다 만들고, 고추는 중대 전면에 있는 포플러나무 사이와 차도 옆 공지 쓰레기장을 밭으로 개간하면 될 거고, 고추 모종은 중대 전면 야산에서 재배할 거니까 지금부터 준비를 철저히 하란 말이야."

인사계의 세부 지시를 받은 모가지는 즉시 양구읍으로 향했다. 평상시엔 대대 정문 나서기부터 양구읍까지 수시로 제재를 받았는데 영농병 명찰에는 헌병도 눈치만 살펴 왔다. 영농병 지위는 그야말로 상상을 뛰어넘었다. 모가지는 양구 묘목상에서 고추 농사 방법을 문의했고 서점에서 고추 영농 책부터 구매했다. 농사 경험이 많은 박노복과 김창석 자문을 참고삼아 만반의 준비를 갖춰 나갔다. 인사계는 연대본부에서 고추씨를 배당받아 모가지 앞으로 내밀었다. 약 150평 정도 양이라 했다. 고추씨를 받아든 모가지는 발아(發芽)에 착수했다. 먼저 고추씨를 미지근한 물에 혼합하여 군대 반합 안에다 넣었다. 중대본부 석유난로를 약하게 켜 놓고 주위에 반합을 놓아두었다. 섭

씨 25~30℃ 정도의 온도에 3~4일이면 발아된다고 했다.

    발아 준비를 마친 모가지는 중대에서 농사 유경험 병사들을 차출했다. 중대 전면 80m 능선 하단에 하우스 밭 개간을 명해 놓고, 1대대 너머 도촌리에 있다는 양계장을 찾아 나섰다. 리어카에 계분(닭똥)을 싣고 돌아왔다. 수송대 기름 드럼통을 구해 앞산으로 옮겨 놓고 반으로 갈랐다. 지지대를 만들어서 불을 지폈다. 갈라놓은 드럼통에선 계분 냄새가 지독했지만, 모가지는 개의치 않았다. 다음엔 중대 화장실 옆에 쌓아 놓은 퇴비 밑동을 파고들어 퇴비 층의 새카매진 흙을 하우스 개간 주위로 옮겨 왔다. 바싹 태워진 계분과 퇴비 흙을 혼합했다. 방충망을 이용하여 고운 입자를 추출해 냈다. 하우스 모종밭 하단에다 볏짚을 깔아서 태웠다. 타 버린 볏짚 위에 또다시 볏짚을 깔고 계분과 퇴비 층에서 걸러 낸 고운 흙을 듬뿍 쌓았다. 두 평이 약간 넘는 비닐하우스 작업을 이틀 만에 끝내 놓고 사역병들과 함께 흘러내리는 땀을 훔치고 있을 때였다. 인사계 장영달이 만족한 웃음을 자아내며 다가왔다.

    "야! 모가지?"

    "옛! 상병 모가지."

    부동자세 어깨를 툭 쳐 오면서 더욱 부드러워진 인사

계가 모가지에게 말해 왔다.

"인마, 부딪쳐 보니까 어때? 쉽지 않아?"

"예, 하지만 아직은 잘 모르겠습니다."

"허허허, 잘 모른다는 놈이 계분하고 퇴비를 혼합하냐. 아무튼 지금처럼만 해 나간다면 되는 거야. 걱정할 것 없어. 알았어?"

부동자세의 모가지를 보면서 만족한 표정의 인사계가 언덕 밑으로 눈을 돌렸다. 인사계 눈길이 닿는 곳에는 중대본부 행정병인 일등병 강운철이 바께쓰를 들고 있었다. 바께쓰 안에는 막걸리가 출렁거렸고 라면땅 봉지들이 보였다. 사역병들과 박노복, 모가지는 인사계 장영달에게 무한한 감사를 표했다.

다음 날은 중대 뒤편 초소로 올라가는 소각장 위에다 각진 면을 깎아 내면서 토끼 사육장을 만들어 나갔다. A4용지에 모가지가 그려 놓은 그림 도면에 따라 목수와 조경 경험자들이 동원되었다. 3일 동안 준비는 착오 없이 착착 진행되어 나갔다. 일련의 일들은 모가지가 일주일 전부터 구상해 가며 계획해 왔던 결과물이었다. 4일이 지났을 때 반합 안 고추씨들이 발아되기 시작했다. 눈을 틔운 고추씨를 준비해 놓은 하우스의 고운 흙에 뿌려 가며 덮어 두었다. 모가지는 하우스 주위를 둘러보고 토끼장도 둘러보았다. 토끼는 없었는데 많은 토끼가 사육장 안에서 평화롭게 놀고 있는 것만 같았다.

5월의 문이 열렸지만 양구의 아침저녁은 쌀쌀하기만 했다. 양구를 에워싼 추위는 완강하게 버텼다. 하우스 안에다 고추씨를 뿌려 놓은 지 이틀째였다. 하우스 문을 열어 본 모가지는 부풀어 오르는 심장을 억누르지 못했다. 곱게 덮여 있는 하우스 바닥의 보드라운 흙에서 파란 싹이 삐쭉삐쭉 올라오고 있어서였다. 모가지는 감격에 젖어 들어 온몸이 활화산만큼 달아올랐다. '아~ 드디어 해냈구나.' 하면서 신비한 자연현상에 눈물을 글썽였다. 난생처음 해 보는 농사에서 푸른 싹이 솟구침은 하나의 생명이 아닌 자신 영혼이 깃들어 있는 것만 같았다. 감격의 격랑을 주체하지 못한 모가지는 중대본부를 향해 뛰었다.

거친 숨을 몰아쉬면서 인사계 앞으로 다가섰다. 세상에서 가장 행복한 웃음을 머금은 얼굴로 인사계를 향해 토해 냈다.

"인사계님! 하우스 안에서 벌써 고추가 듬성듬성 튀어나오기 시작했습니다."

모가지의 감격 어린 큰 목소리에 인사계 옆에서 서류

를 정리하던 강운철 일병은 놀라는 눈초리였고, 인사계는 모가지 말이 채 끝나기 전에 의자에서 일어서고 있었다. 그는 모가지보다 더 좋아하면서 곧장 하우스 방향으로 뛰었다. 먼저 하우스에 도착한 인사계는 파릇파릇 솟아나는 싹들을 손가락을 펴 세어 가며 모가지를 껴안고 떠벌렸다.

"야! 모가지. 너는 지금부터 진짜 영농병이 된 거야, 인마. 맘먹고 하니까 안 되는 게 없잖아. 그래서 죽을 각오면 뭐든지 해낼 수 있다는 말이야. 내 말이 맞지?"

"옛! 상병 모가지."

"그래, 내 눈은 정확하지. 군대 생활 20년이 넘도록 내 판단이 틀려 본 적은 거의 없었으니까 말이야. 하하하! 정말 가슴이 뿌듯하구나."

"옛! 인사계님, 앞으로 모든 일에 최선을 다하여 인사계님 가르침에 보은하도록 더더욱 매진해 나가겠습니다."

모가지 아부 발언에 고무된 인사계 장영달 표정은 온 우주를 껴안은 것만 같았다. 계속 흐뭇한 표정을 짓고 있는 인사계 앞으로 중대본부 일병 강운철이 얼굴을 내밀어 왔다. 녀석은 환희에 젖어 있는 모가지와 인사계를 번갈아 보면서 묘한 표정을 지었다. 일순간 웃는 얼굴로 변해 가던 강운철이 차분하게 쏟아 낸 말이었다.

"모 상병님, 저 모종 흙에서 파릇파릇 치솟는 놈들은 퇴비 밑동에 숨어 있던 풀들 씨앗입니다. 고추씨는 발아시켜 땅에 뿌려 놓아도 싹이 트려면 빨라야 12일이 지난 다음에 올라오게 되어 있습니다."

강운철의 청천벽력 같은 말 앞에서 모가지는 쥐구멍을 살폈고, 활짝 피어났던 인사계 얼굴은 똥색으로 변해 나갔다. 모가지를 완전히 움츠린 모가지와 얼굴이 점점 흑색으로 변해 가는 인사계는, 아무런 반박을 하지 못한 채 눈알만 굴려야 했다. 중대본부 강운철 일등병은 강원대학교를 졸업했는데, 홍천에서 고추 농사를 가장 많이 재배해 온 집안 아들이었다. 그는 고추 작물 재배에 일가견이 있었다. 그런 그가 한마디 덧붙여 왔다.

"모 상병님, 쑥스러워하지 마시고요. 농사란 자연 여건의 순리를 먼저 아셔야 한답니다. 특히 고추 농사는 쉬운 것 같지만 어려움이 많이 도출되어 애를 태울 때가 있거든요. 이놈들은 잘 자라면서도 열매를 많이 가지려는 욕심이 많아서 서리가 내리는 순간까지 꽃을 피우려고 발버둥 치는 멍청한 면이 있지만, 자신들 뿌리는 깊게 내리지 못하는 어정쩡한 면도 있는 놈들입니다. 그럼에도 땅은 거짓말은 안 합니다. 이놈들하고 마음을 터놓고 상의해 가며 협조만 잘 얻어 낸다면 탈 없는 좋은 결말이 있을 테니까 앞서 걱정하지 않아도 될 겁니다."

일병 강운철의 조언에 인사계는 고개를 돌려 놓고서 연신 담배 연기만 내뿜었다. 모가지 역시 고개조차 반듯이 들지를 못했다. 모가지는 강운철 말을 가슴 깊이 새겨 담고 있었다.

13

엉터리 영농병

　중대 연병장 앞 도로 너머의 울창한 포플러나무 사이 공지에는, 잡다한 쓰레기와 11, 12중대, 대대본부, 심지어 사단 수색 중대 페치카 갈탄 재가 잔뜩 쌓여있었다. 2개소대 병력이 집결하여 삽과 곡괭이를 쥐고 구슬땀을 쏟아 냈다. 쓰레기 폐타이어는 소각장으로 옮겼고 둔덕이 높은 곳은 깎아 내느라 바빴다. 10중대 고추밭을 일궈 내는 작업이었다. 150여 평을 만들어 내는 데 1주일이나 걸렸다. 모가지는 잘 정돈된 밭을 바라보는 것만으로 마음이 흡족했다. 밭 정리가 끝난 다음 사역병을 지원받아 화장실 인분을 퍼 날라 개간한 밭을 뒤덮었다. 연대본부에선 토끼 두 마리를 보내왔다. 걸음마를 겨우 넘긴 새끼 토끼는 중대본부 내무반에서 길러야 했다. 토끼는 습기나

더위에 취약한 동물이었다. 초식동물로 여겨 풀만 주면 된다고 생각했는데 세심하게 살펴야 했다.

날씨는 점점 화창하여 중대 훈련은 차츰차츰 바빠졌다. 중대 고참들은 모가지에게 사역병 차출을 해 달라며 아부해 왔다. 영농 사역병으로 차출되면 힘든 훈련에서 벗어날 수 있어서였다. 모가지는 영농병이 되고부터 너무나 많은 특혜가 부담스럽기까지 했다. 32연대는 외출 통제가 엄격했다. 대대 주위마다 민가들과 뒤섞여 젊은 군인 상대로 호객하는 술집들 때문이었다. 연대나 사단 장기 하사들이 수시로 민간 지역을 순찰하고 다녔다. 부대 이탈 적발에 걸리면 엄한 처벌을 받았다. 적발 건수가 많으면 외출을 더욱 통제했는데 전혀 개의치 않는 병들이 있었다. 중대마다 지명된 영농병들이었다. 영농병들은 슬리퍼를 질질 끌고 군모를 삐딱하게 쓰고서 자전거로 민간 지역을 드나들었다.

영농작법을 숙지하기 위함이라는 말에 규율 단속관들은 약간의 주의만 주었을 뿐 체벌하곤 거리가 멀었다. 12개 중대의 인사계들 보호막이 그만큼 완강해서였다. 중대마다 중대원들은 영농병을 부러워하면서 가까이 다가가기를 원해 왔다. 영농병은 항상 훈련 열외자였고 외출은 자유로웠다. 모가지는 영농병이 되어 있는 현실이 가슴에 와닿지 않았다. 불과 두세 달 전만 하더라도 양구읍 외출은 언감생심에 대대를 벗어나려면 까다로운 대대본부 절차를 거쳐야만 했다. 지금껏 한 번도 해 본 적이 없었던 농사를 짓는 것에 대한 두려움보다는 신기했다. 연병장 훈련을 받는 동료들을 먼발치에서 바라볼 때면 현역 군인인지 휴가병인지 헷갈렸다. 모가지는 10중대원 160여 명 중에서 유일하게 훈련을 받지 않는 군인이었다.

중대 앞 능선 하단에 자리 잡은 하우스 안에선 고추씨를 밀어 올린 고추 모종들이 두 잎을 벌리기 시작했다. 무럭무럭 자라는 푸른 생명들은 25년 삶에서 한 번도 느껴 보지 못했던 뿌듯함을 안겨 줬다. 푸른 생명체에 몰입하다 보면 물아일체 경지에 도달한 듯 속삭임을 주고받았다. 고추 모종과 혼연일체로 빠져들었을 때 12중대 영농병이 불쑥 얼굴을 내밀었다. 그는 하사 계급이었음에도 농사 경험이 풍부했다. 그랬던 그의 하우스에서 잘 자라던 모종 고추가 느닷없는 잘록병에 모조리 고사해 버렸다는 하소연을 해 왔다. 모가지가 길러 놓은 모종을 바라본 12중대 영농 하사는 칭찬 일색이었다. 현재 자라고 있는 모가지의 모종 고추는 본인이 지금껏 봐 왔던 어떤 고추보다 상태가 양호하다고 했다. 그는 모가지에게 옮겨 심을 고추밭이 몇 평이냐고 물어 왔다. 약 150평 정도라는 모가지 답변에 12중대 영농 하사는 얼굴이 밝아졌다. 이 정도 모종이면 300평도 충분하니까 3분의 1 정도만 줄 수 없느냐며 미소를 얹어 놓았다. 모가지는 흔쾌히 승낙했다.

10중대장 황병선 대위가 소령으로 진급되어 사단 작전참모로 발탁되었다. 10중대장 후임은 3사관 출신 이문순 대위라 했다. 아낌없는 지원자였던 황병선 중대장과 달리 이문순은 고추 농사에 시큰둥하면서 별 관심이 없어 보였다. 처음 모가지와 대면한 그의 일성이었다.

"모가지, 군인은 훈련에 집중해야지. 고추가 실탄이냐? 그렇지만 나는 꽉 막힌 인간은 아니야. 우리 집안은 리버럴하거든."

이문순 대위는 중대원들을 앞세운 취임사 상견례를 치르는 내내 군인 정신만 백 번 이상 강조했다. 본인 철학은 혹독한 훈련만이 강군이 된다는 요지였다. 모가지는 영농 사역병을 차출할 때마다 새로운 중대장의 눈총을 받았다. 다리를 다쳤거나 위장병 환자 같은 사역병으로만 차출하라 했다. 훈련에는 열외가 없다 하여 인사계 장영달과 틈이 생겨나기 시작했다.

중대 ATT 훈련이 시작될 무렵 하우스 고추 모종을 옮겨야 하는 가식 절차 시기와 맞물렸다. 소나무와 산 갈대가 지천인 중대 건너편 모종 하우스 부근에, 5평 정도의 하우스 작업을 하게 되어 사역병이 절실했다. 이문순은 제대 한 주를 남겨 놓은 3소대 말년 상병과 발톱이 찢어진 이등병 한 명만 허용해 주었다. 인사계의 거센 항의마저 먹혀들지 않았다. 중대 전원을 이끌고 중대 ATT 훈련을 앞세워 양구 선착장 부근 석현리로 출동해 버렸다. 모가지는 눈앞이 캄캄했다.

어쩔 수 없었다. 중대 모든 권한을 좌지우지하는 당사자이기 때문이었다. 쩔뚝이는 졸병 한 명과 외려 받들어야 할 왕고참을 모시고 해내는 작업은 너무 답답했다. 나무뿌리 뽑아내기, 돌 고르기 등의 작업은 만만치가 않았다. 작업 2일 만에 땅을 고르고 겨우겨우 비닐을 쳐 가며 고추 모종 가식장을 간신히 만들어 냈다. 중대 ATT 야외 훈련은 계속되었다. 5평 정도의 하우스 안에다 10cm 간격으로 모종 가식 작업은 끝냈는데 한숨이 저절로 나왔다. 어떠한 지원도 단절되어 퇴비 거름이나 비료 한 포대도 사용할 수 없어서였다. 훈련장 배식 차를 타고 중대로 돌아온 인사계에게 고추 모종 가식을 보고하고서 중대 뒤편 토끼 사육장으로 향했다. 두 마리 토끼는 잘 자라고 있었다. 토끼 건강 상태를 살폈다. 토끼는 귓속, 눈, 항문이 깨끗하고 콧물이 흐르지 않으면 이상이 없었다.

일주일 야외 훈련이 끝나 중대 병력이 복귀했다. 7명을 차출하여 중대 고추밭 뒤집기 작업을 시작했다. 자체에 40cm 간격 밭이랑을 달걀 모양 형태로 두툼하게 만들어 놓을 작정이었다. 사역병이 몇 명 더 필요해서 인사계와 중대장이 언성을 높여 가며 겨우겨우 보충했다. 3개 중대에서 내다 버린 페치카 갈탄 재가 너무 많아서였다(후일에야 알았다. 많은 갈탄 재가 고추 농사 원동력이 되었음을). 고추밭 뒤집기 작업을 끝내 놓고 노지(露地) 고추 재배법을 인사계와 상의했으나 영농 자금은 단 한 푼이 없었다. 중대마다 영농병을 차출하여 고추 농사와 토끼 사육을 장려해 놓고 비료는 물론 토끼 주사약도 지원해 주지 않았다. 군대 용어로 맨땅의 헤딩이었다.

밭고랑 제초제 지원마저 없어 모가지는 인사계한테 매달릴 수밖에 없었다. 초보 농사꾼이었지만 영농법 책에 명시해 놓은 멀칭 재배 사례 때문이었다. 멀칭 농사는 작농의 효율적인 장점이 많았다. 밭이랑에 검정 비닐을 덮어 놓아 가뭄과 장마에 큰 영향을 받지 않을뿐더러 제초 방지까지 안성맞춤이라는 설명이 세세히 적혀 있었다. 이런 결론에 이른 데는 양구에서 구매한 영농 책과 고추 농사 유경험자인 중대 행정병 강운철 조언의 결과물이었다. 모가지 나름의 최선을 다했지만 여기까지였다. 중대장 이문순은 토끼 사육이나 고추 농사엔 단 1원의 지원도 없다 했고, 영농 차출 인원 허용 한도만 약간 넓혀 주었다. 결국 고추 재배는 그냥 생긴 대로 노지 경작을 해낼 수밖에 없었다.

앞산 산허리 아래 5평 정도의 하우스로 가식해 놓은 모종들이 건강하게 뿌리를 내리기를 기다리던 모가지는 초조해지기 시작했다. 씨앗 파종 하우스에선 쑥쑥 잘 자라 주었던 녀석들이 점점 이상한 상태로 변해 나가서였다. 가식 하우스에 이동해 놓은 다음부터 뿌리를 내리지 못하고 점점 쪼그라들었다. 도무지 성장해 줄 기미가 보이지 않았다. 모가지는 하루하루 지나면서 냉가슴을 앓고 있었다. 녀석들이 빨리 성장해 줘야만 잘 가꾸어 놓은 밭으로 옮길 수 있었는데, 그렇게나 파릇파릇했던 이파리마저 시들시들해져만 갔다. 미치고 환장할 노릇이었다. 그뿐만이 아니었다. 새파랗다 못해 전봇대만큼 꼿꼿했던 모종들 허리마저, 몽둥이로 두들겨 맞은 것만큼이나 멍이 들어 진한 밤색을 드러내기 시작했다. 입맛까지 달아나 버린 모가지는 유경험자인 박노복, 김창석을 PX로 모셔 왔다. 막걸리를 따르면서 자문해 봤다.

"선배(김찬석), 고추에 대해 뭐 좀 물어볼 게 있어."

막걸리를 마시던 김창석은 입가에 흘러내리는 막걸리를 훔치면서 웃는 얼굴로 답해 왔다.

"뭘 물어볼 건데?"

"고추 모종 가식에 대해선데."

모가지 질문이 끝나기 전에 상병 김창석은 아무렇지 않게 입을 내밀었다.

"히히히, 엉터리 영농병이 지금껏 너무 잘한다고 여겼는데 이제야 본색을 드러내는구나. 속이 많이 타지? 네가 뭘 알고 싶은지 말해 줄까?"

20여 일 앞선 고참이었던 김창석은 모가지 가슴을 훤하게 꿰뚫고 있었다.

"가지야, 땅도 먹을 걸 줘야만 힘을 써 가면서 숨도 쉬는 거야. 무슨 말이냐 하면 네가 처음 개간한 하우스에는 계분을 태우고 짚 불사르고 썩은 퇴비를 깔고 하니까 고추들이 잘 자라 줬지만 가식해 놓은 하우스엔 그냥 흙만

골라 놓고 아무것도 주지 않았잖아. 그러니까 당연한 결과지."

"하~ 참, 여태껏 잘 자라던 놈들 부드러운 흙집에다 옮겨 주면서 한 열흘 뿌리 좀 잡아 달라는데 거기에다 뇌물까지 써야 한단 말이야?"

"모가지, 너 영리한 줄 알았는데 오늘 보니까 영 아니네. 작년 대대 ATT 때 말이야. 한계령 하늘벽 뒤에서 하루 종일 굶고 난 다음 아침에 눈을 떠 보니까 어떻든? 다리가 후들거리면서 야전삽 들 힘도 없었잖아."

옆에 있던 박노복이 답답한 심사를 피력해 왔다. 김칭석이 안타까운 얼굴로 재차 말했다.

"가지야, 소나무 뿌리, 산 갈대들 뿌리 걷어 내고 그 자리에 아무것도 주지 않고 고추 모종을 박아 놓으면 잘 자라겠니? 토양 비료 정도는 주었어야만 했어,"

"휴~ 그럼 이제 와서 어떡하면 될까?"

"시벌놈들이 농사지으라고 해 놓고 비료 한 포대도 안 주는데 어떡하겠니. 도리가 없지만 그나마 방책이라면 사람 오줌에는 요소분이 섞여 있으니까 내일 당장 오줌이라도 퍼다 줘 봐. 그래야만 땅도 힘을 쓴다는 말이야."

김창석의 설명을 듣고서 얼굴빛이 환해진 모가지는 십

년 묵은 체증이 내려가는 느낌이었다. 다음 날 날이 밝기 무섭게 중대 화장실 오줌을 식용유 통으로 퍼 날랐다. 가식해 놓은 고추마다 잔뜩 부어 주었다. 지린내가 진동하는 하우스 안에서 코를 막아 가며 속내를 털어놓았다.

"고추들아, 그동안 정말 미안했다. 늦었지만 오줌이라도 듬뿍 줬으니까, 이 시간 이후부턴 걱정 없이 무럭무럭 잘 자라만 다오. 이렇게 빌어 본다."

두 손을 합장해 놓고 중대본부로 향하는 모가지의 발걸음은 한결 가벼웠다. 다음 날 해가 뜨기 전에 가식 하우스 문부터 열어 본 모가지는 현기증이 솟구치면서 까무러칠 지경이었다. 오줌을 잔뜩 머금은 가식 고추마다 이파리가 말라 버렸고, 줄기들은 흐물거리면서 진물만 흘러내렸다. 모든 고추 모종이 고사 일보 직전이었다. 넋이 빠져 버린 모가지는 고추 모종을 뽑아 보았다. 가녀린 뿌리마다 이슬 같은 망울이 서려 있었고 비틀려 가고만 있었다. 망연자실해 버린 눈에 보이는 모든 사물이 노란 살굿빛으로만 변해 갔다. 건너편 중대 막사까지 희미해지면서 가물가물했다. 심장이 터질 것처럼 부풀면서 하늘이 무너져 내릴 것만 같았다.

안절부절못하면서 흘러내리는 눈물, 콧물을 닦아 가며

중대본부를 향해 비틀비틀 걸을 때였다. 인사계 장영달이 빠른 걸음으로 다가오고 있었다. 아이고, 벌써 들통이 나 버렸다며 죽을 각오로 이빨을 깨물었는데 대갈일성부터 쏟아져 나왔다.

"야!! 가지야, 어젯밤 각 소대 초소 근무자 새끼들 명단부터 찾아와. 어떤 개자식이 토끼들한테 이슬 잔뜩 내려앉은 씀바귀를 처먹여 놓아 토끼들이 설사를 쏟아 내면서 다리를 질질 끌고만 다닌단 말이야."

엎친 데 덮친다는 격을 떠나 모가지는 인사계 앞에서 어지럼증에 그대로 양 무릎을 꿇고야 말았다. 기어코 하늘이 무너져 버린 것만 같아 고개를 푹 숙였다. 푹 숙인 턱을 치켜올린 인사계는 어이없다는 표정을 드러내면서 특유의 큰 언성을 쏟아 냈다.

"이게 미쳤나? 야, 이 새끼야! 군대 고참이 되어 가지고 고까짓 토끼 새끼 두 마리가 뒈져 간다고 생지랄이야. 빨리 일어서지 못해?"

인사계 강압에 겨우겨우 일어선 모가지는 후들거리는 부동자세를 취했지만 입을 꾹 다물었다. 고개를 갸우뚱거리던 인사계는 모가지 면상을 한참 훑어보면서 말했다.

"야, 인마. 집에 초상이라도 났어? 상판이 왜 이 모양이야? 말해 봐, 인마! 누가 죽었냐고?"

인사계의 불같은 다그침 앞에서 모가지는 도저히 입을 열 자신이 없었다.

"아니, 이 시발새끼가 갑자기 중풍이 도졌나. 아구딱 깨물고 말도 못 하네. 입 벌려 봐, 인마! 진짜로 서울 집에 있는 느그 엄마가 돌아가셨어?"

인사계 장영달의 화포 같은 성화에 모가지는 간신히 모깃소리 대답으로 말했다.

"저, 저, 저, 인사계님… 고, 고추가…."

"니미, 갈수록 태산이라더니 이게 왜 이 모양이 되어 버린 거야? 인마! 고추라면 니 자지가 잘못됐다는 거냐?"

"아, 아닙니다. 저, 저, 하우스…."

모가지는 간신히 고추 가식 하우스로 손가락을 겨냥했다. 재빠른 몸놀림으로 하우스 문을 열어 본 인사계는 한동안 장승처럼 굳어져 있었다.

"아이고, 지린내야. 어떤 날벼락 맞을 놈이 고추에다 이런 짓을 한 거야? 모가지!! 대체 어떤 새끼야? 당장 총으로 쏴 죽여 버릴 테니까 빨리 말해! 아예 저승에도 갈 수 없게 불알부터 갈겨 버릴 거야. 어떤 놈인지 당장 말하지 못해?"

모가지는 차라리 총으로 쏴 주었으면 했다. 각 중대 영농 사업은 그만큼 중차대한 사안이었고 대통령 입김이 꼬랑지에 달라붙어 있었다. 게거품에 입언저리가 하얘진 인사계 눈빛은 당장 살인이라도 저지를 것만 같았다. 이젠 죽음뿐이라 여긴 모가지는 자포자기 심정이 되어 간신히 말을 내뱉었다.

"저, 저, 시, 실은 제가…."

"뭐, 뭐, 뭣이라? 니, 니놈이 그랬다고? 이 새끼가 명줄이 너무 길어 잘라 달라는 거야, 뭐야?"

입을 벌려 가며 허탈해하는 인사계 표정에 더욱 이를 깨무는 순간이었다. 그의 군화가 허공을 가르면서 복부를 가격해 왔다. 모가지는 1m 너머의 둔치에서 나뒹굴었다.

"너, 너 말이야. 하우스 고추를 살려 놓던가 아니면 중대 화장실 오줌을 더 퍼다 먹고 같이 뒈지든가 알아서 해."

화가 머리끝까지 치밀어 버린 인사계는 가슴을 안고 넘어져 있는 모가지를 향해 폭언을 쏟아내 놓고, 씩씩거리면서 중대본부를 향해 발길을 옮겼다. 땅바닥에 주저앉은 모가지는 할 말이 없었다. 아니, 총을 겨눴다면 기꺼이 가슴을 내밀면서 쏴 달라고 애걸하고 싶었다.

대한민국 육군 창설 이후 최초로 실행했던 대통령 1식 3찬은, 각 사단, 연대, 대대, 중대들 명예가 걸려 있는 사안이었다. 그런데 어제까지 잘 해냈건만 일순간의 실수로 너무나 큰 대형 사고가 발생해 버린 것이었다. 사실 10중대는 농사 경험 유경험자가 많았음에도 인사계는 모가지를 선택해 주었다. 물론 그의 확고한 지론이었지만 모가지에게는 백골난망이나 다를 바 없었다. 힘든 훈련에서 벗어나게 해 주었고 잘 해내기를 진심으로 바라 왔는데 하루아침에 공든 탑이 무너져 버린 결과를 자초해 버렸던 것이었다. 엊그제 김창석의 오줌 요소라는 말은 10cm로 가식해 놓은 고추 모종 사이마다 한 스푼 정도의 오줌을 의미했다. 그랬는데 엉터리를 떠나 가식 하우스 개간에서부터 압박을 받아 온 모가지는 너무나 조급증에만 매달려 있었다. 참혹한 결과에 모가지는 한동안 무릎 사이에다 머리만 처박을 뿐이었다.

  그렇다 하여 계속 머리만 처박을 수는 없었다. 어떡하든 현실 타계가 급선무였다. 지나쳐 버린 잘못을 복기해 본들 죽어 버린 모종이 살아나지는 않았다. 몽롱한 상태에서 깨어나 비틀거리는 걸음걸이로 중대본부 앞으로 향했다. 중대본부 앞에 세워 둔 자전거에 올라탔다. 페달을 밟아 가며 영구읍으로 달리면서 한 가지 방법에만 몰두했다. 모가지는 연대 내에서 가장 많은 휴가를 다녀온 전력이 있었다. 집은 노원 마들 평야와 맞닿아 있었는데 휴가 때마다 논두렁 평야가 변천에 변천을 거듭했다. 논들이 파헤쳐지면서 쓰레기가 쌓였고 하우스로 변해 나갔다. 어머니는 하우스 작물밭 일당 일을 다녔다. 우후죽순 생겨난 하우스에는 고추 모종을 제재해 온 하우스가 있었다.

일련의 변화에 참여해 온 어머니는 고추 모종 하우스들을 잘 알고 계셨다. 그럼에도 집은 가난했고 언제나 돈 부족에 시달렸다. 어린 동생들 교육비마저 납부할 수 없어 남동생은 학업도 포기한 상태였다. 암담한 현실에서 고추 모종값이 얼마인지 몰랐고 또 몇 포기를 구매해야 할지 어림잡지 못했다. 집은 가난했으나 모가지는 한 집안의 장남이었다. 어쩌면 해결책이 될 수도 있었다. 집안 큰아들이 고추로 인해 군대 영창살이를 한다면, 현재 살고 있는 철거민촌 집을 팔아서라도 영창만큼은 막아 줄만했다. 여기까지 생각한 모가지는 양구 우체국으로 향했다. 우체국 안에서 두리번거리던 모가지는 전보 팻말 앞으로 다가섰다. 전보를 담당해 온 아가씨가 퉁명스럽게 말해 왔다.

"전보 치려고 왔습니까?"

"예, 집에다 급하게 보내야 할 말이 있어서요."

전보 담당 아가씨는 힐끗 쳐다보다가 "여기 주소란에 주소 적고요. 필요한 액수를 정확하게 기재해 주세요."라면서 한심스럽다는 표정이었다. 많은 군인이 집에다 돈을 보내 달라는 전보를 보낸 것만 같았다. 전보 양식을 받아 든 모가지는 서울특별시 성북구를 쓰다가 지웠다. 새로운 주소가 도봉구로 바뀌어서였다. 주소를 고친 모가지는 전보에 "어머님, 불효자식 가지입니다. 고추 모종 만 포기만 부대로 보내 주십시오. 빨리 보내지 않으면 큰아들 죽씀."의 내용에 급보라 써서 아가씨 앞에 내밀었다. 전보 담당 아가씨는 의아한 눈으로 모가지를 쳐다보면서 반문해 왔다.

"모 상병님, 전보 끝에다 '죽씀'을 안 쓰면 안 되나요?"

"더 격한 단어가 떠오르지 않아 그러니까 그냥 급보로 처리해 주세요."

언어의 본질은 마음과 마음의 창구였지만, 청상이 되어 3남매를 키워 내신 어머니는 강심장 여장부라서 전보 효과는 미지수에 그칠 수도 있었다.

14
군대는 과정보다 결과에만 주목했다

 모가지는 우체국을 나와 자진거에 올라탔다. 부대로 돌아가는 두 어깨를 짓눌러 오는 무게감에 연신 한숨을 토해 냈다. 기진맥진한 모가지는 점심도 거른 채 중대 뒷산 토끼 사육장으로 가 보았다. 평상시에도 빨갛던 큰 눈의 토끼들이 더욱 충혈된 눈이 되어 뒷다리를 완전히 늘어뜨린 채 마지막 숨을 헐떡이고 있었다. 모가지는 자신도 모르게 두 마리 토끼를 안았다. 하늘은 청명했는데 눈에서 흘러내리는 눈물은 주체할 수가 없었다. 중대본부 행정병 강운철이 모가지를 불렀다.

 "모 상병님, 어디 다녀왔어요? 오전부터 인사계님이 계속 찾고 있었는데요."

장영달 인사계는 모가지를 이끌고 가식 모종 하우스 앞으로 다가갔다. 담배를 내밀어 놓고 강제로 피우게 만든 그가 말해 왔다.

"몇 시간 만에 쌍판이 많이도 상했구나. 대체 어디를 다녀온 거야?"

"양구 읍내를 다녀왔습니다."

"양구 읍내는 뭐 하려고?"

"네, 집에다 전보를 보내고 왔습니다."

"무슨 전본데?"

모가지는 전보 내용 쪽지를 인사계 앞으로 내밀어 놓고 말했다.

"인사계님, 진심으로 면목이 없습니다. 저한테 잘해 주시려는 뜻을 잘 알고 있었습니다. 저 역시 더 잘하려고 하다가 과욕이 앞서 처참한 현실을 만들어 버렸습니다. 인사계님께 다소나마 보은은 못 하고서 너무나 큰 잘못을 저지르고 말았습니다. 하지만 상계동에서 어떻게 하든지 고추 모종을 가지고 오면 원상 복구해 놓고 토끼는 더 좋은 종자로 사 놓을 겁니다. 사정상 시간은 걸리겠지만 너그럽게 용서해 주십시오. 정말 죄송합니다."

모가지 변명을 들어가면서 픽픽 웃음을 쏟아 낸 인사

계는 담배 한 개비를 꺼내 들었다. 담배를 입에 물고 깊게 빨아들이면서 토해 낸 말이었다.

"멍청한 놈, 내가 너에게 뭐라고 가르치더냐? 군인은 한 번의 실패를 두려워해선 안 된다고 했었지. 병가지상사라는 말도 못 들었냐? 한 번 잘못한 것은 고쳐서 더 잘하면 되는 거야. 그리고 답답한 놈아, 고추 모종 만 포기를 상계동에서 여기까지 가져온다고? 상계동이 코앞이냐? 이곳에서 춘천만 해도 거의 5시간이 걸린다는 걸 몰라?"

"하, 하지만 인사계님, 딱히 그 방법 말고는…."

"가지야, 생각이 왜 그렇게 짧냐? 군인이린 말이야. 군대에서 발생한 일은 그 바운더리 안에서 해결하는 거야. 집에 있는 가족들에게 알리는 소식은 기쁜 소식만 알리는 게 진짜 군인이란 말이야. 잘 알아들었어?"

"옛! 잘 새기겠습니다. 상병 모가지."

"좋아, 가까이 와 봐."

인사계는 주머니에서 접힌 종이를 꺼내 들었다. 넓이가 A4 용지 2장 정도였고 손으로 자세하게 그려 놓아 잘 알아볼 수 있는 동네의 지도였다.

"너 우리 집 가는 길 잘 알잖아? 우리 집을 기준으로 도촌리 마을을 그려 놓은 거야. 여기 산언덕이 어딘지 알겠어?"

"예, 1대대 능선 같습니다."

"그래, 맞아. 1대대 능선 표시야. 점을 꾹꾹 찍어 놓은 곳들은 능선 밑에 있는 초소들이야. 그다음 점선은 마을 개울 표시, 삼각골(세모)을 그려 놓은 곳이 마을 농사꾼들이 만들어 놓은 하우스인데, 삼각 표시 안에다 동그란 점을 크게 해 놓은 데가 고추 농사만 전문적으로 하는 하우스고 삼각골만 그려 놓은 곳은 다른 작물을 기른다는 뜻이야. 두 눈 부릅뜨고 잘 봐 둬. 너에게 이 지도를 넘겨줄 테니까 보고 또 보고 눈에 완전히 들어가도록 익히고 머릿속에다 야무지게 꽉 박아 놓으란 말이야. 알겠어?"

"옛! 모가지 빈틈없이 숙지하겠습니다."

"좋아, 그리고 요번에 우리 중대가 대대 명에 따라 진지 구축 작업 일주일, 한계령 유격 1주일, 또 ATT 3주 동안 야외 훈련을 실행하여 한 달 넘도록 부대가 텅 빈단 말이야. 그래서 내가 중대원 중에 잘 뛰면서도 눈치가 아주 빠른 두 놈을 가짜 환자로 잔류병 명단에 올려놓고 특공대 지시를 내려놓았거든. 그러니까 요점은 그 두 놈을 데리고 도촌리 하우스 고추를 쥐도 새도 몰래 옮겨 심어 놓으란 말이야. 내 말뜻 알았어?"

"옛! 확실하게 해 놓을 겁니다."

"전보는 찢어 버리고 집에다 편지해. 아무 일이 아니었다고."

인사계 지시에 모가지는 마음의 각오를 다져 나갔다. 인사계는 아침과 달리 아주 평온하면서 여유가 넘쳤다. 인사계 앞에선 당찬 각오를 드러냈지만, 도촌리 마을까지 야간 잠행은 심사숙고해야만 했다. 2대대와 1대대 초소들을 피해야 하면서 봉화산골 능선 두 개를 넘어야 한다. 시간도 달빛 없는 깊은 밤에 플래시는 아예 지참하지 말아야 했다. 또한 어찌 됐든지 민간인 상대로 도둑질인 셋이다. 군인이? 모가지는 뒷목이 뻐근해 왔지만 일단 살아남으려면 어찌할 방도가 없었다.

모가지는 다음 날 집으로 편지를 쓰면서 장영달 인사계를 떠올렸다. 그의 군인 정신만큼은 투철했다. 그러나 이런 행위가 군인의 길인가 하는 생각에 이르자 마음이 무거웠다. 앞 장에서도 언급해 왔다. 육군본부 장성과 수뇌부들은 전방 보병부대 말단 소총수들 참상은 거의 모르고 있었다. 그들도 육군사관학교 임관 소위 시절부터 전후방 부대를 경험했지만, 금수저들이었던 것이었다. 말단 병사들 내무 생활을 피상적으로만 바라봐 왔던 터라 수박

겉핥기에 불과했다. 그러고는 내리는 명령이란 객관적 시각에서 유추해 낸 결과물에 지나지 않았다. 그러니 영농사업을 운운했어도 비료 같은 건 머릿속엔 없었다. "무조건 하면 된다."가 남겨 놓은 유산은 60만 군대에서 가장 먼저 통통에다 던져 버려야 할 말일 거라며 모가지는 주절거려 봤다.

6월도 중순이 지나가고 있었다. 대대는 야외 훈련 일자가 많아지는 여름 입구로 다가오면서 유격과 ATT 시기로 변해 나갔다. 병력 모두가 떠나 버린 드넓은 대대 연병장은 잔류 병력만 간간이 눈에 띄었다. 휑한 연병장은 메마른 회오리 먼지만 일으키고 있었다. 모가지는 중대본부에서 인사계가 그려 놓은 도촌리 지도를 펴 놓고 특공대 2명과 야간 침투 진로를 상의해 나갔다. 오후 24시 무렵의 밤 서리를 나가야 하는 모가지는 긴장의 끈을 놓지 못했다. 혹여라도 실수가 발생한다면 본인은 물론 인사계 목까지 날아나 버리는 일생일대 가장 큰 치명상이 될 수 있기 때문이었다. 모가지는 두 갈래 선택지를 놓고 생각에 잠겼다. 연대 김장 통 저장고 직진 코스는 초소가 많아 마음이 불안했다. 아예 처음부터 봉화산 밑의 사격장을 우회하면 시간은 다소 걸리지만 초소가 거의 없어 안전한 진입로였다. 안전한 곳을 택하려다 주춤했다. 번뜩 스쳐가는 기억이 떠올라 연대 김장 통 직진로로 바꾸었다. 지난가을 대민 지원 때 인사계의 집으로 가기 위해 마을을 지나쳤는데, 대낮이었지만 동내 개들이 벌떼처럼 달려들면서 짖어 와서였다.

결국 연대 직진로를 선택한 모가지는 특공대원과 함께 자정이 다가올 무렵 10중대를 출발했다. 연대 김장 통 저장 창고 초소가 있는 두 곳을, 특공대 두 놈은 민첩한 행동으로 비켜 다녔다. 1대대 초소를 피하면 좌측은 사각지대지만 발을 한번 잘못 디디면 연대 정문 방향 구암리 길이었다. 모가지는 앞장서서 교회 좌측 덤불로 파고들었다. 3대대장 관사가 교회 옆에 있었다. 관사 방바닥 수리 때 3일 동안 주위를 더듬으며 황토 흙을 찾아다녀 지리를 잘 알고 있어서였다. 덤불만 지나치면 8부 능선이 드러나면서 장애물이 없었다. 8부 능선 경사면을 넘어서면 도촌리 끝자락 물골에 도달했다. 도촌리 마을을 관통하는 개울 끝자락 골은 신작로 옆이었는데 자동차만 다니지 않으면 고추 하우스 진입이 가장 용이한 지점이었다. 특공대 두 녀석과 모가지는 20여 분 동안 주위 동태를 살폈다. 도촌리 마을은 적막강산이었다. 희뿌연 신작로엔 자동차 엔진

소리도 들리지 않았다. 신작로와 마을 진입로 사이에 드러난 비닐하우스만 태산만큼 커 보였다. 인사계가 지명해 준 하우스 안에는 온통 고추들뿐이었다.

모종 정돈이 가지런했고 쭉쭉 뻗어 있는 놈들은 하얀 꽃을 피우기도 했다. 하우스 모종들은 중대에서 키운 모종과는 차원이 달랐다. 꽃을 피우지 않은 모종도 모가지가 키워 낸 모종보다 곱절은 더 커 보였다. 모가지와 특공대는 고추 뿌리가 상하지 않게 준비해 온 자루에다 차곡차곡 채워 나갔다. 어깨에 멜 수 있는 여섯 자루를 만드는 데는 한 시간이 넘지 않았다. 10중대 영농 하우스에 도착했을 때는 새벽 네 시가 다가오고 있었다. 고추 모종 도둑 3명은 군복이 흥건하게 젖은 몰골이었다.

대대 우물가에서 등목부터 하고서 중대 내무반으로 향했다. 특공대는 그대로 잠들어 버렸다. 모가지는 그럴 수 없었다. 오줌 냄새가 남아 있는 가식 하우스에 쌓아 놓은 도둑 고추 모종 상태가 너무나 궁금해서였다. 여명이 밝아 오는 하우스에 도착했을 때 모가지는 어지럼증에 뒷골이 당겨 왔다. 분명 여섯 자루였는데 네 자루뿐이었다. 눈을 크게 뜨고 주의를 샅샅이 살폈다. 어김없는 네 자루만 하우스 안에 놓여 있었다. 미치고 환장할 노릇이었다.

꼭 도깨비놀음에 홀려 든 것만 같았다. 대대 주위를 눈알이 튀어나올 정도로 훑었지만 사람 그림자도 보이지 않았다. 하우스를 잠시 비운 틈에 도둑을 맞았던 것이었다. 도둑놈은 수색 중대 영농병이었음을 나중에야 알았다. 뛰는 놈 위에 나는 놈은 항상 있었다지만 눈앞에서 강탈을 당했다 해도 어찌할 도리가 없었을 것이다. 야반에 훔쳐 온 물품을 도둑맞았다며 동네방네 떠들 수는 없어서였다. 이래서 인과응보가 적절했는지도 모른다.

봉화산에서 떠오른 아침 해는 야트막한 산자락부터 내리비쳤다. 허탈감을 씹고 있는 모가지 면상을 햇살은 피해 가지 않았다. 사라져 버린 고추 모종에 창자가 잘려 나간 느낌이었다. 모가지는 이 또한 새옹지마라 여길 수밖에 없었다. 모종 한 포대를 어깨에 메고 호미와 물통을 쥐고서 무거운 몸뚱이를 끌다시피 우물가로 다가갔다. 물통에 물을 가득 채우고 중대 고추밭으로 향했다. 고추밭에는 고추 모종 한 포기가 없었지만 잘 정리되어 있었다. 분수병(물뿌리개)에 물을 채운 모가지는 호미를 손에 쥐고 밭이랑 30cm 간격으로 고추 모종을 심어 나갔다. 물을 적당히 쏟아 놓고 두 이랑을 심어 놓고서야 식당에서 아침을 해결했다. 아침 식사를 마치고 돌아와 심어 놓은 모종을 쳐다본 모가지는 눈이 휘둥그레졌다. 포플러나무에 가려진 고추밭 이랑에 심어 놓을 때는 모종이 반듯반듯하게 서 있었는데, 너나없이 나자빠져 있는 것이 아닌가? 모가지는 또 한 번 총알을 맞아 버린 기분이었다.

대체 하는 짓마다 꼬여도 더럽게 꼬이기만 했다. 아무리 훔쳐 온 모종들이라지만 최선을 다해 뿌리 하나 다칠세라 정성껏 모셔 왔고, 심을 때까지는 멀쩡했는데 40여 분 자리를 비운 사이에 변해 버린 현상에 눈알만 굴릴 뿐이었다. 눈앞에서 펼쳐진 요상한 현실을 바로잡을 수 있는 묘안이 없었다. 그렇다 하여 12중대 영농 하사에게 훔쳐 온 고추 모종을 내보일 수는 없을 뿐만 아니라, 박노복, 김창석, 심지어 중대본부 강운철까지 야외 훈련 중이었다. 앞뒤가 꽉 막혀 버린 모가지는 이판사판이라며 이를 깨물었다. 세 번째 밭이랑에다 고추 모종을 똑같은 방법으로 심어 보았다. 아침 햇살이 내리비쳤는데 녀석들은 빳빳하게 서 있었다. 그렇다면 아침 일찍이 심어 놓은 놈들은 야간 이동 중에 허리가 부러졌었나? 별의별 생각을 하면서 네 번째 밭이랑에 모종을 심어 놓고 허리를 펴고서 두리번거렸다. 맙소사? 세 번째 이랑에다 심어 놨던 놈들이 모조리 쓰러져 가고 있었다.

고추 농사엔 전혀 경험이 없었다지만 얼굴 경련까지 생겨나 자포자기 일보 직전이었다. 최악의 상태였지만 이쯤에서 멈출 수는 없었다. 이제 할 수 있는 발악이란 훔쳐놓은 고추 모종을 몽땅 심는 일뿐이었다. 마음의 각오를 다졌는데 또 다른 문제가 앞을 가로막았다. 네 자루 고추 모종은 150여 평 밭의 반 정도에만 겨우 심었다. 산 넘어 산이었다. 또다시 노란 하늘을 쳐다본 모가지는 딜레마에 빠져들었다. 다시 도촌리 하우스로 훔치러 갈 수 없는 노릇이었고, 한번 털린 고추 하우스 주인도 바보가 아닌 이상 가만히 앉아 두 번은 당하지 않을 게 뻔했다. 한숨이 저절로 쏟아져 나왔지만, 일단은 움직여야만 살 것 같았다.

밭이랑마다 나자빠져 있는 고추 모종에 계속 물을 뿌리고 다녔다. 두세 번을 반복하다 보니 어느새 어둠이 발목 위로 스며들었다. 저녁 식사를 끝낸 모가지는 특공대 두 녀석과 막걸리를 마시면서 고추 얘기는 일체 함구했다. 악몽 같았던 하루가 빨리 지나가기만 바랐다. 다음 날 새벽녘에 고추밭으로 향한 모가지는 벌어진 입을 다물지도 못했다. 어제 몽땅 쓰러져 있었던 고추 모종들 중 허리를 곧추세운 놈들이 있었고, 반 정도 세워 가는 놈들도 있었다. 저것들이 연금술사 교육을 받지 않고서야 이렇게까지 사람을 놀라게 하지 않을 거라는 생각에 헛웃음이 나왔다. 모가지는 제대한 다음에야 알았다. 가식해 놓은 고추 모종들은 이식할 때 뿌리 손상을 조심해야 했다. 강제로 뽑아내어 아무런 보호막 없이 몇 시간 이동하게 되면 생명체가 있기 때문에 많은 스트레스를 받았다. 특히 야밤에 흙이 없는 뿌리 상태로 몇 시간 걸려 심어 놓으면 한동안 혼절하고 심하면 고사까지 한다는 사실을 당시의 모가지는 전혀 몰랐다.

야외 훈련 보급품 보충을 위해 중대본부로 돌아온 인사계와 마주 앉은 모가지는 고추 현황을 낱낱이 보고했다. 다행이라면 인사계도 도난당한 고추 모종엔 관심이 없었다. 부족한 모종 보충엔 평소에 새카맸던 얼굴이 더욱 까맣게 변했다. 한참의 장고 끝에 인사계가 입을 열었다.

"이제 도촌리는 가지 마라. 그렇다고 여기서 주저앉을 수도 없잖아."

"그럼…."

"그래, 더 안전한 곳이 있지. 좀 멀기는 하지만."

모가지는 조심스럽게 반문해 봤다.

"인사계님, 그곳이 어딘데요?"

"너, 5분 대기조 훈련 때, 소대 ATT 때 훈련해 왔던 심포리 마을 알고 있지? 석현리까지는 너무 멀고 심포리 마을 끝 외딴집에 고추 하우스가 하나 있거든."

마른침을 삼켜 가면서 모가지가 재차 반문했다.

"어느 방향으로 가야만 안전합니까?"

"우리 중대 초소막을 넘고 수색중대 언덕을 넘으면 민간 술집 두 개가 있잖아. 그곳만 비켜 가면 봉화산 밑자락 심포리로 가는 오솔길이야. 그 길로 쭉 가면 집 세 채를 지나 끝 집이니까 더 안전할 거다."

"잘 알겠습니다, 인사계님."

"그건 그렇고 특공대 두 놈 말이야. 어떻든?"

"예, 담력 좋고 무척 재빠르면서 침착하여 정말 특공대 중의 특공대 같았습니다."

모가지의 빠른 대답에 인사계는 흡족한 표정이 되어 부드럽게 말해 왔다.

"가지야, 축구공은 누구나 찰 줄 알지만 다 선수는 아니잖아. 그래서 전문 선수가 있는 거야. 인마, 내 눈이 사람 집어내는 귀신이라고 소문난 것을 몰라?"

"이제야 실감이 납니다, 인사계님."

"그래, 그렇더라도 삶은 호박 먹다 이빨 다치는 수가

있으니까 신중에 신중을 기해야만 한다. 알았어?"

"옛! 상병 모가지, 새기겠습니다."

그날 밤 모가지와 특공대 2명은 이슬을 잔뜩 머금은 봉화산 밑의 오솔길로 향했다. 오가는 사람 그림자도 없었다. 고추 모종은 여섯 자루나 훔쳐 왔다. 심포리로 오가는 길은 거리가 멀어 중대 앞 하우스에 당도했을 때는 아침이 열리고 있었다. 아예 중대 고추밭 가깝게 드럼 물통을 비치해 둔 모가지는 물부터 가득 채웠다. 훔쳐 온 고추 모종을 심기 위해 밭고랑으로 발을 내디딘 모가지는 또 한 번 입을 벌려야 했다. 머리카락이 짜릿해지는 전율까지 느꼈다. 고추 모종들이 모두 빳빳해져 있어서였다. 저놈들이 사람 애간장을 녹인다기보다는, 나보다 더 살아남기 위해 몸부림을 치는 것만 같았다. 동병상련의 아픔이 밀려들어 흘러내리는 눈물을 닦지도 않았다. 고추 모종들이 너무나 고마웠다. 저놈들이 살아나더라도 모두는 아닐 거라 여겼는데 모두가 팔팔했다. 나머지 밭이랑에 고추 모종을 계속 심어 나갔다. 모가지는 근 일주일 동안 편한 잠 한번 이루지 못했지만 피곤하지 않았다. 지금처럼 고추들이 무탈만 해 준다면 큰절을 매일매일 해 주고 싶었다. 태양이 강렬해지는 한낮이 다가오면, 고추 모종들이 또다시 비실비실했으나 모가지는 걱정하지 않았다. 밤 9시까지 밭이랑 작업을 끝내 놓고 중대본부 침상에 나자빠져 버렸다.

10중대 150여 평을 가득 채운 고추 모종은 한 주 가까이 몸살이 이어졌다. 모가지는 계속 물뿌리개로 물을 뿌리고 다녔다. 7월 초입의 양구 날씨는 더워지기 시작했다. 고추들은 해만 넘어가면 20살 청년처럼 변했다. 와중에 어떤 놈은 하얀 꽃을 피워 냈다.

"염병, 저리 힘들어하면서 발정까지 하고 있네. 저놈들이 고추라 그런 건가."

밤낮을 거의 고추밭에서 살다시피 해 온 모가지는 싱글거리면서 주절거렸다. 7월 중순이 다가오면서 고추들이 열매를 맺기 시작했다. 처음 열린 풋고추는 계속 솎아 내어 식당으로 보냈다. 녀석들은 잠시도 쉬지 않고 고추를 내밀어 왔다. 이런 현상이 고추의 본능인가 싶었다. 녀석들은 왕성한 성장력을 멈추지 않았다. 어느새 모가지 허벅지를 넘나들었다.

진지 구축 작업과 유격, ATT 훈련을 마친 대대 병력이 복귀했다. 복귀 즉시 중대별 연병장 훈련을 시작해 나갔다. 연대본부 중대장들 호출 회의에 참여하고 돌아온 이문순 중대장이 고추밭으로 다가왔다. 싱싱한 고추들을 바라보다 잡초 제거에 한창인 모가지를 호출했다.

"모가지?"

"옛! 상병 모가지."

"연대 회의 결론인데 며칠 후에 연대장님이 각 중대 고추밭 실태를 점검하신다는 거야. 연대에서 가장 잘 키운 고추밭은 사단장님이, 사단장님 이후엔 사단에서 가장 우수한 고추밭을 선정하여 군단장님께서 시찰하신다는데 우리 중대 고추 상태는 어떤가?"

"옛! 중대장님, 양호합니다. 그, 그런데…."

"그런데?"

"현재 고추가 너무나 잘 자라고 있어 고추 가지 보호 지지대가 무척 많이 필요합니다. 내일은 튼튼한 병사 5명을 차출할 수 있도록 해 주십시오."

"뭐 하는데 5명씩이나 필요하다는 말인가?"

"예, 고추들이 상상외로 자라나 버려 쭉 뻗어 있는 싸리나무 1m 넘는 지지대를 확보하려면 봉화산 너머까지 가야 할 것만 같습니다."

모가지의 설명에 중대장은 한동안 고추밭을 주시하고 서야 뾰로통한 말로 "알았어." 해 왔다. 연대본부에 있던 인사계는 새끼를 밴 앙고라종 토끼 두 마리를 자전거에 싣고 왔다. 모가지는 사육장에 풀어놓고 씀바귀와 여러 풀들을 이슬이 맞지 않게끔 쌓아 놓았다.

　모가지는 낫 여섯 자루를 미리 준비해 두었다. 다음 날 아침 식사 숟가락을 놓기 전에 사역병부터 차출했다. 박노복과 이기창, 김창석, 임성기, BAR 후임 이대근까지 총 6명이었다. 식당 취사반장에게 6명분 식량을 수령하여 봉화산으로 향했다. 모가지의 동기들과 김창석은 33개월을 넘긴 왕고참이었다. 왕고참도 훈련만큼은 예외가 없어 모가지가 차출하여 봉화산 동반자가 되었다.

　중대 연병장에서 바라본 봉화산은 인자한 어머니 모습으로만 여겨 왔는데, 5부 능선부터는 사정이 달랐다. 2사단과 21사단 탱크 사격장으로 지정되어 사람들이 지나친 흔적이 없었다. 지금껏 속살을 보여 주지 않았던 전인미답의 산만 같았다. 소나무는 드문드문 눈에 띄었고 온통 떡갈나무와 피나무, 개금나무, 산호두에 이름 모를 식물만 널브러져 있었다. 정상을 향해 올라가는 등정은 호락호락하지 않았다. 그동안 1,000m가 넘는 수많은 고지를 오르내린 경험자들이었지만 진땀을 쏟아 내야만 했다. 봉화산 정상에 올라선 6명의 눈앞에 펼쳐진 양구읍과 파로호는 그야말로 명품 동양화 같았다. 가히 무릉도원이 따로 없었다. 양구읍 끝자락을 포용한 파로호는 짙푸르다 못해 진청색이 함께하여 자연이 빚어낸 음영(陰影)에 모두 감탄사를 쏟아 냈다. 그뿐만이 아니었다. 좌측에 우뚝 치솟은 사명산(1,175m)이 어우러져 파로호와의 조합을 받쳐 주었다. 지금껏 대암산, 설악산, 가리산 등 유명한 산들 골마다 이 잡듯 내디디고 다녔지만, 가슴이 벅차거나 아름다움에 감개무량해 본 적은 거의 없었다. 언제나 훈련 꼬리표가 달라붙어 있어서였고, 배고픔까지 더하여 마음의 여유보다 고통의 무게가 더 짓눌러 와서였다. 오늘은 온전히 달랐다. 억압 명령의 고지전이 아닐뿐더러 식량마저 넉넉했다. 바람보다 자유분방한 날이었다. 모가지는 동료들을 바라보면서 마음으로 속삭여 봤다. 오늘만큼은 어떤 미사여구로 표현하지 않더라도 눈앞 풍광이 대변해 주리라고.

봉화산 정상은 전면뿐만 아니라 후면 운치 역시 별반 다르지 않았다. 설악산에서부터 발원해 온 물들이 흘러들어 소양호를 만들어 놓아서였다. 첩첩산중 사이사이를 굽이치는 소양호는 파로호와 달랐다. 양구읍 뒷담이었고 양구읍을 고립시키기도 했다. 봉화산 정상 자유인이 되어 회포를 풀어낸 여섯 명은 제법 튼실한 고추 지지대를 한 아름씩 메고서 하산 준비를 서둘렀다. 부대로 복귀하면서 쏟아 낸 김창석의 변이었다.

"군대도 타향이고 봉화산 역시 그렇지만 오늘 산행은 평생 잊을 수 없을 것만 같다. 그렇다고 계속 눌러앉을 수는 없고."

모두가 머리를 끄덕이면서 하산을 서둘렀다.

다음 날 중대 고추밭 앞에선 어제 봉화산에 올랐던 일행들이 다시 합류했다. 고추 한 그루에 2~3개 지지대를 박아 가며 뻗어 나간 고추 가지마다 노란 비닐 끈을 묶어 나갔다. 고춧대가 너무나 커 버려 어떤 곳은 지지대가 네 개나 필요했다. 며칠 후 토끼 사육장에서 경사가 났다. 앙고라 토끼가 분만하여 어여쁘면서 건강한 새끼 6마리를 낳아 10중대원들은 환호성을 쏟아 냈다. 7월 중순 장마가 끝날 무렵 모가지는 고추밭에다 야전용 텐트를 쳤다. 텐트 안에서 먹고 잠을 자야 했다. 고추가 너무나 잘 자란 데다 싱싱한 풋고추가 주렁주렁 매달려 대대 병사들이 10중대 고추밭에만 손길을 내밀어 와서였다. 인사계와 모가지는 고추밭 주위로 노란 비닐을 2중으로 쳐 놓고 모가지 텐트 숙소를 만든 것이었다. 그마저 부족하여 야간엔 보초 2

명을 세워 두었다.

   3대대 10중대뿐만 아니라 군단, 사단 연대 소속 중대마다 고추밭이 있었다. 풋고추부터 매달리면서 점점 여물기 시작했는데, 유독 3대대 병사들이 10중대 고추만 노리는 데는 이유가 있었다. 타 중대 고추는 육본에서 지급해 준 토종 고추씨로 발아시킨 고추들이었다. 육본 지급 고추는 키도 작았고 맵기만 했다. 그에 반해 10중대 고추만큼은 토종보다 곱 이상 크면서 적당히 매웠고, 아삭하면서 묘한 즙의 향이 여운을 남겼다. 군대 된장에 찍어 먹으면 그야말로 최고의 밥반찬이 되어 주었다. 1소대 선임하사 조태기는 인사계 앞에서 아양을 떨어 가며 고추밭을 드나들었다. 타 중대와의 현격한 차이는 도촌리와 심포리 농부의 상업적 고추였기 때문이었다. 물론 야반에 훔쳐 나른 고추였지만 의심하는 병은 없었다. 후일에야 알게 되었다. 10중대 고추밭 환경엔 눈에 드러나지 않는 조화가 숨어 있었다. 3개 중대 페치카에서 내다 버린 갈탄 재 성분에는 고추 영양소와 병충해 방지 요소가 있었다. 아무튼 당시 모가지는 반전의 사나이였고 행운아였던 것이었다.

   3대대장 고추밭 시찰은 중대장 이문순을 기쁘게 했고,

연대장 시찰과 칭찬에 눈알을 너무 많이 굴려서 똥구멍도 벌렁벌렁했다며 머리를 흔들었다. 중대장이 인사계와 모가지를 중대본부 한쪽에 앉혀 놓고 주절거렸다.

"인사계, 아무래도 심상치 않아. 연대장님이 우리 중대 고추밭이 연대 내 최고라면서 사단장님께 보고하겠다는 거야. 모가지 상병이 고추 농사 전문가였단 말인가?"

"서울에서 자란 놈이라 고추 전문가는 아니지만, 사역병 지원도 제대로 받지 못할 때마다 거의 날밤을 새워 가며 고추밭에다만 대가리를 처박은 결과인 것 같습니다."

인사게의 사역병 지원 꼬투리에 중내장은 모가지를 보면서 말 같지 않은 말을 내뱉었다.

"허~어참, 나름 신경은 썼는데. 나는 리버럴한 사람이라서."

모가지와 인사계는 중대본부를 나와 고추밭으로 향했다. 인사계가 내뱉었다.

"이 문둥이 저 새끼(중대장)는 뻑하면 리버럴 타령이야. 리버럴 뜻이나 아는지 모르겠어."

별 두 개를 모자에 붙인 사단장님의 고추밭 방문이었다. 부사단장과 사단 참모들, 연대장님이 뒤따랐다. 고추밭 서너 고랑을 살펴본 사단장은 짧은 은색 지휘봉으로 잘생긴 고추를 가리키면서 중대장을 호명했다.

"중대장?"

"옛! 10중대장 대위 이문순."

"32연대 10중대 고추밭은 3군단 전체 중대 중에서 가장 빛나는 업적의 고추밭이라는 거야. 물론 중대장 뒷받침이 있었겠지만 말이야. 아무튼 다음 주에 군단장님이 직접 방문하신다고 하셨으니까 영접에 허점이 노출되지 않도록 하란 말이야. 알았나?"

"옛!! 중대장 대위 이문순, 만반의 준비에 소홀함이 없도록 최선을 다하겠습니다."

사단장을 따라온 전 10중대장이었던 황병선 소령이 장영달 인사계와 모가지를 별도로 불렀다. 너무 반가워 힘찬 경례를 붙이는 모가지 어깨를 토닥이던 그는 많은 격려를 해 주면서 인사계와 격의 없이 웃어 가며 말을 주고받았다.

"장 상사, 10중대 고추는 특별한 비책이 있었던 거요? 사단 전체 고추밭을 둘러보았는데 이렇게 잘 크고 많은 고추가 매달린 곳은 이곳이 유일하단 말이요."

"참모님, 무슨 특별한 비법 같은 건 없었고요. 모가지 저놈이 밤낮으로 고추에다 물 주고 풀 뽑고 본인 사비까지 써 가면서 영양제를 사서 뿌려 주고 하다 보니까 잘 크고 많이 달린 것이지 뭐, 특별한 건 없었답니다."

허연 이를 내보이면서 대답하는 인사계의 말이었다.

"아무튼 군단장님까지 고추에 관심이 많으시니까 각 사단, 연대, 대대가 고추 농사에 신경을 쓰고는 있지만, 모두 척박한 여건에서 고생하는 걸 보면 안쓰럽기도 한데 어쩌겠어? 이런 일상이 현재 군대가 안고 가는 피할 수 없는 현실인 것을."

"잘 알고 있습니다."

"그래, 계속 수고하시고 며칠 후 군단장님 방문 때는 시끌시끌할 테니까 준비 철저하게 해 놓으세요."

황병선 소령은 인사계와 말을 나눈 뒤 사단장을 연대본부로 안내했다. 10중대장 이문순 대위는 절도 있는 부동자세를 취하면서 "다~앙백!" 구호를 목이 터지도록 토해 냈다. 사단장 일행이 사라지기 무섭게 중대장이 바빠졌다.

"인사계, 나 좀 봐요. 오늘부터 중대 고추밭 주위를 더욱 청결하게 해 놓고 군단장님 방문 때는 밭에서 가장 잘 자라 있고 보기 좋은 고추밭 고랑으로 모실 수 있게끔 출입구를 만들어 놓아 주세요. 최선을 다해서. 잘 알았지요?

그리고 모가지, 너도 최선을 다하길 바란다. 이제는 몸을 추스르면서 말이야."

10중대장 명령이었다. 최선을 다하되 몸을 추스르라는 말에 모가지는 눈알만 굴렸다.

다음 날부터 아예 사역병 3명을 고정 배치시킨 고추밭에선 이파리가 조금만 눈에 거슬리면 떼어내 버렸고, 고랑의 잡풀 하나까지 뽑아내기 시작했다. 10중대 고추밭은 대한민국 고추밭 중에선 가장 청결하면서 최고 깨끗한 고추가 매달린 밭으로 변해 가고 있었다. 군단장님 납시는 출입구 고랑 고추들은 깨끗한 천을 쥐고 호호 불어 가며 하나하나 일일이 닦았고, 심지어 고추 가지를 지탱해 내는 지지대와 주위 이파리는 티끌 먼지 하나 붙어 있지 않았다. 옆에서 지켜보던 모가지는 실웃음이 나왔다. 절간에 모셔 놓은 불상보다 10중대 고추가 더 깨끗할 것만 같아서였다.

7월 말이 되어 더욱 튼튼해진 고추는 16cm가 넘어가는 놈들로 줄을 이었다. 끝에서 중간 부분까지 연한 밤색으로 변하기 시작했다. 150여 평의 고추밭 곳곳이 대동소이할 무렵 군단장님이 납시었다. 모자에 별 3개가 이어져 있었고 선글라스를 쓰고 있었다. 바라만 봐도 좋은 물건

임을 직감할 수 있는 지휘봉을 쥐고서 고추밭을 향해 다가오는데, 바로 옆에는 별 두 개 사단장과 별 하나의 부군단장, 같은 계급의 부사단장이 함께했다. 그 뒤로는 대령급의 연대장들과 무궁화들이 줄을 이었다. 3대대장을 필두로 10중대장, 장영달 인사계, 영농병 모가지가 도열하여 목구멍에서 피가 튀도록 "다앙~백!"을 내질렀다.

"좋아, 쉬어." 하면서 지휘봉을 내린 군단장 일행은 대대장님이 모셨고 중대장, 인사계, 모가지가 뒤를 따랐다. 모가지 뒤에는 연대장들과 사단 참모 영관들이 줄지어 따라왔다. 모가지는 태어나서 대낮에 별 7개를 보는 것도 부족하여 많은 영관을 뒤에 두어 다리가 후들거렸다. 후들거리는 다리 때문이었는지 오줌보가 부풀어 올랐다.

지휘봉으로 고춧대를 저어 가며 앞서가던 군단장이 뒤따르는 사단장을 보면서 말했다.

"사단장, 내가 태어나서 이렇게 크면서 튼실하게 잘생긴 고추는 처음 보네. 아주 좋아. 뭐, 고추마다 광이 나잖아."

"저도 이렇게 예술적인 고추는 처음 봅니다. 누가 키웠는지 정말 기가 막힙니다."

사단장이 맞장구를 쳤다. 고추밭 고랑 중간쯤에 다다

른 군단장이 몸을 돌려 10중대장 이문순을 보면서 말해 왔다.

"10중대장?"

"옛!! 중대장 대위 이문순."

"고추 농사를 담당하는 사병이 누군가?"

"옛! 모가지 상병이라 합니다. 상병 모가지는 호남평야의 대표적 농군 후예로서 그 집안은 조선시대 때부터 고추 농사만 대대로 지어 온 고추 명가의 집안이었습니다. 모가지 선대들이 농사지어 놓은 고추는 언제나 임금님 수라상에 진상되어 호남뿐만 아니라 전국 고추 농가 선망의 대상이 되어, 우리나라 고추 농가들 표본이었다고 알고 있습니다."

벌겋게 달아오른 얼굴로 목의 핏대가 굵어진 중대장 보고를 받은 군단장은 연신 고개를 끄덕끄덕했다.

"하긴 그렇지. 명가의 후예가 아니라면 누가 이렇게 잘 생기고 힘 좋은 고추를 생산해 놓겠어. 이 고추밭은 우리 3군단 자랑이기도 해. 사단장은 어떻게 생각해?"

"하하, 맞습니다. 우리 노도부대는 항상 강인한 정신력으로 무장이 되어 있어 우리 부대 앞에는 어떤 장애물도 없습니다. 고추 농사뿐만 아니라 국가와 군단장님 지시라면 북진 통일에 앞장설 각오가 되어 있는 부대이기도 합니다."

"으~하하하! 역시 노도부대는 야전 보병 최강이야. 기분 좋고 날씨마저 아주 좋아."

군단장님은 정말로 기분이 좋았나 보다. 만족스럽다는 표정이 이어지면서 고추를 바라보는 눈가에선 계속하여 웃음꽃이 피어나고 있었다. 고추밭 시찰을 마친 군단장은 대대장, 10중대장과 인사계, 모가지를 호출하여 앞에 세웠다.

"중대장, 인사계, 정말 수고가 많았어. 아무리 명가 후예라지만 명가 후예가 그 빛을 발하기까지는 유능한 지휘관이 있을 때 비로소 열매를 맺을 수가 있지. 안 그런가?"

군단장 치하에 이문순 중대장과 장영달 인사계는 쇠말뚝보다 더 꿋꿋한 부동자세로 치하 답례를 했다. 지휘봉을 좌·우측 손으로 옮기던 군단장이 모가지를 보면서 말해 왔다.

"귀관이 모가지라 했나?"

"옛!! 상병 모가지."

"좋아, 모가지 상병은 훌륭한 군인이라고 다들 칭찬이 자자했어. 고추 잘 길러 주어 고맙다."

"감사합니다. 상병 모가지."

"하하, 부동자세도 좋아. 대대장, 모가지 상병 말이야. 이 친구 포상 휴가 보낼 때 내 헬기를 태워서 보내. 내가 특별히 헬기를 보내 줄 테니까."

"옛! 3대대장 차동철."

군단장 방문은 그야말로 성대했다. 부군단장부터 참모진, 『전우신문』 기자들, 노도부대 사단장 이하 부사단장, 연대장들, 대대장들까지 인산인해로 고추밭은 휘저어 놓고서야, 대단원의 막을 내렸다. 중대장 이문순은 모가지를 황태자처럼 여겨 가며 입이 마르도록 온갖 칭찬을 쏟아 냈다. 2사단 32연대 3대대 10중대 최고 경사였다는 말을 멈추지 않았다. 인사계 역시 만면에 웃음꽃을 만들어 내면서 푸념을 쏟아 냈다.

"저 이 문둥이(중대장) 새끼, 허구한 날 군대에서 무슨 고추 농사냐며 오두방정을 떨어 놓고, 오늘 주둥이 놀리는 걸 보니까 거의 사기꾼 수준이야. 지 놈이 고추에 대해 뭘 아는 게 있다고, 잘 알지도 못하면서. 개자식, 게거품 구라에 생색은 지가 다 내고."

모름지기 사회나 군대나 권력자 비위 맞추기는 별반 다르지 않았다. 특히 일사불란 특수 집단인 군대는 더더욱 그랬다. 한 사람을 위해 깨끗한 천으로 하나하나 닦아 놓은 고추였으니 군단장이 아닌 동네 반장도 칭찬할 수밖에 없는 환경이었다. 70년대 군대에서 떠도는 말이 있었다. 사단장의 중대 화장실 방문 예정에는 혓바닥으로 닦아야 한다고 했다. 3군단장까지 감동했다는 10중대 고추는 기술력이 뒷받침되어 있었던 도촌리와 심포리 하우스 농가 때문이었다. 결과에는 소득 증대의 개량된 고추와 군에서 지급된 토종 고추와의 차이였지만, 그 시절로선 그런 차이를 구분해 내는 눈들이 없었기에 가능했었다. 군대란 그런 곳이었다. 과정이야 똥 냄새기 나든 피똥을 내지르든지 개의치 않았다. 결과만을 집착하는 형태가 만연해 있어서였다.

15

미루나무

 모가지는 만 3년 1개월을 앞두고 제대했다. 노원 마들 녘의 고추 재배 하우스를 바라보면서 양구를 떠올리고는 했다. 도촌리와 심포리 하우스 농민들한테 마음으로 사죄하는 수밖에 없었다. 그만큼 먹고사는 일이 눈앞에 산적해 있어서였다. 30여 년이 지난 다음에야 도촌리를 방문해 봤지만, 지난 그 시절은 흔적조차 남아 있지 않았다.

 모가지를 바라보면서 군단장이 내뱉은 '헬기 타고 포상 휴가'는 공염불이 되고 말았다. 이때 강원도 양구는 춘천으로 나가려면 어느 방향이건 5시간 가까이 걸렸다. 오지 중의 오지라서 2사단엔 위문 공연조차 오지 않았다. 굽이치는 낭떠러지 도로로 인한 대형 사고 때문이었다. 일련의 과정과 맞물린 32연대 장병들 복무 기간 중 휴가는

3번이었고 한 번의 휴가일은 25일이었다. 3년 가까운 복무 병사들 75일 휴가는 보장되어 있었는데 현실은 그렇지 못했다. 군대 용어로 휴가를 3번 다녀온 놈들은 휴가 복을 타고난 놈이었다. 대부분 두 번 휴가에 그쳤다. 남쪽 지방 병사들은 가는 길에 하루, 돌아오는 길에 하루를 잡아먹었지만, 포상 휴가까지 10일씩 주어 큰 불편은 없었다. 전방 보병부대 말단 사병들의 정해진 휴가는 육군 배식 정량을 찾아 먹는 것만큼 어려웠다.

현실과 달리 모가지는 이등병 때부터 휴가 복이 터진 놈이었다. 상장을 여섯 번이나 받았고 포상 휴가 5번에 정규 휴가 3번을 다녀왔다. 연대 내에서 휴가를 가장 많이 다녀온 특별난 놈이었다. 그럼에도 군단장 표창장에 포상 휴가까지는 너무 과한 데다 제대 두 달이 남지 않은 말년인지라, 중대장 이문순은 모가지 동의를 받아 휴가를 가장 짧게 다녀온 병에게 포상 휴가를 넘겨주었다. 모가지는 중대장 이문순이 처음으로 장교답게 다가왔다. 군단장 마저 호들갑을 떨었던 10중대 고추밭은 열매 맺기에 여념이 없었다. 너무 많은 고추 처분으로 풋고추부터 따 내기 시작했다. 이틀마다 60kg씩 수확했지만 부족하지 않았고 토끼 사육장의 토끼도 18마리로 늘어나 있었다.

8월도 중순으로 접어들었다. 모가지와 동기들은 제대 특명 날짜를 계산해 나갔다. 제대는 가까웠지만 훈련 시간 열외자는 아니었다. 전방 교육사단 특성 때문이었다. 다만 모가지는 영농병 직책이라서 훈련과는 거리가 멀었다. 고추밭에서 뭉그적거리다 토끼풀이나 뜯었는데 동기생들의 하루는 졸병 때와 유사했다. 신병들과 같이 자고 나면 훈련. 끝나면 점호와 정돈. 약간 달라졌다면 고참 반열에 올라 구타는 당하지 않을 뿐이었다. 가혹한 구타에 질려 버려 악습은 대물림하지 않았다. 그럼에도 악습 전통 뿌리가 너무 깊어 철저하게 근절해 내지는 못했다. 악질 내무반장 하사들이 전역은 했는데 하사들 정통은 여전히 남아 있어서였다.

8월 18일, 아침 식사 후 연병장에서 총검술 훈련을 받아야 하는 동기생들을 바라보는 모가지는 불편했다. 땀을 쏟아 내는 박노복, 이기창, 김창석 보기가 민망하여 중대 뒤 토끼 사육장으로 향했다. 토끼 사육장에선 연병장이 보이지 않았다. 다 같은 여건의 부대인데 혼자만 훈련에서 열외가 됨이 어떤 압박감으로 다가와서였다. 인사계는 제대가 얼마 남지 않은 모가지에게 영농 후임자를 지명해 놓고 장기 하사 교육을 받으라며 압박해 왔다. 군대 체질을 앞세웠다. 모가지는 도리도리해 가며 후임자 지명을 미루고 있었다. 특별하게 가르칠 내용이 없을 뿐만 아니라 군대 용어인 부사수를 끼고 다니면 부담스러워서였다. 인사계 회유는 끈질겼다. 이젠 중대장뿐만 아니라 인사계 장영달 눈치까지 살펴야 했다. 어떻든 제대만큼은 해야 했기에 1소대 BAR 자동소총을 물려받은 이대근을 후임자로 낙점해 두었다.

잡다한 생각에 어정거리면서 걷다 보니 중대 막사 뒤편 초소 능선에 다다랐다. 토끼들이 많아 풀을 뜯으면서 허리를 폈는데 점심시간이 다가오고 있었다. 느닷없는 대대본부 비상 사이렌이 울리기 시작했다. 점심시간을 알리는 사이렌은 아니었다. 대대본부 건너편에 있는 장교 식당 옆의 BOQ에서 카빈총을 메고 대대본부로 뛰어가는 장교들이 눈에 띄었다. 중대장들도 대대본부로 허겁지겁 모여들었다. 각 중대 연병장에서 훈련하던 중대원들이 훈련을 멈추기 시작했다. 훈련을 지시하던 소대 분대장들도 대대본부 방향을 주시하고 있었다. 중대 뒷산 능선에서 대대 연병장 동태를 살피던 모가지는 궁금증이 유발하여 중대 연병장으로 향했다. 중대원들을 집합시킨 중대장 표정이 굳어져 가면서 목소리 톤을 높였다.

"전 중대원들은 잘 들어라. 방금 육군본부에서 데프콘 3을 발동했다. 데프콘 3은 준전시 상태에서만 발동한다.

모두 점심 식사 후에는 군장 점검과 전투태세 준비에 만전을 기하고 난 다음 소대 내무반에서 대기하라. 이상."

데프콘은 군대 용어였고 총 5단계로 구분되어 있었다. 휴전 중인 대한민국은 상시적 데프콘 4를 유지했다. 항상 훈련을 게을리하지 않으면서 북한 침략 도발에 대한 대비책이었다. 데프콘 3이 발동되면 휴가 및 모든 장병 부대 이탈 통제부터 실시해 나갔다. 전쟁 발발이 코앞으로 다가왔다는 의미였다. 점심 식사를 끝내기 무섭게 각 중대, 각 소대 내무반에선 전투 준비 완전 군장을 꾸리기 시작했다. 10중대본부도 예외는 아니었다. 통신 장비부터 점검해 가며 배낭에 위장망을 씌워 가며 행정병들도 군장을 점검해 나갔다. 멍청하게 눈알을 굴리고 있는 모가지를 중대장 이문순이 다그쳐 왔다.

"모가지?"

"옛! 상병 모가지."

"너도 이제부터 1소대로 원복하여 완전 무장 전투태세를 갖추고 대기하라."

"저~ 중대장님, 토끼하고 고추는요?"

"모가지, 전쟁이 발발하면 토끼, 고추 따위가 무슨 필요 있나? 지금 사태는 전쟁 준비가 아니라 전쟁 일보 직전이야. 알았나?"

중대본부 내무반에서 관물을 챙긴 모가지는 1소대로 복귀했다. 정용기 후임 내무반장인 3분대장이 모가지 복귀에 의아해하면서 말해 왔다.

"모 상병, 중대본부에서 무슨 말 하는 거 못 들었어? 사단 CPX도 아니고 데프콘 3이라니 무엇 때문이지?"

"글쎄, 나도 무조건 소대로 원복하여 BAR을 지참하라는 중대장 명령에 복귀해서…. 그 이상은 잘 모르겠는데."

1소대는 완전 군장에 개인 화기를 휴대하고서 각 분대 순번으로 정돈했다. 모가지는 다시 BAR 자동 소총을 넘겨받았는데 전원 연병장 집합 명령이 떨어졌다. 중대본부 앞 방화수 붉은 물통 옆에서 두 다리에 힘을 잔뜩 실은 중대장이 비장한 어조로 목소리를 높였다.

"오늘 오전, 판문점에서 북괴들이 휴전선을 넘어와 미군 2명을 도끼로 찍어서 살해하고 비무장 아군 여러 명을 살상하는 천인공노할 도발을 자행해 왔다. 그랬던 놈들이 지금 휴전선 부근으로 완전 무장 병력을 이동시키고 있다는 정보다. 우리 군은 영부인께서 암살당했을 때도, 삼척, 울진의 무장 공비 침투 때도, 자유 평화를 수호하는 군대였기 때문에, 인내심을 앞세워 저 극악무도한 빨갱이들을 용서와 자비로 대응해 왔었다. 하지만 이번만큼은 결단코 용서하지 않을 것이다. 하여, 북괴의 도발에는 한 치의 물러섬이 없다는 결연함의 웅지를 보여야 한다. 곧 북진 돌파 작전 명령이 하달되리라 여긴다. 만반의 전투태세를 갖추고 각 소대에서 대기한다. 이상."

3대대 중대, 소대마다 완전 무장 상태로 돌입했다. 말년 고참들의 얼굴에는 짙은 어둠의 그늘이 드리우는 것 같았다. 제대가 한 달도 남지 않은 김창석 상병은 수첩을 꺼내 들고 무언가를 열심히 쓰고 있었다. 와중에도 토끼장을 돌아본 모가지는 김창석 곁으로 다가앉아 입을 열었다.

"김 상병, 유서부터 쓰고 있는 거야?"

모가지의 짓궂은 질문에 김창석이 웃으면서 답해 왔다.

"응, 죽기 전에 유서는 작성해 놓아야 할 것 같아 써 봤다. 읊어 줄까? 산 옆 외딴 골짜기에 혼자 누워 있는 국군을 본다. 아무 말, 아무 움직임 없이 하늘 향해 눈을 감은 국군을 본다. 어때? 모윤숙의 「국군은 죽어서 말한다」라는 시야. 모가지, 모윤숙이 너의 종씨 같아서 그의 시를 써 본 거야."

모가지는 김창석을 좋아했다. 20여 일 고참이기 이전에 소대 고문관이라며 질타만 받아 가며 백안시당했지만 묵묵하기만 했다. 그렇다 하여 고참들 상대로 원망하지 않았고 자신만의 페이스를 유지해 왔었다. 이제는 무지했던 훈련과 고참들 폭행을 모두 견뎌 내고 제대를 눈앞에 두고 있었다. 졸병 때부터 모가지와 허물이 없어서 항상 가깝게 지내 왔다.

"김 상병, 우리는 산 옆 외딴 골짜기에 누울 일은 없을 거야. 앞에 어떤 일이 닥쳐올지는 모르지만, 무박 220km 행군과 5박 6일 천 리 행군을 해냈는데 그보다 더하겠어? 그리고 전쟁, 쉽게 할 것 같아? 너 죽고 나 죽자고? 그러니까 걱정하지 마."

"참, 가지야. 나는 너를 알다가도 잘 모를 때가 많았어. 고추를 몽땅 죽여 놓고서 최고가 되고. 더러운 놈 때문에 한 번 낙오한 다음에는 아무리 어려워도 잘 견뎌 내면서, 사격장에서까지 그 고생을 겪어 가며 더 강해지는 걸 지켜보면 부럽기도 했어. 대체 너의 가슴에는 무엇이 들어차 있는지 알고 싶고 그래."

"차~암! 김 상병, 왜 그랬는지 알려 줘? 나는 힘들고 고통스러울 때면 창자를 뱉어내 버려서 그래. 김 상병도 비슷하잖아."

김창석과 모가지는 마주 보면서 웃고 있었다.

다음 날 자세히 드러난 1976년 8월 18일 판문점 도끼

만행 사건은 전 세계에 큰 충격을 주었다. 당시 미 국무부와 대한민국 국군 수뇌부는 전쟁도 불사한다는 각오를 다졌다. 8월 18일 판문점 JSA 구역 내에서 미루나무 가지 제거 작업을 하던 유엔군에게 북한 병사들이 몰려왔다. 북한 병사들이 작업 중이던 미 육군 보니파스 대위와 배럿 중위 앞으로 뛰어와 도끼와 쇠꼬챙이로 잔인하게 살해한 만행의 결정판이었다. 사건 현장에는 카메라가 설치되어 있어 도끼로 살해하는 장면이 생생하게 녹화되어 있었다. 대한민국 국민들은 치를 떨었고 전 세계는 경악을 금치 못했다. 판문점 사건은 유엔군 사령부에서 이와 같이 발표했다.

"8월 18일 상오 미군 장교 2명, 사병 4명, 한국군 장교 1명, 사병 4명으로 11명이 유엔군 초소에서 30m 남쪽에 있는 미루나무 가지치기를 하였는데, 트럭을 타고 온 30여 명의 북한군이 미리 준비한 쇠망치, 도끼 등으로 미군 장교 2명을 도끼로 찍고 쇠꼬챙이로 찌르면서 짓밟아 숨지게 했고 9명은 부상당했다."

판문점 사건은 대한민국을 전쟁 문턱 앞으로 내몰았다. 박정희 대통령은 특공대 침투를 허락했고, 미국 본토에선 핵무기 탑재가 가능한 전투기 발진을 준비했다. 미 7함대 소속 항공모함 미드웨이호까지 동해로 북상 중이었다. 8월 20일 아침 햇살이 연병장에 내리쬘 무렵 데프콘 2가 발동되었다. 데프콘 2는 전쟁을 불사한다는 의미였다. 32연대 전 병력은 대암산 투입이 확정되어 개인화기 실탄부터 지급해 주었다. 모가지는 자동화기 BAR 7.62mm 철갑탄 160발을 받아 들고 탄창 5개에 100발을 채운 뒤 60발은 군장 위로 둘러멨다. 3대대 정문을 지나 행군 대열을 갖추고 연대본부 앞으로 향했다.

연대 정문 앞 도로에는 연대장 지프에 위장망이 쳐져 있었고 무장한 연대장이 양팔을 허리춤에 받친 채로 입을 굳게 다물고 있었다. 연대 군악대는 행진곡을 우렁차게 울렸다. 연대본부를 지나 남면으로 향하는 길목에선 연대장교 부인들, 영외 거주자 부인들이 백설기 떡을 두 부 한 모만큼씩 비닐에 담아, 출정하는 병사들에게 한 개씩 건네주면서 무운장구를 바라는 눈물을 흘리기도 했다. 완전무장 행군 대열은 꼬리에 꼬리를 물고서 북진하고 있었다. 그 사이에서 155mm 포대와 탱크들이 먼지를 일으키면서 함께 북상했다. 모가지는 전쟁터로 가고 있음을 실감해 가며 어금니를 깨물었다. 배낭과 실탄 무게까지 더하여 훈련이 아닌 실전이 눈앞에서 아른거렸다.

행군 행렬은 꼬리가 보이지 않았다. 행군 때마다 악마

처럼 앞을 가로막았던 광치령은 어김없이 버티고 있었다. 광치령은 32연대 장병들 고혈을 짜내 온 악산임을 오늘도 유감없이 드러냈다. 160발 철갑탄 무게까지 더해진 780여 미터의 광치령 통과는 병사들을 탈진 상태로 만들어 놓았다. 미끄러지고 자빠지면서 넘어야만 했고 그것만이 군인의 길이었다. 광치령을 넘어 대암산 행군로는 습기를 가득 머금고 있었다. 바닥 지열과 습기로 허리 탄띠 부근이 흥건하게 젖어 들었고 상의 군복은 소금기로 빳빳했다. 대암산 명칭은 군 작전명 RO16이었다. 자세히는 모르는데 1,304m 고지에서 도려낸 암호명 같았다. 대암산 집결지에 도착한 10중대는 중대장 지시에 소대별로 산개했다. 완전 군장을 내려놓고 참호 구축 작업부터 실시해 나갔다. 10중대 진지는 대암산 너머 두솔산을 좌측에 두고 해안면 만대리를 코앞에다 두었다.

모가지는 화채 그릇 같다는 펀치볼 전경에 납덩이같았던 몸뚱이가 가벼워지는 것만 같았다. 가칠봉 우측을 향해 총구를 고정해 놓고 노란 실탄을 노리쇠 옆에다 쌓아 놓았다. 부사수 이대근과 함께 석양 노을이 곱게 어우러져 가는 펀치볼을 바라보았다. 펀치볼은 너무나 안온하여 화약 냄새를 퍼트리지 말라며 당부해 오는 것만 같았다.

살얼음판을 걷고 있는 군인들과 대조하기조차 민망했다. 총구 주위에는 가을 야생화들이 갖가지 색의 꽃을 피워 내고 있었다. 산야는 아름다웠고 적막했다. 소월도 김춘수도 삼천리강산 꽃들을 시(詩)로 승화하면서 같은 민족임을 시사해 왔었다. 남북 시인들의 예찬에도 불구하고 이 아름다운 산골에서 같은 동족끼리 총구를 겨눈다는 불합리에 가슴이 쓰려 왔다. 5분 후엔 삼수갑산을 갈지언정 아름다운 전경만큼은 외면하기 싫었다. 31개월이 넘도록 강원도 산야를 밟고서 지나온 고참이 느끼는 여유로움의 발로였다고 한들 그지 인온하기만 했다. 하지만 신병 시절 설사 낙오와 지난겨울 혹독한 추위를 안고 바라봤던 펀치볼은 마냥 아름다운 곳만은 아니었다. 지난날이야 어떻든 현재의 안온함이 유지되기만을 바랐다.

저녁 식사 후에는 진지 사수 명령이 하달되었다. 예광탄이 지급되어 야간 전투에 임했고 수류탄도 박스로 보충해 왔다. 모가지는 점점 전쟁이 임박해 오는 느낌이었다. 어둠은 점점 짙어져 왔다. 산속 벌레들만 울었고 주위는 적적하기만 했다. 모가지는 답답한 마음에 부사수 이대근과 말을 주고받았다.

"대근아."

"옛, 일병 이대근."

"며칠 전 인사계가 나에게 제대가 얼마 남지 않았으니까 영농 후임을 정해 놓고 교육하라 했는데 난 너를 내 후임으로 지목해 놓았어. 그런데 고추 농사도 별로 할 일이 없었고 토끼들도 잘 커서 조금 빠른 것 같아 너한테 아무 말도 안 했던 거야. 전쟁이 터질지 안 터질지 모르지만, 오늘내일 너에게 알리려고 했는데 좀 늦은 것 같다."

"감사드립니다, 모 상병님."

모가지는 전쟁이 다가오는 느낌에 조수 이대근에게 속마음을 털어놓았다. 10중대 중고참들은 모두 영농병이 되려고 혈안이었다. 농사를 배우려는 뜻은 전혀 아니었다. 날마다 해야만 하는 지겹고 괴로운 훈련에서 벗어나는 것 때문이었다. 며칠 전엔 3소대 중고참 놈이 돈 5만 원을 내밀면서 접근해 왔었고, 서울에서 잘나가는 중소업체 사장이 아버지인데 영농 후계자로 만들어만 주면, 아버지 회사 특채로 취업시켜 준다면서 접근해 왔지만 모두 거절해 버렸다. 32연대의 중대마다 영농병은 선망의 대상이었다. 더욱이 10중대 영농병은 육군 『전우신문』에까지 오르내렸다. 고추 유명세에 앞서 중대장 이문순 말처럼 군인이란 전쟁도 불사해 가며 나라를 지키는 조직이지, 농사를 지어야 하는 것은 아니었다.

대암산 8월 하순의 밤은 기온이 곤두박질을 쳤다. 새벽녘엔 턱이 덜덜거렸다. 땀에 찌든 군복에 구축해 놓은 진지의 축축함이 맞물려 그랬는지도 모른다. 더구나 1,300고지 지형 탓도 있었겠지만, 지난겨울 혹한기 훈련의 혹독했던 겨울 추위가 남겨 놓은 잔영이 꿈틀거려 찬 바람만 불어도 으스스했다. 지난겨울 새벽 4시 야간 경계근무 때 휴전선 너머의 북풍은 공포 그 자체였다. 동절기 내복에 군복, 외투, 털바지, 하얀 방한복을 착용했지만 온몸으로 파고드는 추위는 막아 낼 방법이 없었다. 입마저 얼어붙어 암호도 토해 내지 못했고 오줌을 쏟아 내려면 사투를 벌여야 했다. 바지 지퍼를 내리고 단추를 풀고 하다 보면 손이 얼어붙어 오면서 머리통은 동태로 변했다. 대암산 겨울 추위는 겪어 보지 않은 사람은 절대 모른다.

펀치볼 분지를 덮어 버린 안개가 걷히면서 또다시 하루가 시작됐다. 가을 초입의 따사로운 햇살을 안고서 어제처럼 무탈한 날을 보내고 있었다. 어둠이 밀려들면서 수시로 소대장 순찰이 반복되었다. 전쟁의 임박함이 초읽기와 같았다. 화약 냄새가 쌓아 놓은 실탄에서 스멀거렸다. 하루 분기점인 밤 열두 시가 다가올 무렵 전달이 날아들었다.

"전투태세 상황 종료. 실탄 반납. 자대로 복귀한다."

마음의 각오를 다져 왔던 병사들은 허탈한 표정이었다.

"시부럴, 제대고 좆이고 총 한번 신나게 갈기고 싶었는데, 대암산까지 와서 주접만 떨다가 그냥 돌아가려면 왜 북 치고 장구 치고 그런 거야?"

실탄을 반납하면서 투덜거리는 제대 1개월을 남겨 놓은 고참들 넋두리였다. 모가지는 긴 한숨을 내뱉으면서 안도했다. 이제 막 치솟은 하현달과 별들을 바라보며 감사를 고해 봤다. 만에 하나 김일성이나 박정희, 미군 개입으로 전면전이 벌어졌다면, 결과는 뻔했다. 6.25 동족상잔의 아픔이 지금도 진행 중인데….

대암산에서 10중대로 복귀한 모가지의 군 생활은 1소대 내무반 생활로 바뀌었다. 이대근을 후임으로 지명해 놓고 토끼 사육부터 가르쳤다. 고추는 모가지 본인이 관리했지만 할 일이 거의 없었다. 하루하루 중대장 이문순의 눈치를 살피는 게 급선무였다. 타 부대는 제대 1개월부터 열외라 했다는데 노도부대는 아니었다. 만기 제대 일주일 전까지는 훈련에 참여해야만 했다. 전통이었다. 제대 5일을 남겨 놓고 특명이 떨어져야만 훈련에서 벗어날 수 있었다.

16
후기

모가지와 동기들은 1976년 9월 21일 만기 제대를 할 수 있었다. 양구 선착장에서 소양강 댐으로 향하는 LST 선에 승선했다. 모두가 노도부대 잔영에서 벗어나지 못했다. 한결같은 반응은 양구 방향으론 오줌도 싸지 않겠다는 다짐이었다. 그러나 모가지 생각은 달랐다. 혹독했던 훈련을 견뎌 내며 건강하게 전역할 수 있음에 감사했다. 돌이켜 보면 파란만장했기에 오늘의 자신이 더 성숙해졌는지 모른다고 여겼다. 모가지 생각에는 가부장 사회 허물을 벗겨 내지 못한 일면이 있을 수 있지만 반드시 그런 것만은 아니었다. 아무리 강압적인 3년의 세월이었을지라도 취사선택해 나갈 것들은 분명히 있었다. 3년 나날들이 마냥 허송세월만은 아니었기 때문이었다. 동기들은 대다

수 억압된 현실에서 벗어났다며 들떠 있었지만 그건 일시적인 감정일 뿐, 계급이 없다는 사회는 계급사회보다 더 엄혹한 위계질서가 현존한다는 사실을 망각했을 뿐이었다. 환상은 가시가 많은 장미꽃에 불과했다.

징집 35개월 제대병들이 첫발을 내디던 사회는 모두 고참들뿐이었다. 그들은 빠따를 휘두르지는 않았다. 그런데 아팠다. 군대 빠따는 피를 쏟아 냈을지언정 곪지는 않았는데, 사회는 곪으면서 아팠고 아프면서 곪았다. 다행이라면 노도부대 전역병들은 실과 바늘이 있었다. 곪은 데는 실로 관통시켰고 아픈 데는 꿰맸다. 모가지는 양구 생활 잔영에서 벗어나지 않기를 바랐다. 사회를 살아가는 힘의 원천이었고 좌절하지 않았던 불굴의 인내력이 되어 주어서였다. 사람이 살아가는 여정에는 희비의 극과 극이 함께해 왔다. 무한한 고통도 유한한 고통도 삶에 대한 보조 장치일 뿐이다. 기실 고통이란 신이 안겨 준 것이 아닐뿐더러 본인 스스로 만들어 낸 소품에 불과했다. 1952년생인 모가지는 완연한 꼰대에 무직자로 살아간다. 지난 나날을 되돌아보면서 오늘도 국가의 안위와 제군들의 현명한 삶을 두 손 모아 합장하고 있다.

노도부대 전설

1판 1쇄 발행 2025년 12월 5일

저자 김용우

교정 주현강　**편집** 김다인　**마케팅·지원** 이창민

펴낸곳 (주)하움출판사　**펴낸이** 문현광

이메일 haum1000@naver.com　**홈페이지** haum.kr
블로그 blog.naver.com/haum1000　**인스타그램** @haum1007

ISBN 979-11-7374-248-4 (03810)

좋은 책을 만들겠습니다.
하움출판사는 독자 여러분의 의견에 항상 귀 기울이고 있습니다.
파본은 구입처에서 교환해 드립니다.

이 책은 저작권법에 따라 보호받는 저작물이므로 무단전재와 무단복제를 금지하며,
이 책 내용의 전부 또는 일부를 이용하려면 반드시 저작권자의 서면동의를 받아야 합니다.